ぬりかべ令嬢、嫁いだ先で幸せになる 2

Lady Called "Plastered Wall" Got Married and Be Happy.

登場人物紹介
「ミア、今から逢いに行くからな……!!」
「レオンハルト殿下を害するのなら、俺としても容赦はしない」
マリウス・ハルツハイム
バルドゥル帝国・侯爵家嫡男。18歳。ハルとは幼馴染の親友。
ハル
(レオンハルト・ティセリウス・エルネスト・バルドゥル)
バルドゥル帝国・皇太子。17歳。ミアの初恋の相手。
「いつの日も、どんな時も、ずっとハルの事を想ってる」
ミア
(ユーフェミア・ウォード・アールグレーン)
ナゼール王国・ウォード侯爵家令嬢。15歳。ランベルト商会で働いている。

エリーアス・ネルリンガー
ナゼール王国・王太子側近。公爵家嫡男。18歳。
「もう一度彼女に会って話がしたい。その紫水晶の瞳に私を映して欲しい――」
エフィム
ヴェステルマルク魔導国・国立魔道研究院・研究員。18歳。
「ねぇ、マリカ。僕を選んでよ！絶対大切にするよ！」
「私は彼女を諦めるつもりはありませんので。くれぐれもお忘れなきよう」
アーヴァイン・ワイエス
某国の貴族。20歳。魔道具マニア。
「世界中でただ一人、僕だけが知っているこの笑顔を守りたい」
「私、ディルクの横に並べるようになりたい」
ディルク・ランベルト
ランベルト商会会頭子息。18歳。マリカに過保護。
マリカ
ランベルト商会商品開発部員。14歳。ディルク命。

Contents

プロローグ（マリカ視点）

ナゼール王国の王都にある「コフレ・ア・ビジュー」は、私が愛してやまないランベルト商会会頭の息子、ディルクが企画・運営している王都一番の人気店だ。

過去、ディルクに救われた私が優しくて格好良いディルクにほのかな恋心を抱くようになったのは必然で——いや、むしろ好きにならない方がおかしいレベルでディルクは素敵な人だった。

初めて逢《あ》った時はまるで少女のように可愛《かわい》かったディルクが成長期を迎え、徐々に男らしくなって行く様《さま》は垂涎《すいぜん》モノ……げふんげふん、間違えた。眼福《がんぷく》でした。はい。毎日が記念日でした。

それぐらいディルクが好きで好きでたまらない私は彼に褒《ほ》められたくて色々頑張った。いや、ホンマにめっちゃ頑張った。そんな色々頑張った中で、自分にとって得意とも言える分野が判明したのは僥倖《ぎょうこう》だった。ディルクに頭をナデナデして貰っているところを想像してテンションが爆上がりしたのもよかったのかもしれない。

そうして私がディルクとキャッキャウフフの幸せ生活（※誇大表現）を過ごし、天才魔道具師として評価されはじめた頃、私のもとへディルクが期待の新人だと言ってすっごく可愛い女の子——ミアさんを連れて来た。初めてミアさんを見た時は、その愛らしさに天使が降臨したのかと本気で驚いた。しかも気遣いが出来て優しくて性格も良いなんて反則じゃない？　やっぱ天使だわ。うん。

実はこのミアさん、侯爵家令嬢でありながら義母や義妹から虐《しいた》げられ、更に変態貴族に嫁がされそうになったので出奔《しゅっぽん》したというワケアリさんだった。しかも超希少な聖属性の魔力持ちで、伝説の聖女や大魔道士と同じ力を持っている事が判明。道理で彼女の周りだけ雰囲気が違うと思った。聖気ダダ漏れだもんね。アルムストレイム教の聖職者が知ったら卒倒しそう。

そんな彼女が長年想っている初恋の男の子が、なんとビックリ超大国の皇太子と来たもんだから商会中大慌《おおあわ》て。だけどランベルト商会ではとても良い子のミアさんを皆んなで守ろうと一致団結する事となり、全従業員に緘口令《かんこうれい》を敷いて外部に情報を漏らさないよう徹底的に規制した。勿論《もちろん》私も髪色変化の魔道具を制作し、その存在の隠蔽《いんぺい》に注力した——全てはミアさんと世界の平和の為に！

そんなこんなで色々問題もあったけれど、ミアさんが聖属性の魔法を使って作った化粧水「クレール・ド・リュヌ」が発売されてから一週間が経《た》った。

発売した瞬間から、貴族を中心にあっという間に口コミで広がり、今や王国だけでなく他の国からも問い合わせが殺到しているそうだ。通常の化粧水より値段設定が高めなのにもかかわらず、飛ぶように売れていると聞いて、ミアさんはとても喜んでいる。

ディルクは人気が出るのは分かっていたようだったけれど、流石《さすが》にここまでとは思わなかったらしく、「女性の美への追求は留まる事がないなあ……」と珍しくぼやいている。

……あれ？　ディルクのぼやき？　何ソレすっごく貴重じゃない？　そんな貴重なディルクのぼやき、どうして保存していないの……？　それって世界的損失よね‼

——私は一刻も早く集音出来る魔道具の開発に全力を注ぐ事を決意した。マリカファイト！

第一章　ぬりかべ令嬢、新商品を作る。

ナゼール王国の貴族であるウォード侯爵家の令嬢である私——ユーフェミア・ウォード・アールグレーンは、お父様の再婚をきっかけに八年前からお義母様《かあさま》や義妹《いもうと》に虐げられていた。

屋敷の中では使用人のように扱われ、社交界へ出る時は白粉《おしろい》を塗り込められた化粧で出席させられていたので、貴族の間では「ぬりかべ令嬢」と揶揄《やゆ》されている。

そんな私はある日、義母の策略により悪評高い貴族と結婚を強《し》いられてしまう。その事がきっかけとなり、侯爵家から出奔した私は、運良く王都で一番の人気店「コフレ・ア・ビジュー」を経営する、バルドゥル帝国に本店がある大商会、ランベルト商会で雇って貰える事になった。

そして今はお店の裏庭にある可愛い蔓《つる》バラに覆われた研究棟で、ハーブを育てつつ化粧水作りを任されている。


私が初めて研究棟に案内されたその日に、ランベルト商会が誇る天才美少女魔道具師であるマリカさんの魔眼で、私が世界でも希少な聖属性持ちという事が判明したけれど、商会の人達はそんな私に臆《おく》する事なく、とても優しくしてくれる。

皆んなの役に立ちたくてついやり過ぎる時もあるけれど、とても楽しく毎日を過ごしている。

そんな幸せな毎日だけれど、私は初恋の男の子——ハルの事を一日たりとも忘れた事がない。

帝国にいるハルに早く逢いたいという気持ちに変わりはないけれど、どれだけ自分が世間知らずだったのかを思い知らされた私は、まず常識を憶《おぼ》えないといけないのだという事を自覚した。

それに帝国の地理についても詳《くわ》しく知らないものだから、ディルクさんやマリカさん達に少しずつ帝国について教えて貰っている。

帝国は広大な領地を持っているけれど、帝都の位置は国の中心から少しずれているのだそうだ。

だからここ、ナゼール王国の王都と意外と近い距離にあると知った私は驚いた。

馬車で何ヶ月も掛かりそうだな、と頭の中で想像していたけれど、まさか二週間程で帝都に行く事が出来るなんて……！　ハルとの距離が縮まったようでちょっと嬉しい。

私は帝国にいるハルに想いを馳《は》せながら、少しずつ帝国へ行く準備を進めていた。


ランベルト商会で働く私の一日は、研究棟前にある庭のハーブを手入れする事からはじまる。

手入れをしながら使えそうなハーブを収穫して、そのハーブを風と火の魔法を使って乾燥させ、ドライハーブにする。本来ならドライハーブになるのに数週間はかかるけれど、魔法を使えば時間短縮にもなってとっても楽なのだ。

そしてその後は、いつも通りに魔法を使って化粧水を生成していく。

その様子を見たディルクさんやマリカさん達は最初の方こそ絶句していたけれど、今はもう慣れたのか普通に受け入れてくれている。

「本当はこの状況に慣れちゃダメなんだけどな……」

「人間、一度楽を覚えてしまうとその状況を享受《きょうじゅ》してしまうからのう」

「もう昔には戻れないね～」

……などと皆んなに言われたので、どうしたものかと考えていると、何とマリカさんが魔道具を作って問題を解決してくれた。


マリカさんが作ってくれたのは、熱風を出してハーブを乾燥させて撹拌《かくはん》する魔道具と、エキスを抽出して濾《こ》す魔道具だ。それぞれを一号、二号と名付けた。

魔石《ませき》が埋め込まれた台座にガラスで作った筒を設置して、更にその上に排気孔が空いている蓋《ふた》を載せている。この魔道具の本体部分はマリカさんが設計して、ニコお爺《じい》ちゃんが作ったそうだ。

――ニコお爺ちゃん凄《すご》い！

台座に埋め込む魔石は動力用と術式を組み込んだものをそれぞれ二つ用意。

実は、術式用の魔石の作成には私も協力したのですよ！　……とは言っても、しばらく魔石を身に着けていただけだけど。

どうやら私が魔石を身に着け、時々魔力を通すと魔石に聖属性が付与されるらしい。

その聖属性の魔石にマリカさんが風と火魔法の術式を書き込み、もう一つの魔道具にも同じく、魔石に水と火の魔法術式を書き込んでいる。

ちなみに私の土魔法は成長促進や効果倍増の魔法らしい。ハーブの成長がやけに早いのもそのせいだった。他にも土地を浄化する作用があり、そうして清められたところは不浄なモノを追い払ったり寄せ付けなくするそうだ。

そう聞いた私は早速この研究棟に土魔法を掛けてみた。お化け怖いからね！　備えあれば憂《うれ》いなしだものね！

そうして魔道具一号、二号を使って作った化粧水は、私が一人で作るものよりは効能は劣るものの、現在発売している化粧水と何ら遜色《そんしょく》ない物を作る事が出来るらしい。

――マリカさん本当に凄い！

これからは動力用の魔石に魔力を通すだけで化粧水が作れるようになったので、材料さえあれば誰にでも作る事が可能になった。もし私がいなくなっても商品を作り続ける事が出来る……そんな環境をマリカさんは寝る間も惜しんで整えてくれたのだ。あんな小さい身体《からだ》で。

――なんて優しい人なのだろう。そしてなんて愛情深いんだろう。

勿論私の為に頑張ってくれたのもあるだろうけれど、一番の理由はきっと――ディルクさんの為なのだと分かる。

ここ二週間一緒にいるけれど、マリカさんは一見無表情に見えて、実はとても感情豊かなんだと気が付いた。ただ顔に出ないだけなのだ。

でも普段無表情なマリカさんの顔が一瞬綻《ほころ》ぶ事がある。その時は大抵《たいてい》ディルクさんが傍《そば》にいる時だ。その時のマリカさんは筆舌《ひつぜつ》に尽くしがたい程可愛い。いや、可愛すぎる！

以前、マリカさんの年齢を聞いたのだけれど、実は十四歳で私の一つ年下だったと知って驚いた。どうやら小さい頃に居た環境が悪かったらしい。

詳しくは聞かなかったけれど、マリカさんは小さかった頃、ディルクさんに拾われてここに来たのだそうだ。二人の間に何かの絆《きずな》を感じるのはそのせいなのかもしれない。

そうしてマリカさんのおかげで化粧水を作る時間がポッカリと空いた私は、何か新商品を作ろうと思い立つ。

……やはりここはマッサージオイルかな。

マッサージオイルを作るにはまずエッセンシャルオイルとキャリアオイルを作らないといけない。

私はハーブを用意して早速準備に取り掛かる。

ハーブを水と火の魔法で作った蒸気に当てて蒸したら、風魔法で水蒸気を閉じ込める。閉じ込めた水蒸気から熱を取り去ると気体が液化し、精油と蒸留水に分かれる。この精油がエッセンシャルオイルだ。でも一度の生成でエッセンシャルオイルが採れるのは極《ごく》わずか。それでも今は試作品を作りたいだけなのでこれでいいか、と思いながら作業していく。

エッセンシャルオイルが出来たら次はキャリアオイルだ。エッセンシャルオイルだけだと濃度が高いからお肌のトラブルになってしまうので、キャリアオイルで薄めるのだ。

本当は植物性のオイルがよいけれど……一度試したかったバターから作る製法を試してみよう。

厨房《ちゅうぼう》でバターを分けて貰い、火魔法で焦げないようにじっくりと溶かしていく。バターが溶けるとしゅわしゅわと音を立てて泡が出はじめた。さらに加熱すると泡が大きくなって、ぱちぱちという音に変わってきた。しばらくすると泡が細かくなって、アクのような物が出てきたので、〈浄火〉の火魔法で取り除く。アクが出なくなって、ぱちぱちという音もしなくなったので魔法を止める。

そうすると甘い香りがする透き通った金色の液体が出来上がった。これをザルで濾せばキャリアオイルの完成だ。ここまで来れば、後はもう混ぜるだけ！

保存容器にマッサージオイルを入れて、後でディルクさんに鑑定して貰おうとした丁度《ちょうど》その時、アメリアさんが研究棟にやって来た。

「ああ～疲れた～……ちょっとここで休ませて～」

ふらふらと部屋に入ってきたアメリアさんはかなりお疲れの様子だった。ソファーにもたれてぐったりしている。

「大丈夫ですか？　よかったらこれをどうぞ」

アメリアさんにお茶を淹《い》れようか迷ったけれど、元気になるようにと魔法で出した水を渡す。

「ありがとう～。嬉しい～」

アメリアさんが水を受け取り、美味《おい》しそうにゴクゴクと飲み干すと、身体が薄《うっす》らと光ったので無事に効果が発揮されたのが分かって安心する。

「え⁉　やだ何これ⁉　身体《からだ》がスッキリしてる！　さっきまでの疲れが嘘みたい！」

アメリアさんはすっかり元気になったみたいで、身体を動かして確認している。

「ミアちゃんありがとう！　過労死するかもと思っていたから助かったわ！」

「お役に立ててよかったです」

アメリアさん曰《いわ》く、化粧水を使用した人達が今度はメイク道具を求めて来店するらしく、化粧品売り場は連日大盛況なのだそうだ。

「ミアちゃんの化粧水でお肌の調子が良くなった人達が自信を取り戻したみたいでね。皆んなもっと綺麗《きれい》になりたくて化粧品を買い求めに来るのよ」

今までお肌のトラブルに悩んでいて化粧が上手《うま》く出来なかった人達が、私の化粧水を使ってお肌の悩みから解放されたらしい。

「お客さんの顔がとても明るいのよ。皆んな良い表情で商品を買っていってくれるわ。ジュリアンの売り場も大変みたいよ？」

そうか。綺麗になったら次は服だものね。そのうちジュリアンさんも倒れちゃうのかな。近い内にお水を差し入れした方がよいかもしれないな。

「ちなみにさっきから気になっているんだけど、ミアちゃんの後ろにあるそれは何？」

アメリアさんが作ったばかりのマッサージオイルが入った容器を指さした。

「えっと、これはマッサージオイルです。新商品にどうかなって……」

「マッサージオイルですって⁉　ミアちゃんが作ったの⁉」

アメリアさんの質問に「ええ、そうですけど……」と答えると、凄く良い笑顔で「じゃあ、私が最初の被験者になる‼」と言われ、その何とも言えない迫力に私はついOKを出してしまった。

「でも、ディルクさんの許可を得てからになりますけどいいですか？」

大丈夫だとは思うけれど、もしトラブルがあったらと思うと心配だ。ディルクさんに鑑定して貰わないと不安になる。

「それは勿論！　分かってるから大丈夫よ。ディルクから許可が出たら教えてね！」

アメリアさんは「ふふっ、楽しみー！」とニコニコ笑顔だ。本当に嬉しそうでほっこりする。

「あら。そう言えばマリカは？　最後はマリカで癒《い》やされたかったんだけど」

「何やらお客さんがお越しになられたようで、今ディルクさんと一緒に面会していると思います」

私がそう答えると、アメリアさんの表情が少し厳しくなった。

「また奴らね……ほんとしつこいったら！」

「奴ら……？」

私が不思議そうにしているとアメリアさんが「実はね……」と教えてくれた。

その話によると、どうやらマリカさんに魔導国の国立魔導研究院から再三引き抜きの打診があるらしい。以前ディルクさんが言っていた「マリカさん目当ての奴ら」ってそこの人達の事だったんだ……マリカさん天才だものね。

「マリカさん、魔導国に行ってしまうなんて事……ないですよね？」

もしマリカさんがいなくなったらと思うと凄く寂しいし悲しい。そんな想像をしてしまった私に、アメリアさんが安心するように頭をぽんぽんしてくれた。

「大丈夫よ。マリカは絶対自分からここを離れたりしないわ。ディルクがいる限りはね」

アメリアさんが「本当よ」と笑顔でウインクしてくれた。

その笑顔に、不安だった私の気持ちがぱあっと霧散する。アメリアさんの笑顔最強！

マリカさんは魔導国からかなりの厚遇で誘われているけれど、頑として断っているらしい。どれだけ条件を釣り上げても見向きもしないようで、そろそろ魔導国の方も諦《あきら》めつつあるそうだ。

「だけどマリカの才能と魔眼は、魔導国からすれば喉《のど》から手が出るほど欲しいでしょうね。一商会の開発部なんかに在籍していい存在じゃないとでも思ってそうだわ」

最近、魔導具開発が停滞気味の魔導国がマリカさんの稀有《けう》な才能に目を付けたのだろう。利権が絡《から》むと途端《とたん》に事態がややこしくなる。

マリカさんが望まないのならそっとしておいてあげてほしいのに……色々難しいな、と思った。

アメリアさんが売り場に戻ってしばらく経ってから、国立魔導研究院との面会が終わったディルクさんとマリカさんが研究棟に帰って来た。

どうやら今回もマリカさんは誘いに乗らなかったみたいでほっと一安心。

「今回は少し心配だったけど、マリカが断ってくれてよかったよ」

「なんじゃなんじゃ。今度はどんな条件を付けて来たんじゃ？」

ディルクさんの言葉に、私もニコお爺ちゃんと同じように興味が湧いてきた。一体どれぐらいの好条件なんだろうと浅ましいながらも気になってしまう。

「今回は条件の釣り上げじゃなくて、色仕掛けだったんだ」

「え〜魔導国も必死なんだね〜。ハニートラップとか〜」

（え？　色仕掛け？　ハニートラップ⁉）

「今まで面会に来た研究院の人達はお偉いさんが多くてね。まあ、年配の人達ばかりだったんだけど。それが今回は珍しく若くて見目《みめ》が良い人間を連れて来ていたよ」

えぇー⁉　もしかして、見た目が良い人間を連れてきたらマリカさんが靡《なび》くと思ってるって事？　それはちょっとどうかなぁ……。マリカさんに失礼なのでは？

マリカさんの反応を見ると、相変わらず無表情ではあるけれど不機嫌オーラを出しているのが嫌でも分かった。そんなマリカさんは、ぽつりと吐き捨てるように呟《つぶや》いた。

「下衆《げす》の極《きわ》み」

「……あらら。やっぱり怒っちゃってる。魔導国的には苦肉の策だったのだろうけど……。

「愚策じゃな」

「愚策だね～」

やはり皆んな同じ意見だった。けれど肝心の人はそうは思わなかったようで……。

「でもマリカはああいう人が好みなの？　いつもと反応が違っていたから、そうなのかなって」

ディルクさんの言葉に皆んなが「いやいやいやいや、それはないない。勘違いだって！」と心の中で思っていたけれど、本人は本当にそう思っているようだ。

「ここの事は気にしなくていいんだよ？　マリカがやりたいようにしていいんだからね？　マリカは十分商会に貢献してくれているんだから」

ディルクさんからの追い打ちのような言葉に。マリカさんは必死にブンブンと首を横に振っている。遺憾《いかん》の意を表しているようだ。

「行かない」

マリカさんがハッキリと言ったけれど、ディルクさんはそれを強がりと思ったようだ。意外とこういう方面は鈍いのかな？

そう言えばこういう人の事を鈍感系主人公って言うんだっけ？　難聴系？

「そう？　でもやりたい事があればちゃんと言うんだよ。僕が出来る事なら協力するからね」

そう言ってディルクさんはマリカさんの頭をよしよしと撫《な》でている。

「「「「…………」」」」

何と言うか……マリカさんがしょんぼりしちゃったから、部屋が居《い》た堪《たま》れない空気になってしまった……どうしよう……。皆んなもどうフォローしようか考えあぐねている様子。

（そうだ！　私がディルクさんに新商品を見せて場の空気を変えてみよう！）

「あの！　ディルクさん！　新商品を作ってみたのですが、確認していただけますか⁉」

ディルクさんに鑑定をお願いしたら何故《なぜ》かジトッとした目つきで睨《にら》まれた。

「そうそう、ミアさんに確認したいんだけど、この研究棟に何かしたのかな？」

……あれ⁉　珍しく機嫌が悪い……？　こんなに機嫌が悪いディルクさんは初めてだ。

「え……何かと言われますと……？」

何だかディルクさんの笑顔が怖い……。目が笑っていない笑顔ってなんて恐ろしいの……⁉

「あれ？　もしかして心当たりない？　この研究棟の周りが〈聖域〉になっているんだけど？」

え？　〈聖域〉⁉　えーっと？　……あ！　そう言えば掛けましたね、土魔法……。

「すみません、不浄なものを寄せ付けないらしいので、ちょっと土魔法で……」

……ごにょごにょ。

「『ちょっと』って言ってるけど、これ法国の司教枢機卿《すうききょう》レベルの術だからね？　そんな簡単に出来る御業《みわざ》じゃないからね⁉」

ええー……。お化けが来ないようにって思っただけなんですけど。

「やっぱりのう……ワシ、どうりで空気が清浄じゃな〜と思ったんじゃよ」

「心が洗われる気がするよね〜」

あら。何だかニコお爺ちゃんとリクさんには好評のようだ。よかった！

（でもこのままじゃダメなのかな……？）

窺《うかが》うようにディルクさんを見ると、何だか困ったような顔をして考え込んでいた。

「うーん、うちの敷地内なら大丈夫、かな……？　外からは見えないし……うーん。でもなあ……」

ディルクさんが何を心配していたのか説明してくれたところによると……。

「あのね、〈聖域〉というのは本来、神が宿ったり降臨する為の神聖な領域の事なんだ。法国では〈神降ろしの儀〉で使用される秘儀の一つでね。法国の司教枢機卿が三人がかりで三日三晩祈りを捧げてようやく発動する術なんだ。それでも成功率はかなり低いらしいんだけどね。その術を発動させた場所はアルムストレイム教にとって『至高の聖地』になるんだよ。神が降臨する場所だからね。そして主にその秘儀が行われるのは法国の大神殿だから、当然その大神殿は聖地として重要視されている訳なんだけど……これがどういう意味か分かるかな？　ミアさんはこの研究棟を法国の大神殿並みの聖地にしたという事なんだよ？」

（ひー‼　そ、そんな大それた事だったの……⁉　どうしよう……）

司教枢機卿三人が三日三晩って……。すみません、三秒で発動してしまったんですけど……。

「なんちゅうか、ミアちゃんの規格外っぷりがとどまるところを知らんのう」

「段々力が強くなってない～？」

（えええええ⁉　どうしよう、そうなのかな？　それってあまりよくないよね？）

更にニコお爺ちゃんとリクさんからも言われ、オロオロしている私をディルクさんが諭す。

「理解してくれたかな？　そんなモノが其処彼処《そこかしこ》に出来たら一瞬で法国にバレるからね？　もう箇

単に使っちゃダメだよ？」

「はい！　分かりました‼　気を付けます‼」

私の返事に満足したディルクさんが「じゃあ、新商品を見せて貰おうかな」と言ってくれたので、マッサージオイルが入った容器を「お願いします」と言って手渡した。

そして眼鏡を外したディルクさんが〈鑑定〉を発動して確認してくれたのだけれど……。

どうしてディルクさんは項垂《うなだ》れているんだろう？

「……もしかしてこれって『聖膏《せいこう》』……」

力が抜けたようにディルクさんが呟いた。

しばらく動かなかったディルクさんだけど、何とか復活して私に説明してくれた。毎回毎回すみません……。

「聖膏」とは、古《いにしえ》の賢者が伝えたという神々の知識をまとめた『生命の聖伝』という文献に記載されている幻の液体の事らしい。

治療のみならず料理にも使用出来て、記憶力、知力、消化力、精力、生命力を増大させ、使い方により無数の効果を挙げる事が出来るという万能油だそうだ。

今回は美容に特化したハーブを使ったので、このオイルは更に免疫機能を高め、炎症やアレルギーを緩和《かんわ》し、魔力を供給してくれる効能もあるという。

このオイルは料理には使えないけど、今度はローズマリーやタイム、オレガノにバジルなどのハーブで料理用を作ってみるのもいいかも！　料理用の場合は脂肪が身体に溜《た》まりにくく、肥満になりにくいとか。凄い！　本当に万能だ！

ちなみに法国にも同じようなものがあるけれど、そちらは大司教が調製し、病《やまい》に際して神による癒しの奇蹟と恩寵《おんちょう》を求める為の儀式や洗礼に使われるそうだ。

「ええっと、それじゃあこのマッサージオイルは……」

「そのままで売れるわけないよね（良い笑顔）」

……ですよねー。知ってました！

だから青筋立ててニッコリ笑わないで下さい。ホントすみません。

マリカ頑張る（マリカ視点）

私はここ最近悩んでいた。それはどうやってディルクに異性として見て貰うか……げふんげふん。間違えた。

やり直し。

私はここ最近悩んでいた。それは最近研究開発部に入ってきた新人、ミアさんについてだ。

彼女は素晴らしい才能を持っていた。そしてその才能を活かし、世の女性全ての憂いを払拭《ふっしょく》する化粧水を生み出したのだ。

その化粧水の人気はとどまるところを知らず、今は予約が一杯で一ヶ月待ちだという。しかしこれでも驚異のスピードで提供しているのだ。ミアさんが作ればあっという間に完成するけれど、その化粧水を入れる肝心のガラス瓶が全く足りていないのだ。これはさすがに盲点だった。

契約している工房もガラス瓶の生産が追いつかず悲鳴を上げているらしい。ガンバ‼

そんな大人気の化粧水は今やランベルト商会の看板商品だ。しかしその看板商品はミアさんあってのもの。彼女なしでは作れない——それが問題なのだ。ミアさんがここにいる間はよいけれど、いつか彼女はここを離れるのはもう決定事項となっている。……とても寂しい事だけど。

化粧水を大量に作り置き出来ても、この人気なら三ヶ月も経たずに在庫切れになってしまう。

もし化粧水の販売を停止すれば、下手《へた》をすると暴動を起こしそうだ……主にアメリアが。

そんな事になって一番困るのは私が愛して止《や》まないディルクなのだ。愛《いと》しの彼が苦しむ姿なんて見たくない私は、どうにかしてミアさんの化粧水を再現する方法を考えた。

そしてミアさんに協力して貰い、化粧水を作るところを何回か見せて貰って分かったのは、生成方法がどうとかではなく、聖属性が付与されているかどうかだった。

四属性の術式は現在も意欲的に研究されているし、論文や出版物もあるので私でもある程度は理解しているけれど、聖属性についてはそもそも属性を持っている人間がいない。もしいたとしても法国がガッチリと囲い込むので、今まで誰も研究する事が出来なかったのだ。

だけど私の目の前にはその希少な聖属性を持っている人がいる。しかし聖属性は全くの未知の分野だ。術式どころの話ではない。聖属性は火水風土の四属性のように自然現象ではないからだ。

——聖属性を解明する事は即《すなわ》ち、神の領域に踏み込むという事。

そんな大それた事が私に出来るとはとても思えない。けれど、どうしても私は化粧水が作れる魔道具を完成させたかった……それは我が愛するディルクの為に……‼

だけど、どうやって聖属性を再現するかが問題だ。どうしたものかとぼーっとしていると、ふとミアさんが例の指輪を眺めているのが目に入った。

あらあら、ミアさんったらハルの事を思い出しているのね……純愛だわ。でもそんなに握り込んじゃったら、また石がアップグレードしちゃうわね……と思ったところで閃《ひらめ》いた。

——ミアさんに魔石持たせたら属性が付与されるのでは？

月輝石《げっきせき》を天輝石《てんきせき》に進化させた彼女ならもしかすると魔石が聖魔石に変化するかもしれない……！

そうとなれば善は急げだ。

私はミアさんに魔石を渡し、肌身離さず持ちつつ時々魔力を通すようにお願いした。

それからしばらくして魔石を見せて貰ったら大当たり‼　見事に聖属性が付与されていた‼　私凄い‼　ディルクは褒めてくれるかな？　ご褒美はプロポーズでオナシャス。

とにかくこの魔石に四属性の術式を書き込めば、ミアさんの魔法を再現出来る筈《はず》。

そうして試行錯誤したものの、無事に化粧水生成魔道具が完成した。さすがに効能はミアさんの化粧水には劣るけれど、薄めた状態のものとほぼ同じレベルの化粧水を作る事が出来る。

――これで何とか化粧水の安定供給の目処《めど》が立った。

魔道具の完成をディルクに早く伝えたくて、普段は行きたくても行けない買取カウンターへ足を伸ばした。私にとってここは聖地！　まあ、ディルクがそこに居るならどこでもサンクチュアリでヴァルハラだ。そして買取カウンターで仕事をしているディルクを物陰からこっそりと見る。

……はぁ。カッコいい……！

このましばらく鑑賞会と意気込みたかったけれど、そこはぐっと我慢した私エライ。

そしてディルクのもとへ向かうと、私に気付いたディルクが笑顔で……‼

「マリカどうしたの？　ここに来るなんて珍しいね」

…………くっっはー！

もうね、私、死んだと思いましたよ？　ホントにヴァルハラに来たのかと思っちゃいましたよ？

でも生きてた！　そうよね、死んじゃったらもうディルクを見る事が出来ないんだもの‼

そんなの生きるしかないよね‼

興奮冷めやらぬまま魔道具の完成をディルクに伝えると、とても大喜びで褒めてくれた。ディルクが喜んでくれて私も嬉しい。ご褒美で何が欲しいか聞かれたけれど、「それはあなたです‼」と言える度胸もなく……。結局いつものように辞退する事になってしまったのは残念だ……ぴえん。

とにかく、この魔道具があれば、ミアさんは気兼ねなくハルに会いに行けるだろう。

彼女はとても優しいから、化粧水の供給が出来ない事を気に病んで、ずっとここにいると言い出しかねない。頑張ってきたミアさんには何としても幸せになってほしい。

その為にはハルともう一度再会する必要があるのだから。

魔道具も完成して一段落したので、以前から作ろうと企《たくら》んで……いや、発案していた音を保存する魔道具を作ろうと思ったその時、私に来客があったと告げられた。

その来客とは、以前から私に魔導国の国立魔導研究院に来ないかと誘ってくる連中なのだが、正直とても面倒くさい。いくら好条件を提示されても無駄《むだ》だというのに。

仕方無く商談室へ向かうと、途中でディルクが私が来るのを待っていてくれた。

——ヤダ！　早く会えて嬉しい！　好き！

「マリカ、忙しいのにごめんね？　本当なら僕だけで対応したかったんだけど……」

私を心配してくれてるの？　いやーん！　優しい！　好き！

ディルクの為に割《さ》く時間なら無限にあるのよ？　むしろ私はディルクの為に生きてるから！

「大丈夫」

だから心配しないでね！　ちゃんとお断りするからね！

私に面会が来る時は何時《いっ》もディルクに付いて貰っている。その方が話がスムーズに進むからだ。べ、別にディルクと一緒にいたい訳じゃないんだからね！　……って、すみません。嘘《うそ》つきました。何時も一緒にいたいです。出来れば四六時中くっついていたいです。

私は気合を入れて商談室に向かう。何となくディルクが緊張している気がするけど……真面目《まじめ》な顔をしたディルクも素敵！　そんなディルクを堪能《たんのう》しつつ部屋の前に着くと、ディルクがドアをノックして開けてくれた。紳士！　カッコいい！　好き！

商談室に入ると、国立魔導研究院の制服でもある灰色のローブを着た男の人二人が待っていた。

「お待たせしました」

部屋に入った私達を二人が見る。一人は何時も来る副院長だけど、もう一人は初めて見る顔だ。

「こんにちは、マリカさん。お忙しいのに申し訳ありません。今日は我が研究院の中でも優秀な者を連れて来ました。彼はエフィムと言って、若いですけど将来有望な、研究院期待の星なんです」

副院長が横に座っていた青年？　少年？　を紹介してくれた。

「初めまして、エフィムと申します。天才と名高いマリカさんにお会い出来て光栄です」

そしてエフィムがにっこり微笑《ほほえ》んだ。私も「マリカ」と言って一応挨拶《あいさつ》をしたのだけど……この人何だか妙にキラキラしい。随分《ずいぶん》自分の顔に自信がおありのご様子。

「エフィムは年齢もマリカさんに近いし、話が弾むのではないかと思いましてね。彼から我が研究院について話を聞いて貰えたら、マリカさんもきっと興味が湧いて来ますよ」

副院長がニコニコ笑顔で提案してくる。いくら勧誘しても私が首を縦に振らないから、今度は色仕掛けで来たのだろうか？　だとしたら失礼にも程がある！　チェンジだ、チェンジ！　その程度の面《つら》で私が靡くと思われていると思うと腸《はらわた》が煮えくり返るわ！

「こんなに可愛い子が噂《うわさ》の天才魔道具発明家だなんて驚きだなあ。僕にもマリカさんのお話を聞かせてほしいな」

「帰れ」

……って言えたら楽なのに。そんな時間あったら魔道具制作の続きやるわ！　邪魔《じゃま》すんな！

しかしディルクの手前そういう訳にもいかず……ここはじっと耐えるしかないか。

それからしばらくはそのエフィム？　とかいう奴と副院長の、「魔導国はこんなに素晴らしいでショー」が開演された。二人のトークショー状態だ。

こんなのに付き合わされて時間の無駄だなあ、ディルクも暇じゃないのに申し訳ないなあ、と思いチラッとディルクを見ると、私の視線に気付いてふっと微笑んでくれた。

……うおぉぉぉぉ!!　イイ！　ディルクの微笑みイイ！　微笑み一ついただきましたー！　あジャース!!

無駄と思える時間もディルクと一緒の時間だと思えば全く苦にならなくなった。

ディルク効果しゅごい。それに今日はいつもより距離が近い気がするわ……ほのかに隣からディルクの体温を感じるし……それに何だか良い香りもするような……クンカクンカ。

深呼吸出来たら思いっきりディルクの薫《かお》りを吸い込んで体中を満たすのに……口惜《くちお》しや……!!

「……と、いう訳なのですよ。魔導国の素晴らしさをご理解いただけましたか？」

あー、ハイハイ。今脳をフル稼働してディルクの匂いを記録してるから邪魔すんな。

私はこくこくと頷《うなず》いて返答した。はー。もっと吸いたい。

「……！　では、魔導国にお越しいただけるんで⁉」

興奮する副院長の声に「ん？」となる。あ、ヤベ。話聞いてなかった。何のお話をしていたっけ？　ディルクを堪能していたから全然聞いてないやと思っていたらディルクが私に問いかけた。

「マリカは魔導国に行きたい？」

んな訳ない。私が行きたいのはディルクの腕の中だ。あ、でもそうなったらショック死するかも。今度こそヴァルハラ行きだ。それはヤバイ。心臓鍛《きた》えなきゃ。今からでも間に合うかしら。

「行かない」と即答した私に研究院の二人はガッカリしたようだ。期待させちゃって申し訳ない。

「本人もこう言っておりますし、何分研究で忙しい身ですので、どうぞお引き取り下さい」

ディルクがキッパリスッパリザックリと断ってくれた。キャー！　ディルクカッコいいー！　素敵！　抱いて！　いやマジで！　ホンマに。

研究院の二人は「また来ます」とか「マリカさん、またね」とか言ってたけど、ディルクにうっとりしていた私の耳には全く入って来なかった。

もう二度と来んなって思うけど、こうやってディルクから庇《かば》われるとたまには来てもいいのよ？と思ってしまう私は重症なのかもしれない。……今更だけど。

第二章　ぬりかべ令嬢、相談される。

ディルクさんに鑑定して貰ったマッサージオイルは化粧水と同じようにランクを落としたものを作り、問題ないようであれば販売するという事になった。

販売用のマッサージオイルを作るのは比較的簡単だ。何故ならマリカさんが作ってくれた魔道具を少し改良するだけで作れるからだ。以前作った一号はハーブを粉砕・撹拌用だからそのまま使えるので、ハーブを煮出す二号に蒸留する為の部品を付けた魔道具を三号とした。

そして今回開発する四号はじっくり火をかける魔道具だ。キャリアオイルはバターをメインで作る事にしたので、加熱用と浄火用の魔石を設置すれば出来るらしい。

大体の構成が決まったのでマリカさん指示のもと、ニコお爺ちゃんが魔道具を製作中だ。

これで化粧水に続き、マッサージオイルも魔道具で生産可能となった。このマッサージオイルも売れたらいいいな。ただ、今は化粧水の販売だけで手一杯なので、マッサージオイルはもう少し環境が整ってからの販売にするらしい。

そうして再び時間が出来た私は次の商品を考えようとしたのだけれど……何だか最近、マリカさんの様子がおかしい……気がする。何となくだけど元気がないのだ。

私で何かお役に立てるのなら喜んで協力させて貰いたいけど、まずは原因を知らないといけない。

マリカさん私に教えてくれるかな……？　当たって砕けろの思いでマリカさんに声を掛けようと

した時、ドアベルが鳴って「やほー！」と手を振ってアメリアさんが入って来た。

「こんにちは、ミアちゃん！　この前作ってたマッサージオイル、ディルクから許可が出たって聞いたら、もうすっごく気になって気になって……来ちゃった☆」

テヘッと笑うアメリアさん、とてもキュート！　そう言えば「聖膏」はそのまま置いていたんだっけ。正直自分でもどのような効果があるのか興味がある。

「……あら？　マリカどうしたの？　何だか暗くない？」

部屋の隅でぼーっと座っていたマリカさんを見たアメリアさんが、声を潜《ひそ》めて聞いて来た。

さすがアメリアさん。マリカさんの様子がおかしい事に一目で気付いたようだ。

私はマリカさんの様子をアメリアさんに話し、一緒に相談に乗って貰う事にした。

「あらあら。ちょっと込み入った話になりそうね。でも私、もうちょっとしたら売り場に戻らないといけないのよね。……そうだわ！　ミアちゃんがよければ一緒に来ない？」

「いいんですか？　じゃあ、ちょっとだけお邪魔します。売り場の雰囲気も見てみたいですし」

マリカさんが早く元気になってくれる方法があるのなら、すぐにでも試したい。

私は研究棟の皆んなに席を外す事を伝え、アメリアさんと一緒に化粧品売り場へと向かう。

「そうそう、ミアちゃんに似合いそうな新色のリップがあるのよ。ちょっと試してみない？」

「新色ですか？　わぁ、楽しみです！」

アメリアさんが「気分転換にもなるわよ？」と言ってくれたので、お言葉に甘えてお試しさせて貰う事に。マリカさんを心配する私を気遣ってくれるその気持ちがとても嬉しい。

化粧品売り場に着くと、着飾った女性達が思い思いに商品を選んでいて、その絢爛《けんらん》な雰囲気に慣れていない私は気後《きおく》れしてしまう。

（うわー。綺麗な人達ばっかり……！　このお店はお客さんまで洗練されている気がするよ……）

そんな煌《きら》びやかな売り場にアメリアさんが戻ると、お客さん達の視線が一斉にアメリアさんへと注がれる。その視線は憧《あこが》れの人に出会ったかのような、そんなキラキラとした眼差《まなざ》しだった。

（アメリアさんが売り場に立つと更に雰囲気が華《はな》やかになった……！　アメリアさん凄い！）

いつも研究棟で見る表情と違い、お仕事モードなのか、誰もが見惚《みと》れるような笑顔を浮かべたアメリアさんはとても綺麗で格好良かった。お客さんが憧れるのもよく分かる。

「ミアちゃん、こっちこっち！　ほら、これが新色よ」

アメリアさんに呼ばれて恐る恐る近づくと、綺麗にディスプレイされているリップの中から一本取り出して「ほら、可愛いでしょう？」と言って私に見せてくれた。

「わぁ……！　本当に可愛いですね……！」

見せて貰ったのは、アクア・ティント――やや灰色がかった水色――のボトムに花のモチーフが彫られた白い陶器製のキャップが組み合わされている、フェミニンで可愛いリップケースだった。

陶器のキャップを外すと、中にはベビーピンクのリップスティックが。

「これは唇《くちびる》にパールの輝きをプラス出来るリップなの。ミアちゃんの唇をより一層ふっくらと立体的にしてくれるわよ」

アメリアさんがそう言ってお試し用のリップを塗ってくれた。

「唇って顔の印象を左右するから、こうしてリップを塗るだけで顔がきゅっと締められるのよ」

鏡で自分の顔を確認すると、リップを塗っていると分かるのに、まるで元の自分の唇の色のように馴染《なじ》んでいた。

（本当に顔の印象が変わってる！　何だか華やかになった気がするよ！　凄い！）

私がリップの凄さに驚いていると、アメリアさんがお客さんに呼ばれて接客しに行ったので、邪魔にならないように売り場を見て回りながら待つ事にした。

そうして少し乱れてるディスプレイを直していると、売り場が少しざわめいている事に気付く。

不思議に思った私がざわついている方向を見ると、少し長めの淡い金の髪に、穏やかな緑色の瞳をした美青年がいた。周りの女性達は紅《あか》い顔をしてきゃあきゃあと色めき立っている。

私は売り場中の女性達から熱い眼差しを向けられているその人を見て驚愕《きょうがく》する。

（あの人、もの凄く見覚えが……って！　ど、どうしてこの人がこんな所に……⁉）

滅茶苦茶目立っているその人——確かアーヴァインさん？　は、何かを物色しているようだった。

（今の私を見てもウォード侯爵令嬢だと気付く訳ないよね……でも嫌な予感がするから隠れよう）

王宮の舞踏会で会ったアーヴァインさんは、とても魔道具がお好きな様子だったから、このお店には魔道具を見に来たのかもしれない。会ったのは一度きりだし、その時はぬりかべメイクだったから気にする事はないと思うけれど、自分の勘を信じている私はアーヴァインさんがどこかに行くまで隠れようとした。

……それなのに、こういう時に限ってバッチリと目が合ってしまうなんて……！

「失礼、お嬢さんはここの店員さんかな？」

……そしてバッチリと話しかけられてしまった。

「はい、そうですけれど、何かお探しものでしょうか？」

一瞬、お客さんの振りをするべきかと思ったけれど、そこまでして逃げなくてもよいかと思い直して接客する事にした。ただの売り場案内かもしれないしね！

「ええ、女性への贈り物を探しているのですが、おすすめの商品はどれでしょう？」

（えっ！　プレゼントの相談⁉　ど、どう答えればいいの……⁉）

質問されたのは男性から女性へのプレゼントについてだった。うーん、私は貰った事も贈った事もないから、何が良いなんて全く分かんないや……どうしよう……。

「そうですね……失礼ですが、贈られる女性はおいくつぐらいの方でしょうか？」

仕方がないから、アメリアさんの手が空くまで質問してその場を凌《しの》ごう！

「歳は恐らく十五、六ぐらいでしょうかね。ちょうどお嬢さんぐらいの歳で……ああ、その瞳の色もとてもよく似ていらっしゃる。そう言えば身長も同じぐらいで——……」

アーヴァインさんからじっと見られ、いたたまれなくなった私はアーヴァインさんの気をそらすべく、いくつかの質問をさせて貰う事にする。

「それは偶然ですね！　その方とは昔からのお知り合いですか？　好きな物や趣味などご存知でしたら、それを参考にして商品をお探ししますが、いかがでしょう？」

「……いえ、彼女と会ったのは一度きりなので……好みなどは全く」

うーん、贈る相手の情報は全く分からないのか……。

「そうなのですね。では化粧品などいかがでしょう？　こちらのリップは発売されたばかりの新色でとても可愛いからプレゼントに最適だと思いますよ」

この売り場で私が知っている唯一《ゆいいつ》の商品がこのリップしかないので、これをオススメさせていただこう。ちょっと強引《ごういん》だとは思うけれど、実際可愛いから贈ると喜ばれると思うんだよね。

私はキャップを外してリップの色を見て貰う。お相手のイメージに合えばいいのだけれど。

「なるほど、リップですか……」

私がアーヴァインさんに「どうぞ」と言ってリップを渡すと、お相手を想像しているのか、じっとリップを見ていたアーヴァインさんの表情がフッと綻んだ。

――その表情は、まるで愛おしい人を想い浮かべているような、そんな優しい表情で――。

「彼女はとても可愛いのに、どうやら化粧は苦手みたいで……このリップなら彼女の真っ白な顔に丁度いいですね。この商品をいただきます」

アーヴァインさんが優しく微笑みながら、渡していたリップを返してくれる。

「あ、ありがとうございます！　少々お待ち下さい！」

まさか本当に買ってくれるとは思わなかったのでびっくりした。

(真っ白い顔って、まるでぬりかべメイクの事みたい。凄く色白の人なのかな)

そんな事を考えていると、丁度接客を終わらせたアメリアさんが戻って来てくれたので助かった。

私はアメリアさんに商品が決まっている事、プレゼント用だという事を伝え、後をお願いする。

「まあ！　ミアちゃんったら早速売ってくれたの？　凄いじゃない！　ありがとう！」

アメリアさんが喜んでくれて私も嬉しくなる。

それから綺麗にラッピングされた商品を持って、アメリアさんと一緒にアーヴァインさんが待っている場所へ向かう。私はアメリアさんの後ろについて反応を窺ってみる。

「大変お待たせいたしました。プレゼント用にラッピングさせていただきましたが、こちらでよろしいでしょうか？」

「ああ、ありがとう。問題ないよ」

アーヴァインさんは会計を済ませて商品を受け取ると、満足そうに微笑んだ。

「こちらのリップは我が商会の自信作ですので、お相手の方にも喜んでいただけると思いますわ」

「それはよかった。良い商品を教えてくれて助かったよ。君もありがとう」

そうして私にもお礼を言って、アーヴァインさんは帰っていった。

私とアメリアさんは一緒に「ありがとうございました」とお辞儀《じぎ》してアーヴァインさんを見送る。

初めての接客が無事に終わった私はほっと胸を撫で下ろす。

「それにしても男性からリップのプレゼントって意味深よね。まあ、あれだけの美男子だし、贈られた人は喜ぶでしょうけど」

アメリアさんが気になる事を言ったので、「どんな意味があるんですか？」と聞いてみる。

「あのね、男性が女性にリップを贈るのは『あなたにキスしたい』って意味なのよ」

「……えっ⁉」

アメリアさんが教えてくれた内容に絶句する。まさかそんな意味があったなんて……！

アーヴァインさんは意味を知っているのかな？　知らなかったら凄く申し訳ない。

「……あのお客様がその意味を知らなかったらどうしましょう……」

お店にクレームが入るかもしれないと思うと、顔からさあっと血の気が引いていく。

「あら、社交界では常識よ？　それに私が見たところ彼は貴族よね？　なら大丈夫よ」

（それって常識だったんだ……。ならアメリアさんが言う通り大丈夫なのかな……）

私はアメリアさんの言葉を信じて、心の安らぎの為にも気にしない事にした。


そうして接客が終わった頃には、化粧品売り場にいたお客さんも減ってきたので、私はアメリアさんに、マリカさんの事について改めて相談にのって貰う事にする。

「マリカの元気がなくなったのっていつ頃からか分かる？」

「多分ですけど、研究院の人達と面会してからだと思います。その日は珍しくディルクさんの機嫌も悪かったんですよ。だから何かあったのかなって心配で……」

「ああ、あの日からなのね……なるほど。まあ、十中八九というか、確実にディルク絡みだと思うけれど、元々マリカは無口だし、話してくれればいいんだけれど」

「お酒が入ると口が軽くなるって聞いた事がありますけど、まだ未成年ですしね」

以前、侯爵家の厨房でデニスさん達がそんな事を言っていたような気がする。その後ダニエラさんに怒られていたっけ……と、私が昔を思い出していると、アメリアさんから提案が。

「そうだわ！　それよ！　明日、三人で女子会しましょう！」

「女子会、ですか……？」

女子会とは、女性だけで集まるので、男性がいると話しにくい事も気兼ねなく話せたり相談出来たりする宴会の事だそうだ。今回は宴会というよりどっちかというとパジャマパーティーらしい。

「まあ、女子会って言っても二人共なるべく外に出ない方がいいでしょう？　だから誰かの寮部屋でどうかしら？」

（外に出られないのは残念だけど、女子会楽しそう！）

そうしてアメリアさんと相談した結果、女子会の開催場所は同室者がいないから遠慮なくお喋《しゃべ》りが出来るという事で、私の部屋に決定した。

私はアメリアさんと別れて研究棟に戻ると、マリカさんに女子会の事を伝える。

「……という事で、明日の夜、私の部屋に集まって女子会をしませんか？」

「行く」

マリカさんが快諾《かいだく》してくれたのでほっとする。ちなみにマリカさんも女子会は初めてらしく、とても嬉しそうだ。私も凄く楽しみ！　早く明日にならないかな。

喪失の忌み子（ディルク視点）

ミアさんが作った化粧水「クレール・ド・リュヌ」が発売された。

顧客である貴族のご婦人方に使いを出し、化粧水の効能を実際に試して貰ったところ爆発的に評判が広まり、あっという間にこのランベルト商会の看板商品となった。

やはりこういう流行を作り出すのに貴族のご婦人方の協力は欠かせない。

ミアさんが作った原液を普通の精製水で薄めているものの、さすが聖女が作った化粧水というべきかその効果は凄《すさ》まじく、もはや女性達には欠かせない必須アイテムとなっている。未《いま》だ口コミで広がり続ける化粧水の噂は近隣諸国にまで伝わり、各国からの問い合わせの数も日に日に増えている。中には定価より高額で買い取るという業者もいるらしいが誰も手放そうとしないそうだ。

おかげさまで化粧水の予約はずっと入り続けており、リピーターも続出なので、日が経つにつれ需要が高まっている。だがここで調子に乗ってはいけない。もしこの化粧水が販売出来ない状況に陥《おちい》った場合の事を考えて、対処方法を用意しておかなくてはならないからだ。

——いずれミアさんは帝国のレオンハルト殿下のもとへ行き、将来は皇帝の妃《きさき》となるだろう。だからいつまでも彼女を頼る訳にはいかないのだ。

ミアさんに化粧水の原液を大量に用意して貰ったところでいつかは在庫が底をつく。そうなれば暴動が起こるかもしれない……首謀者はアメリア辺りで。

どうにかしてミアさんを頼らず、自分達だけで化粧水を作る方法を模索しなければならない。

しかしその期限は約二ヶ月後――親父《おやじ》が帝都からやって来るまでがタイムリミットだろう。

そんな短時間で聖属性が解明出来るのなら法国なんて不要だろう。あの国は聖属性を持つ者を目《め》敏《ざと》く見付け出しては神殿奥深くに囲い込んでいるという。

困窮する人々を救うべく遣わされたであろう聖属性の人間を独占し、その威光を利用して権力を手に入れようとする法国のやり方には正直反吐《へど》が出る。

そんな法国にミアさんを渡す訳にはいかない。彼女はもう僕達の大切な仲間なのだから。


店内の買取カウンターで今後の事を考えていた僕のところにマリカがトコトコとやって来た。普段は研究棟に籠《こ》もっているのに珍しい。

「マリカどうしたの？　ここに来るなんて珍しいね」

僕が声を掛けると、白い頬《ほお》を赤く染め、キラキラした目で見上げてくる。

……ん？　この反応はもしかして何か褒めてほしいのかな？

マリカはいつも無表情で口数も少ないから、感情が抜け落ちているのではと誤解する人が多いけど、本当はとても感情豊かな女の子だ。

彼女が生まれ育った部族の悪習で、色を持って生まれなかった彼女は家族からも虐げられていた。

幼少期の栄養失調が祟《たた》り彼女はもうすぐ十五歳になるというのに十歳ぐらいにしか見えない。

僕が偶然発見しなかったら、今ここで彼女は生きていなかっただろう。

彼女が生まれた部族は帝国内の南の方に位置する少数民族で、浅黒い肌に金の瞳《ひとみ》、燃えるように紅い髪の毛を持ち、男女共に筋肉質で美しく整った体型をしている。

そんな派手派手な部族の中に、ある時真っ白い赤ん坊が生まれ落ちた。

「喪失《そうしつ》の忌《い》み子《ご》」――色も感情も言動も抜け落ちて生まれてきた子供、それがマリカだった。

色はともかく感情や言動は後天的なものだろう。愛情も与えられず育児放棄されている子供に豊かな感情が芽生え、なおかつ言葉が出る訳がない。しかし彼女は奇跡的に生き延び、僕との出逢いがきっかけで部族の柵《しがらみ》から解放され、自由を得たのだ。

それから僕は王国へ戻る事になったのだけれど、部族から抜けて一人になったマリカを置いていける筈もなく、僕自身もマリカを気に入った事もあり、一緒に連れて帰る事にした。

僕は〈鑑定〉が主な仕事とは言え、様々な物事に対する深い知識は結構ある方だと思う。いくら〈鑑定〉出来たとしても、その鑑定結果の意味が分からなければ宝の持ち腐れだからだ。

だから小さい頃から書物を読み漁《あさ》ったり、親父の仕事を手伝いながら見聞を広めて来たけれど、環境がアレだったマリカは誰からも何も教えられず、何も知らない真《ま》っ新《さら》な子供だった。

僕は上に姉が三人いるけれど、末っ子だったのもあり、マリカを妹のように可愛がった。そして勉強を教えている時にマリカの頭がかなり良い事と魔眼に気が付いたのだ。酷《ひど》い環境でも生き延びて来られたのはそのおかげだったのだろう。

マリカは教えれば教えるほど、面白いぐらいに知識を吸収し、蓄えていった。

本当の天才というのはマリカの事をいうんだな、と納得したのを覚えている。

僕よりも余程物知りになったマリカだったけど、変わらずに僕に懐《なつ》いてくれているのがとても嬉しかった。そしてマリカは知識を蓄えるだけでなく、その知識を応用して使う事にも優《すぐ》れていた。

魔道具に興味を持ったマリカは魔法技術をあっという間に理解し、術式を組み上げ、簡略化し効率を向上させ、今まで無駄に大きかった魔導具の小型化に成功するという偉業を成し遂げた。

しかし魔導国に目を付けられてしまったのは僕の不注意だった。どこからかマリカの事がバレてしまったらしく、引き抜きの話がひっきりなしにやって来てはその都度《つど》、僕が無口なマリカの代わりに断り続けていた。今はもう落ち着いて来たけれど、しばらくは仕事にならなかった。

その時の事を反省した僕は店に関わる全ての人間に守秘義務を課す事にした。勿論、その分待遇面で便宜《べんぎ》を図ったけれど。案外この対策が功を奏し店の従業員に連帯感を、商会に於《お》いては信用を得る事が出来たのは僥倖だった。

そんな中、マリカは随分と僕に恩義を感じてくれているらしく、魔道具発明関連の権利を譲渡してくれようとしたのには驚いた。さすがにそこまでして貰う義理はないので、代わりに商会にかなり有利な条件で契約して貰っている。おかげで我が商会は潤沢《じゅんたく》な資金を得る事が出来ているので、次々と新規事業に投資が出来、商会の規模もかなり大きくなった。

ちなみにマリカの個人資産はその辺りの貴族の資産を軽く上回っているのは秘密だ。

そしてマリカにたくさん助けられている僕は、更に彼女に助けられてしまう事になる。

――マリカが魔道具でミアさんの化粧水を再現する事に成功したのだ。

聖属性を解明した訳では無いと謙遜《けんそん》していたけれど、それでも十分過ぎる成果だ。僕は手放しでマリカを褒めちぎった。下手をすると商会が窮地に陥る所を救ってくれたようなものだからだ。

……特にアメリアの脅威《きょうい》から。

だから僕はマリカに何かお礼をしたくて、何が欲しいか尋ねてみたけれど、彼女は何も欲しがらない。もしかして欲もなくして生まれて来たのかもしれない。ただ、いつも何かを言いたそうにしているのは分かっている。それは僕に言えない事なのか、それとも……。

最近の僕はよく思うのだ。まだまだたくさんの可能性を秘めているマリカが、研究棟に閉じこもっている今の状態では、折角《せっかく》の可能性を潰《つぶ》してしまっているのではないか、と。

僕としてはマリカにもっと広い世界を見せてあげたい。だから魔導国の研究院からの勧誘も、彼女にとっては良い機会なのに、彼女は頑《かたく》なに拒んでいる。そこから考えてみると、もしかして彼女は自由が欲しいのかもしれないと思い至る。何が欲しいか聞かれても言い出せないのは、商会に対して責任や義務があると思っているからではないか——僕がそう結論付けたその時、タイミングが良いのか悪いのか、魔導国の国立魔導研究院から面会依頼が来た。

さすがに門前払いする訳にも行かず、いつものように商談室へと通して貰ったのだけど、その時チラッと見えた研究員の一人が、いつも来る年配の人と違う事に気が付いた。

歳が僕と同じぐらいのその研究員は若くて見た目が良く、自信に満ち溢《あふ》れているように見えた。冴《さ》えない僕とは大違いだ。恐らくマリカを勧誘する為に人選したのか、随分と女受けが良さそうな雰囲気だった。そんな彼を見ると、さすがのマリカも今回は勧誘に乗るかもしれないな……と思ったら何故か胸がモヤモヤした。そのモヤモヤの原因が分からないままマリカを待っていると、研究棟からこちらに向かって来るマリカが見えた。

つまらなさそうに歩いている姿に、面会が凄く嫌なんだろうなというのが伝わってくる。そんな不機嫌そうなマリカの顔が、僕を見付けた瞬間嬉しそうな顔に変わる。

――ああ、いつものマリカだ、と思うと、僕の胸のモヤモヤが晴れていたのに気付く。きっと忙しさで荒《すさ》んでいた心がマリカに癒やされたのだろう。しかし何故か今回はマリカをあの研究員に会わせたくないと思ってしまう。そういう訳にはいかないけれど。

仕方なくマリカと商談室に入り、それぞれと挨拶を交わす。すると案の定、エフィムと名乗った研究員は熱心にマリカを口説《くど》き出した。研究院の素晴らしさはともかく、いかに自分が優秀で期待されているか、研究院に来てくれれば自分が大切に面倒を見るとか、かなり真剣だった。

きっと彼自身が個人的にマリカを気に入ったのだろう。

マリカはとても可愛いから当然の反応だろうけど、何だか妙に気に食わない。

初めはグイグイ来るエフィムに戸惑ったマリカが不安そうに僕を見上げてきたので、安心するように微笑んだ。それでマリカも落ち着いたのか、しばらくはエフィムの話を聞いていたけれど、次第にマリカの様子がおかしくなってきたのに気付く。

普段は雪のように白いマリカの頬が段々と赤くなってきたではないか。しかも手をもじもじと合わせていて、微妙に呼吸も荒い気がする。まさかマリカはエフィムに……!?

「……と、いう訳なのですよ。魔導国の素晴らしさをご理解いただけましたか？」

マリカが心配になったけど、ちょうど話が終わったようで、エフィムがマリカに笑いかけた。するといつもあまり反応しないマリカがこくこくと頷いている。僕は初めて見るマリカに驚いた。

「……！　では、魔導国にお越しいただけるんで!?」

副院長もいつもと違うマリカの反応に手応《てごた》えを感じたようだ。このままではマリカが魔導国へ行ってしまう――そう思った僕は、気が付いたらマリカに問いかけていた。

「マリカは魔導国に行きたい？」

いつもなら背中を押す言葉を掛けるけど、今の僕はどうしてもそんな言葉を掛けたくなかった。

「行かない」

マリカが断って安堵《あんど》した僕は、彼女の気が変わらない内にと、畳み掛けるように二人に言った。

「本人もこう言っておりますし、何分研究で忙しい身ですので、どうぞお引き取り下さい」

僕の言葉にガッカリした二人だったけれど、「また来ます」「マリカさん、またね」と言っていたので、諦める気は毛頭《もうとう》ないようだ。特にエフィムには去り際に恨《うら》みがましい視線を向けられた。

だけどエフィムを見送るマリカの目が引き止めたそうに揺れているのを見て僕は……。


それからマリカと研究棟に戻ったけれど、僕の心の中はずっと荒れたままだった。

ミアさんが法国の秘儀〈聖域〉をいとも簡単に顕現してしまったり、作ってくれた新商品が伝説の「聖膏」だったりと、また問題が山積みになってしまったけれど、僕の心の中はずっと微《かす》かな苛《いら》立《だ》ちに似た思いが燻《くすぶ》ったまま残り続けたのだった。

第三章　ぬりかべ令嬢、女子会に参加する。

今日は待ちに待った女子会の日だ。

アメリアさんとマリカさんは準備が終わり次第、私の部屋へ来る事になっている。

私は厨房を借りて軽くつまめるような料理を用意する事にした。メニューはトマトソースのチキンソテー、たことマッシュルームのアヒージョ、ミニカプレーゼ、カルパッチョなどなど。

トマトソースのチキンソテーはヘルシーな胸肉にトマトやリンゴ酢を使ったソースでさっぱりと仕上げ、アヒージョはタコとマッシュルーム、赤唐辛子をにんにくとオリーブオイルでじっくりと煮込む。ミニカプレーゼはミニトマトと小さいモッツアレラチーズにブラックオリーブと調味料を混ぜて完成……と、他にもお手軽に出来るおつまみをいくつか作った。

私がおつまみをテーブルに用意していると、マリカさんとアメリアさんがやって来た。

「わあ！　凄く美味《おい》しそうなお料理！　これ、もしかしてミアちゃんが作ったの!?」

「美味しそう」

アメリアさんとマリカさんは料理を見て凄く喜んでくれた。

「私は飲み物を持って来たけれど、正解だったみたいね」

「デザート」

二人もそれぞれ手土産《てみやげ》を持って来てくれたようだ。アメリアさんはワインとジュース、マリカさんはフルーツてんこ盛りのジュレだ。

持って来てくれた手土産もテーブルに並べて準備完了。テーブルの上がとても賑《にぎ》やかになった。


そして女子会スタート。

初めはアメリアさんが仕事中にあった出来事を面白おかしく話してくれたり、人気の商品を教えてくれたりと、その場を和《なご》ませようと色々なお話を、聞いている人も楽しめるように話してくれた。

私とマリカさんはジュースを飲みながら話を聞いている。ワインは勿論アメリアさん専用だ。

そして話はお店の中で誰と誰がお付き合いしているかの恋バナへ。

職場で出逢って付き合って……という話を聞き、そう言えばデニスさんとダニエラさんはどうなったのかな、とふと思った。

傍《はた》から見たら相思相愛の二人だったけれど、デニスさんってデリカシーないから、皆んなの前でプロポーズとかしちゃってそう……ダニエラさんを怒らせていなければいいけど。

そんな事を考えていると、アメリアさんから質問を投げられた。

「ミアちゃんは付き合ってる人はいるの？」

いつかは聞かれるだろうな、と思っていたので、ハルの事を簡単に説明する。

「え！　七年も会っていないの？　それなのにずっと思い続けているなんて……‼　健気《けなげ》だわ‼」

アメリアさんは驚くと、いたく同情してくれた。更にぎゅーっと抱きしめられると、頭をよしよしと撫でられた。……もしかして酔ってるのかな？

ちなみにマリカさんはずっとおつまみを食べている。気に入ってくれたようで嬉しい。

「ミアちゃんは偉いわね……それに比べて私と来たら……」

何だか今度は自己嫌悪《けんお》に陥りだした。

「アメリアさんも恋で悩んでいるんですか……？」

美人で優しくて、明るくて人を気遣えるアメリアさんだけど、同じように恋の悩みがあるんだ。

「好きな人がいるんだけど、なかなか気持ちを伝えられなくて……」

頬を染めて恥ずかしそうに呟くアメリアさん。いつもは颯爽《さっそう》とした美人なお姉さんなのに、好きな人について話す姿は凄く可愛い！　……でもアメリアさんが好きな人って誰だろう？

「アメリアさんが好きな人って、ジュリアンさんですか？」

「あ゛？」

ひえっ‼　アメリアさんの目が据《す》わってる‼　怖い‼

「どうして私があんなナルシストを好きになるのよ‼」

「す、すみませんー‼」

アメリアさんは今まで何回か同じような勘違いをされて迷惑しているらしい。ジュリアンさんのファンの子達に問い詰められた事もあるそうだ。……ジュリアンさんのファン……まあ、お店では訛《なま》りもないし女性の扱いも慣れてそうだものね。そう思えば確かにモテそうかも。

「じゃあ、私が知っている人ですか……？」

怒られないように恐る恐る聞いてみると、相手を思い出したのか「……うん」と照れくさそうに答えてくれた。うーん。怒った時とのギャップが凄い。これやっぱり酔ってるよね⁉

「私……ずっとね、リクが好きなんだぁ……」

「え⁉　リクさん⁉」

意外な人物の名前が出た事に驚いていると、「文句あるの⁉」と睨まれた。いえいえ、とんでもないです！　単純に驚いただけですから！

「研究棟に遊びに行くのは、勿論ミアちゃんやマリカに会いたいっていうのもあるけど、リクにも会いたいからなの」

なんと衝撃《しょうげき》のカミングアウト！　全く気付かなかったよ……。

「リクさん、とても優しい人ですものね。研究棟に入って日が浅い私にも惜しみなく力を貸してくれましたし……とても素敵な人だと思います」

髪色を変える髪飾りを作る為に、寝る間も惜しんで協力してくれたし。

私がそう言うとアメリアさんも「そう！　そうなのよ！　リクはとっても優しいの‼」と力説されてしまった。お、おおう……。

話を聞いたところによると、このお店に入って間もなくの頃、実家から持って来ていた大切なオルゴールを誤って落としてしまったアメリアさんは、リクさんにお願いして直して貰ったらしい。

「小さい頃から持っていたオルゴールでね、市場価値があるわけじゃないんだけど、私にとっては思い出がたくさん詰まった、とても大切な宝物だったの。でもオルゴールの修理ってとても難しいらしくて、諦めていたんだけど……」

アメリアさんが昔を懐かしむように話してくれた内容によると、オルゴールの事をディルクさんに相談してみたら、凄く腕のいい修復師だとリクさんを紹介してくれたんだそうだ。

「リクが修理してくれる事になったんだけど、その頃は働き出したばかりだったたし、正直お金が無かったから修理代が心配でね。リクにその事を話したら『大丈夫だよ～』って。あののんびりした口調で言うもんだから、その時は本当にこの人大丈夫なの？　って心配になっちゃったわ」

確かにリクさんはいつものんびりと仕事をしているものね。でも仕事はとても丁寧《ていねい》で、確かな技術を持っている。だからその筋ではかなり有名らしいとディルクさんも言ってたっけ。

「一度修理をしているところを見に行ったんだけど……凄く真剣に修理をしている姿が格好良くて……。しかも、その時の修理代は『就業時間外にした事だからいらないよ～』って……」

その時のリクさんの顔を思い出したのか、頬を染めながらアメリアさんがうっとりとした表情になる。うーん、色っぽい。これが大人の色気ですね。

「リクさん、顔はよく分かりませんけど、背も高いし足も長くて、良い身体していますものね」

マリアンヌ曰く細マッチョ？　だっけ？　筋肉モリモリじゃなくて服の上からは分からないけど、実は腹筋が割れてるという。腹筋は流石に見た事ないけど、結構重そうな荷物もヒョイッと担《かつ》いでるし、腕まくりした腕から見える筋肉も綺麗だし……と思っていたらアメリアさんが怒り出した。

「もう！　ミアちゃんずるいずるい‼　私もリクの格好良いところもっと見たいのにー‼」

「ええ～……」

アメリアさんにずるいと怒られながら惚気《のろけ》に付き合わされてしまいました……何故？

ちなみにその間もずっと、マリカさんはおつまみを食べ続けていましたよ。気に入ってくれたみたいで嬉しいな。

それからしばらくアメリアさんの惚気を延々と聞かされていると、マリカさんが「二人はお似合い」とぽつり呟いた。それを聞いたアメリアさんは大喜びだ。

「ホント⁉　マリカがそう言ってくれるなんて！　凄く嬉しい！　ありがとうマリカ‼」

背が高めでスラッとした美人のアメリアさんと、背が高くて細マッチョ（？）のリクさんが並ぶ姿を想像してみた。うん、お似合いだ。

「……羨《うらや》ましい」

マリカさんがまたぽつりと呟いたかと思うと、大きな紅い瞳から涙がポロポロと零《こぼ》れ落ちた。

「マリカさん⁉」

「マリカ⁉」

私は慌ててマリカさんの傍へ行くと、ハンカチで涙を拭き取った。アメリアさんはマリカさんの頭をよしよしと撫でるけれど、その間もマリカさんは泣き続けては言葉を零す。

「私も大きくなりたい」

「こんな身体ヤダ……」

マリカさんの悲痛な言葉に胸が痛くなる。それはアメリアさんも同じ気持ちだったみたいで。

「マリカ、少しずつでもいいから、どうしてそう思うのか教えて？」

アメリアさんがマリカさんに優しく問いかける。すると、マリカさんは一つ一つ教えてくれた。

曰く、
マリカさんはディルクさんの傍にいたいのに、魔導国行きを勧める事。

マリカさんが魔導国へ行かないのはランベルト商会に義理立てして遠慮していると思っている事。

マリカさんが先日来た研究員の事を好きだと勘違いしているかもしれない事。

——何よりも一番イヤなのは、自分の身体が成長しないからいつまで経っても恋愛対象として見て貰えない事――。

マリカさん、本当にディルクさんが好きでたまらないんだな。でも、ディルクさんは本当に恋愛対象としてマリカさんを見ていないのかな？　この前、面会後に機嫌が悪かったのはヤキモチを焼いたのでは？　と思うんだけど。

「私が見てる限りじゃあ、ディルクもマリカに特別な感情を持っている筈よ。ただ、一見マリカが幼いから無意識に感情をセーブしているんじゃないかしら？」

アメリアさんの話によると、ディルクさんは結構人気があるらしく、彼目当ての女の子達がよくお店に来るらしい。ディルクさんはとても優しく人当たりもいいので、彼と関わる人はその人柄に惹《ひ》かれるそうだ。

「ジュリアンのファンはどっちかというと見た目で好きっぽいんだけど、ディルクの方は結構本気っぽい子が多いのよね」

ジュリアンさんも気さくで優しいのに、見た目の印象が先行してしまうのかもしれない。

「やだ……」

ディルクさんがモテていると聞いてマリカさんが不安になったようだ。またポロポロと泣き出してしまい、アメリアさんが慌てて慰める。

「ごめんね！　不安にさせたかった訳じゃないの！　そんなにモテるディルクだけど、誘いは全部断っている事をマリカに伝えたかったの！」

女の子達からよく誘われているディルクさんだけど、いつもやんわりとお断りしているそうだ。

「それにマリカに向ける笑顔と、お客さんに向ける笑顔は全く違うわよ？　それはマリカも分かっているでしょう？」

マリカさんがこくりと頷いた。確かに、ディルクさんがマリカさんに向ける笑顔はとても優しい。とても大切な、まるで宝物を見るような笑みだ。

「でも妹かも……」

特別は特別でも肉親の方の特別だとマリカさんは思っているらしい。

何かきっかけがあれば変わるのかもしれないのに、この状況がもどかしい。いっその事、マリカさんが成長して年相応の見た目になれば……ん？　成長？

「余り考え込まないで、またこうやって女子会を開きましょう？　今日はもうお開きにして寝る？ほら、『寝る子は育つ』って言うじゃない」

何かが繋《つな》がりそうな私の耳に、アメリアさんの言葉がヒントになった。

（そう言えば私の土魔法には成長促進の効果があったっけ……これは使えるかも？　それに私の魔法がマリカさんの役に立てるのなら、どんな事でも試したい！）

そう思い立った私はアメリアさんとマリカさんに思いついた事を説明する。

私の部屋は丁度ベッドが一つ空いている。このベッドを囲むように土属性の魔法を掛けるのだ。イメージは「開花」。固い蕾《つぼみ》だった花が、綻ぶようにゆっくりと花開く様はとても美しいだろう。そしてこのベッドで寝ると、成長に大切なホルモン——成長ホルモン・甲状腺ホルモン・女性ホルモンの分泌が促されるようにするのだ。

私の提案に二人が同意してくれたので、私は早速空いているベッドに魔法を掛ける。

——どうか、マリカさんが美しく、本来あるべき姿へ還《かえ》りますように。

私が魔法を掛けると、ベッドの周りを花緑《はなろくしょう》青色の光が美しく輝き、上へ立ち昇るように光ると、ぱあっと弾け、光が粒子となって消えていった。

……成功したのかな？

魔法を掛けた後のベッドを見ても、以前との違いは分からなかった。けれど、ベッドを見たマリカさんが「凄い……」と言っていたので何かの効果は付与された筈！

そしてトドメに「聖膏」だ。これには生命力を増大させる効果があったから、これでマリカさんの身体をマッサージすれば更に効果が上がるかも！

私は早く試したくて、マリカさんに「マッサージするから、ここに寝て下さい」と言ったけど、ちょっと戸惑ったマリカさんに「アメリアから」と言われてしまった。

（ああ、そう言えばアメリアさんに一番に使って貰うと約束していたっけ）

「え⁉　私からでいいの？」

アメリアさんが凄く乗り気になっているので、私のベッドで施術する事に。

「私の場合、魔法のベッドで寝てこれ以上成長したら困るから」との事。確かに！

お義母様やグリンダには毎日のようにマッサージしていたけれど、こうやってお友達にするのは初めてだ。綺麗になって貰えるように頑張ろう。

薄着になって貰ったアメリアさんに、火魔法で温めた手で「聖膏」を使いマッサージしていく。

しばらくマッサージしていると、お義母様やグリンダの時と同じように、アメリアさんの身体から黄色い靄《もや》みたいなものが立ち昇っては消えていくのが見えた。以前からこの靄が気になっていた私は、マリカさんなら何か分かるかな、と思ってこの靄を『視《み》て』欲しいとお願いする。

そして視てくれたマリカさんの説明をまとめると、この黄色い靄みたいなものは、身体の中にある不要なもの――老廃物や毒素、脂肪を〈聖火〉で浄化した時に出るものらしい。

（なるほど……！　お義母様やグリンダがあんなに食べても太らなかったのって、〈聖火〉のマッサージ効果だったんだ。じゃあ、今もあんな生活していたら……）

お義母様達の体型が凄い事になっているのでは、と想像してぞっとする。

（――いや、もう私には関係ないのだから、頭を切り替えよう！）

不要なものを浄化し、身体の土台を整えたところに「聖膏」で生命力を与え、潤《うるお》す。

そうしてアメリアさんの施術を終えたんだけど……。

「わあ！　凄い!!　吹き出物がなくなってる！　肌がしっとりすべすべ！　しかも体のラインが引き締まってる!!　最近食べ過ぎでウエストがかなりヤバかったのに……!!」

どうやら効果抜群だったようだ。よし！　大成功！

「ちょっとミアちゃん！　これ凄いマッサージオイルよ!!　これも販売するのよね？　やだ、また貯金出来ないじゃない！」

アメリアさんは早速マッサージオイルを買う気満々みたいだけど、一体どれだけ買い込むつもりなのだろう……恐ろしい。

「オイルだけでは無理」

「えっ⁉」

「痩身《そうしん》効果は出ない」

マッサージの効果でるんるんと喜んでいる音が聞こえそうなアメリアさんに、マリカさんから鋭いツッコミが。……あ、アメリアさんが崩れ落ちた。

「そんなあ～……」

ションボリしてしまったアメリアさんが余りにも悲壮な表情だったので見ていられず……。

「時々でよければマッサージしますから、元気を出して下さい」

つい、マッサージしてあげる約束をしてしまった。

「本当⁉　嬉しい‼　ありがとうミアちゃん‼」

……アメリアさんが復活してくれたから良しとしよう。うん。


そして次はマリカさんの番だ。今度は魔法のベッドで施術を行うので少し緊張しているようだ。

恐る恐るベッドに近づき横になるマリカさん。

「温かい……不思議」

初めは緊張していたみたいだけど、心地よさに緊張が解《ほぐ》れたようで、今はリラックスしている。

そしてアメリアさんと同じようにマッサージしていくと、暗い濁った色をした大量の靄が粒子となって消えていくのが見えて、凄くびっくりした。これにはマリカさんも驚いたようだ。

「今のは一体……⁉」

今の靄は私とマリカさんだけに見えたようで、アメリアさんは「何々？」と戸惑っていた。

「呪詛《じゅそ》……まるで呪《のろ》い」

マリカさんが言葉を零す。

生まれた時からマリカさんを蔑《さげす》み、疎《うと》んで暴言を吐き続けた負の感情――〈悪意〉が、長い時間を掛けて泥のように澱《よど》み、呪いのようにマリカさんを蝕《むしば》んでいたのだろう。もしかしてその影響がマリカさんの成長を心身ともに阻害していたのかもしれない。

マリカさんが、自分の身体を確かめるように眺めた後、私の方へ振り向いた。

……あれ？　何だかマリカさんの雰囲気が……さっきと違う……？

「浄化されたみたいに心がスッキリしている……ありがとう、ミアさん」

そう言ってマリカさんは、雪解けの清らかな水が、大地を浄《きよ》める春の訪れのように——今まで見た事がないような顔で、とても綺麗に微笑んだ。

どうやらマリカさんの成長を心身ともに阻害していた呪いのような澱みを、「聖膏」を使った火魔法の〈聖火〉で浄化したら、綺麗さっぱり燃やし尽くす事が出来たらしい。

（これでマリカさんの身体も成長していったらいいな！）

身体の方はすぐ成長する訳ではないのか施術前と変わらないようだけど、心の方は変化があったらしく、いつも俯《うつむ》きがちだった顔が今は真っ直ぐ前を向いて、表情がとても明るく晴れやかだ。

そしてしばらくはこの魔法のベッドで寝て、様子を見てみようという事になった。

ディルクさんの許可が出たら、しばらくマリカさんと同室だ。嬉しいな。

「私は自分の部屋に戻るわね。ミアちゃんマッサージありがとう。それとマリカ……頑張ってね」

アメリアさんがドアを閉める時に、手をひらひら振って帰って行った。

初めての女子会はとても楽しかった。たくさんお話出来て、お互いの事を分かり合えた気がする。

「今日はありがとう、ミアさん」

寝る前にマリカさんが恥ずかしそうにお礼を言ってくれた。

そう言えばマリカさんに名前を呼んで貰ったのって今日が初めてかも。

「マリカさん、お互い歳も近いんだし、敬称なしで呼び合いたいんだけど……どうかな？」

私が一つ年上とは言え、マリカさんは先輩だから失礼かな、と思ったけれど、敬称を付ける呼び方が少し寂しく感じてしまったのだ。

今日の出来事でマリカさんの心に近づけた気がするからだろうか。私が勝手に親近感を持っただけかもしれないけれど……。

だけど私の心配を他所《よそ》に、マリカさんは嬉しそうに同意してくれた。

「……うん。嬉しい」

恥ずかしそうに頷くマリカさん。いつもより表情が分かりやすくなってとても可愛い。今までも十分可愛かったのに……何だかこれからが心配になる。

今日、本当の意味でマリカさんと友達になれた。年の近い初めての友達だ。その事がこんなにも嬉しい事だったなんて。

それから私達はお互いの好きな物を教えあっている内に、いつの間にか眠ってしまっていた。


女子会が終わって次の日、マリカと一緒にディルクさんのもとへ向かう事になった。

「聖膏」でマリカの澱みを浄化した事の報告と、しばらく同室させてほしいとお願いする為だ。

朝食の時、ディルクさんの姿が見当たらなかったので買取カウンターへ向かってみると、何やら女の子の声が聞こえてきた。

「ディルクさん、私の祖父の遺品の指輪なんですけど、サイズが合わないので買い取って貰いたいんです。綺麗な石なので私も気に入ってたのですが……」

カウンターには私より少し年上の女の子がいて、ディルクさんに指輪を見て貰っていた。

ディルクさんが受け取った指輪を色んな角度から見て鑑定している。けれど、魔法は使っていないみたいだ。

「プラチナとサファイアの指輪ですねー。確かに若い女性が身につけるにはサイズが大きいけれど、気に入っているんでしょうー？　だったらこの指輪、リメイクしたらどうですかー？」

「リメイク、ですか……？」

「はいー。この台座部分を加工してペンダントトップにすれば、いつでも身に着けられますよー。お祖父さんとの思い出の品なんですし、無理に手放さなくてもよいと思いますけどー」

「わあ！　そんな事が出来るんですか？　素敵ですね！　是非《ぜひ》お願いします！」

「はいー。うちには腕の良い職人がいますからー。安心してくださいねー。リメイクが終わったらチェーンを選びましょうー」

お客さんの女の子にディルクさんがにっこり微笑むと、女の子は顔を真っ赤にしてうんうん頷いている。あの笑顔が曲者《くせもの》なのだろうか。

でもディルクさんって、買い取るだけじゃなくてこんな風にアドバイスもしているんだ……お客さんが大切な思い出を手放さなくてもいいように。

「素敵……」

マリカがディルクさんの仕事っぷりを見て呟いた。うん、確かに。

その後、軽く打ち合わせをし終わった女の子が帰って行ったけど、女の子が紅い頬に手を当てていたのを見て、女子会でアメリアさんが言っていた事は本当なんだな、と実感した。

でもここで怯《ひる》んでなんかいられない。私とマリカは意を決してディルクさんのもとへ向かう。

「ディルク」

マリカが声を掛けると、ディルクさんが振り向いてマリカを見たのだけれど……。

「……え？　マリカ……？　だよね……？」

「そう」

「……あれ？　何だかいつもと違うような……？」

少し戸惑いながらも、ディルクさんは一目でマリカさんの違いに気付いたようだ。

「ディルクさん、お話があるんです。マリカの事についてなんですけど、お時間ありますか？」

私の言葉に何か察したディルクさんが頷いた。

「……ああ、ニコ爺のところへ行こうと思っていたし丁度いいね。一緒に研究棟へ行こうか」

先程預かった指輪を持ったディルクさんと研究棟へ向かう。

ディルクさんの後ろをついて行くマリカの後ろ姿に、勢いよくブンブンとしっぽを振っている幻覚が……。寝不足かな？

不安(マリカ視点)

魔導国から国立魔導研究院の研究員がやって来た日からディルクの様子がおかしい。

研究員との面談の時はやたらと魔導国行きを勧められるけど、私が頑なに断り続けていたから、最近はディルクから進んで断ってくれていたのに。

だから私がここを離れる気は全くないという事をディルクが理解してくれているのだとてっきり思いこんでいたけれど、どうやらそれは勘違いだったらしい。

「でもマリカはああいう人が好みなの？　いつもと反応が違っていたから、そうなのかなって」

ディルクが言うああいう人とは、初めて来た若い研究員の事だろう。

どうしてそういう事を言うのだろう？　いつもと違う反応というのが分からなくて困ってしまう。

ディルクに夢中だったから周りをよく見ていなかったのがいけなかったのだろうか。

「ここの事は気にしなくていいんだよ？　マリカがやりたいようにしていいんだからね？　マリカは十分商会に貢献してくれているんだから」

私は私のやりたいようにやっている。ディルクの傍にいたいから、研究院以外の所から来る勧誘も全て断っている。

商会への貢献と言うけれど、それはただの結果でしかない。私は商会の為ではなくディルクの役に立ちたかったからだ。

「行かない」

首をふるふると横に振って、私の意思を伝えているけれど。

「そう？　でもやりたい事があればちゃんと言うんだよ。僕が出来る事なら協力するからね」

私はディルクの傍にいられればそれだけで幸せだ。ディルクが私を見てくれればそれ以外は何もいらないのに。

――ディルクにとって、私はもういらない子なの？

ふと、そんな事を思い浮かべる。

ミアさんの新商品のおかげでランベルト商会は安泰だ。もう私が魔道具を開発する必要が無いぐらいに。そうなれば私の存在価値などディルクにとっては皆無《かいむ》だろう。ディルクだっていつまでも私の面倒を見る必要はないのだ。

――いつまでも成長しない私はいつか、ディルクに見放されてしまう――。

これは昔から懸念していた事だった。

知識だけは増えたものの、感情を上手く表す事は相変わらず苦手なままで。

これは性格なので仕方ないかもしれないけれど、せめて身体だけでも成長してくれたらよいのに。

そんな事をずっと考えていたからだろう、私の様子がおかしいと心配してくれたミアさんとアメリアが、女子会を開こうと声を掛けてくれたのだ。

私を心配してくれる二人の気持ちが嬉しくて、勿論参加する事にした。

女子会って、以前は幻《まぼろし》に終わったパジャマパーティーの事なのかな……？

そうだったら凄く嬉しいな。

そして女子会の日になった。仕事が終わって準備が出来たらミアさんの部屋に集合し、持ち寄った飲み物やデザートの準備が終わったら女子会スタートだ。

初めはアメリアが色んな話を聞かせてくれた。アメリアの話は面白い。

それから段々と恋愛方面の話になって、ミアさんもハルの事をアメリアに聞き出されていた。

「え！　七年も会っていないの？　それなのにずっと思い続けているなんて……!!　健気だわ!!」

私も本当にそう思う。しかもたった一日程しか一緒にいなかったのに……獣人《じゅうじん》の間に伝わる「番《つがい》」や「運命の伴侶《はんりょ》」みたいなものだろうか。

それにミアさんの想い人、ハルの執着も相当なものだ。「皇環《おうかん》」を意中の相手に渡すのは、国よりも何よりも大切なのだという意思表示になる。

ミアさんはあの指輪が「皇環」だと知らずに受け取ってはいるけれど。でも気持ちは同じぐらいハルを想っているんだろうな。

……そんな事を思いながらおつまみをいただく。うわー美味しい！　手と口が止まりません。

「好きな人がいるんだけど、なかなか気持ちを伝えられなくて……」

おや。アメリアが恋バナはじめましたよ。

「私……ずっとね、リクが好きなんだぁ……」

アメリアが切なそうに呟いた。

ああ、やっぱりそうか。実は何となく分かっていたから、私はミアさんみたいに驚かない。

アメリアとリク……二人が並んでいる姿を想像してみる。……うん、見た目的にも性格的にもとてもお似合いだと思う。

アメリアは一見、気が強そうに見えるから人によく頼りにされているけれど、本当は人に甘えたいタイプだ。その点リクはボーッとしていて頼りなさげだけれど、芯《しん》はしっかりしているし、とても優しくて包容力もある。それに意外な事にスパダリだ。

それにリクの方も、アメリアが研究棟に来た時は妙に落ち着きがなくなるから、かなりアメリアを意識しているのだろうな、という事が分かる……っていうか、分かりやすい。

リクは普段顔が見えないようなボサボサの髪の毛をしているから、私やディルク、ニコ爺しか知らないだろうけど、素顔は凄く美形なのだ。

たまたま素顔を見る機会があったから知っているけれど、初めて見た時は驚いた。勿論リクの素顔を知らないアメリアはもの凄く驚くだろうな。

——優しい二人はお互いを思いやり、支え合って行くのだろう。

「二人はお似合い」

思わずポロッと言葉が零れてしまい、それを聞いたアメリアが大喜びする。

「ホント!? マリカがそう言ってくれるなんて！ 凄く嬉しい！ ありがとうマリカ!!」

一度言葉が零れてしまうともう止まらない。

「羨ましい」

自分の感情を素直に表現できる二人が。

……どうして私はこうなんだろう、と思うと情けなくて、涙が溢れてきた。

私の涙に慌てたアメリアとミアさんが慰めてくれるけど、私の涙は止まらない。

「私も大きくなりたい」

もうすぐ十五歳になるのにいつまでも成長しない身体。

「こんな身体ヤダ……」

アメリアのようにキレイで大人の色気が漂う、艶《つや》っぽい女性になりたかった。

ミアさんのように生命力に溢れる花みたいに、美しく成長していきたかった。

私は泣きながら、胸に溜め込んでいた想いを一つ一つ言葉にしていく。たどたどしくなってしまって時間がかかったけど、二人は急《せ》かす事なく、じっと聞いてくれた。

色々吐き出したけれど、何よりも一番イヤなのは、私の身体が成長しないから、いつまで経っても恋愛対象として見て貰えない事だ。そしてディルクがモテている事、ディルクを本気で好きな子が多いと聞いて、脳裏《のうり》にディルクが見知らぬ女の子と親しげにしている場面が浮かぶ。

「やだ……」

私はディルクじゃなきゃダメで、ディルクじゃなきゃイヤなのに！

そんなにモテているディルクだけど、女の子達からの誘いは一切断っている、とアメリアは私に教えてくれたけど。

「それにマリカに向ける笑顔と、お客さんに向ける笑顔は全く違うわよ？　それはマリカも分かっているでしょう？」

……それは分かっている。ディルクはいつも私に優しく笑いかけてくれる、けれど……。

「妹かも……」

いつもその考えが頭から離れない。私の身体がこのままでは、スタート地点にも立てないのだ。

私がそう思っていると、ミアさんが何か思いついたように提案してきた。

それは、ミアさんの土魔法の成長促進効果をベッドに付与する事、生命力を増大させる効果がある「聖膏」を塗布する事。

初めての試みで検証も何も出来ないけれど、ミアさんの力は規格外だ。もしかすると何かの効果が期待出来るかもしれない。もし効果がなかったとしても、出来る事は全てやってみたい。

――そして私はミアさんにお願いする事にした。


ミアさんが魔法を展開する。

ベッドの周りを花緑青色の光が輪を描きながら魔法陣へ変化していく。

美しく描かれた魔法陣が光り輝き、さらに天に向かって円柱に光が立ち昇ると、ぱあっと弾けるように光が粒子となって消えていった。

「凄い……」

ミアさんが作り出したのはまるで神の安息地、神の眠る場所――これは法国に於ける最上級治癒魔法〈神の揺《ゆ》り籠《かご》〉だ。

私が呆然《ぼうぜん》としていると、ミアさんに「マッサージするから、ここに寝て下さい」と言われたけど、ちょっと心を落ち着けたかったので、「アメリアから」とお願いしてしまった。

ここにいきなり寝るなんて無理！　ちょっと頭を整理する猶予《ゆうよ》が欲しい。

やっぱりミアさんはこの術の凄さを知らないんだろうな……ディルクがまた頭を抱えそうだ。

それからミアさんがアメリアに施術し、火魔法の〈聖火〉と「聖膏」を使ったマッサージをする。

「わあ！　凄い‼　吹き出物がなくなってる！　肌がしっとりすべすべ！　しかも体のラインが引き締まってる‼　最近食べ過ぎでウエストがかなりヤバかったのに……‼」

……アメリアはかなり満足しているけれど、それもその筈、法国の聖女自ら身体中の穢《けが》れを祓《はら》ったようなものだ。通常ならあり得ない。

そして次は私の番だ。さすがに最上級魔法に触れるとなると緊張してしまう。

恐る恐るベッドに近づき横になると、得も言われぬ温かい感覚に包まれた。

不思議な感覚に浸っているところにミアさんの手が私に触れたと思うと、身体中が熱くなり、身体の奥底に澱み蝕んでいたナニカが剥《は》がれ落ちて行くのが分かる。

すると、暗く濁った色をした大量の靄が、呪詛を吐きながら苦悶《くもん》の表情を浮かべ、粒子となって消えていくのが視えた。

「呪詛……まるで呪い」

今の靄みたいなものがずっと私に纏《まと》わり付いていたのだろうか。

浄化して貰ったからか、いつも膜を張っていたように重く感じていた心や身体が、水のように透き通り、澄んだ感じがする。長く蝕まれていた呪いから解放されて、喜びが後から後から心の底から溢れ、心と身体を満たしていく。

――まるで新たに生まれ変わったような全能感に包まれる。

見た目に変化はないけれど、枷《かせ》が外れた身体はこれから少しずつ変化していくのかもしれない。

「浄化されたみたいに心がスッキリしている……ありがとう、ミアさん」

心の底から感謝の言葉を伝えようと口を開くと、自然と言葉が出てきたのには自分でも驚いた。

ミアさんもアメリアもとても喜んでくれて、たくさん笑いあった。

それからミアさんの提案でお互いさん付けなしで呼び合う事になった。とても嬉しい。

私に初めて歳の近い友達が出来たのだ。

そして二人にはいつか必ず、この時に貰った恩を返したいと思う。


次の日、親友になったミアと一緒にディルクのもとへ行くと、丁度女の子がディルクと話している場面に出くわしてしまった。

ディルクは人の気持ちを第一に考える人だ。良い品が持ち込まれても、その人の為になるような提案をするから、その優しさに触れた人がディルクを好きになるのは当然の事で。

だから今も、一人の少女が恋に落ちる瞬間を見てしまった。

――でも私はもう怯まない。

ディルクと出会う前は何もかも諦めていたけれど、生まれて初めてこの人が欲しいと思ったのだ。

だから私はディルクを諦めない。

「ディルク」

声を掛けると、ディルクが振り向いて私をそのキレイな瞳に映す。

……ああ、やっぱり私はこの人が好きだと実感する。

「……え？　マリカ……？　だよね……？」

「そう」

「……あれ？　何だかいつもと違うような……？」

一目見て私の雰囲気が違う事に気付いてくれた！　嬉しい！　好き！

「ディルクさん、お話があるんです。マリカの事についてなんですけど、お時間ありますか？」

「……ああ、ニコ爺のところへ行こうと思っていたし丁度いいね。一緒に研究棟へ行こうか」

そして詳しい話は研究棟でしようという事になり、ミアと一緒にディルクの後をついて行く。

しっかし後ろ姿も格好良いって何なんでしょうね？　細い身体つきながらも肩幅はしっかりあって、背中から腰までのラインが妙に色っぽい。

……あれ？　これ人に見せてよいの？　人前に晒《さら》しちゃあダメなヤツじゃない？　それにディルクってこんなに色っぽかったっけ？　どう見てもフェロモン垂れ流してるよね？　これ、野放しにしてるとディルクのフェロモンに寄せられて余計なムシが寄って来るんじゃゃない？

……これは早々に殺虫剤を開発しないとアカン。サーチアンドデストロイだ。

研究棟へ着いたけど、ニコ爺もリクもまだ来ていないので、とりあえず三人で会議室に入る。

私がディルクの前に座り、私の隣にミアが座ったのを見計らったディルクが口を開いた。

「それで、何があったのかな？　随分マリカの印象が変わっていて正直戸惑っているんだけど」

ミアが昨日あった事をディルクに説明する。

ミアの話を黙って聞いていたディルクはしばらく考え込んだ後、「なるほど」と言って私を見た。

「マリカ、身体の調子はどう？」

効果云々《うんぬん》よりも一番に私の身体を気遣ってくれるところが好き！

「大丈夫。気持ちも落ち着いているし、身体が軽い感じがする」

ディルクへの愛は落ち着くどころか留まるところを知らないけれどね！

「そうか……ならよかったよ」

安心したように微笑むディルク……。尊い！　マジ天使！　好き！

「しかし、小さい頃から受けていた〈悪意〉が身体と心を蝕んでいたなんて……気が付かなかったよ。きっとそれは〈言霊《ことだま》〉の作用もあるんだろうね」

――〈言霊〉は、昔から言葉に宿ると信じられた霊的な力の事だ。

私達が使う魔法も詠唱する言葉に内在する魔力が、現実の事象に干渉して引き起こされていると考えられている。きっと〈言霊〉が、忌み子として忌避され、罵倒《ばとう》され続けた結果、〈悪意〉となり私に悪影響を与えていたのだろう。

「ミアさんの部屋の使用も認めるよ。効果が分かるまで使ってみて」

ディルクから許可を得て、今日からミアと同室だ。嬉しい！　ディルク優しい！　好き！

「マリカの様子もそうだけど……ミアさんも何だか変わったね。マリカと名前で呼び合うようになったのかな？」

ディルクが微笑ましそうに私とミアを見る。

「ミアとは、友達になったから」

友達という響きに、改めてくすぐったいような恥ずかしい気持ちになる。

「……そうか。初めは急にマリカが変わったから戸惑ったけど……とても良い傾向だね。僕も嬉しいよ」

私の言葉に喜んでくれていたディルクだったけど、ふっと悲しげな表情になる。

「でも、正直ちょっと寂しいかな。良い事だとは分かっているんだけど、ね」

――ディルク……。

それはどういう意味で寂しいの？

妹が離れていく寂しさ？

娘が独り立ちする寂しさ？

それとも庇護《ひご》対象だった私が成長する事の寂しさ……？

私は昔の、ディルクと出会う前の寂しさに負けそうで苦しかった日々を思い出す。

光なんて無くて、幸せなんてもう何度も諦めた。死に逃げ込みたくなっても、それでも結局生き続けたのは、貴方《あなた》に出逢う為だったのだと、今なら分かる。

「私、ディルクの横に並べるようになりたい」

いつまでもディルクに守られるような関係は嫌だ。私だってディルクを守りたいのだ。

「マリカ……？」

「妹としてではなく、一人の人間として見てほしい」

だから、今までの私ではなく、これからの私を見て。

「それは……」

「ディルクに相応《ふさわ》しくなれるように頑張るから」

今はやっとスタート地点に立てただけ。それでも諦めずに追いかけて、絶対貴方に追いつくから。

「…………」

「だから、待ってて」

——その時はきっと、この想いを伝えるから。

はじまらなかった恋（ジュリアン視点）

田舎で生まれ育ったワイは自分の顔の良さを活かした仕事に就《つ》こうと、田舎を出て王都にやって来た。初めて見た王都は人が溢れ活気があり、お祭りみたいに賑やかやった。

そんな王都で一番の人気店があると小耳に挟んだワイは冷やかしのつもりでその店に行ったんやけど——周りの店とは比べもんにならん程、洗練された雰囲気を放つその店にワイが惚《ほ》れ込んでもうたのは仕方がない事で……。

結局その時に飛び込みで雇って貰うように頼み込み、ディルクを困惑させたのは良い思い出や。

そんなワイが働くランベルト商会は、最近無茶苦茶《むちゃくちゃ》忙しい。

それは新人のミアっちゅーえらい可愛い子が入って来てからや。

なんでもそのミアちゃんが作った化粧水がごっつうええもんで、メチャクチャ売れてるらしい。

そう言えばミアちゃんが来てからマリカがだいぶ明るくなった。表情も柔らこうなって、随分印象が変わったらしい。ええ傾向でワイも嬉しい。

そんなんやからワイの担当してる売り場も相乗効果か知らんけど、エライ賑わってて大忙しや。

しかもまたミアちゃんが新しい商品作ったって聞いてびっくりしたわ。さすがに販売するのはしばらく後のようやけど。これ以上忙しくなってもうたらワイ死んでまうで。ホンマに。

そんなメッチャ忙しい日が続いてるけど、ワイは日課の朝の散歩は欠かさへん。

朝のほんの二十分程やけど、朝の空気を吸って庭を歩くと気持ちええんや。シアワセ電波？　脳波？　よーわからんけど、何かそんなんが出るらしくて実際健康にもええらしい。

ワイの美貌《びぼう》も更に磨かれるっちゅーこっちゃ。

二羽の鳥が木に止まって「ピピピ」と鳴いているのを耳にする。きっとワイの事を話しているに違いないな。例えば……、

『なーなーあの人、めっちゃイケメンやと思わへん？』『ほんまやー！　あんなイケメン見た事ないわー』

……みたいな。

「ああ、鳥のさえずりが聞こえる……僕の美しさを褒め讃えてくれているのかな？」

なーんちゃって！　そんなん自分でも思ってへんけどな！

何時ものようにナルシストごっこをしてると何処《どこ》からか「クスッ」と笑い声が聞こえて来た。

誰や思たら、今噂のミアちゃんやった。ディルクが緘口令敷いてる訳ありさんやけど、商会の売上にメッチャ貢献してる凄い子や。噂ではずっと好きな奴がおるとか何とか。メッチャ健気やん。

「やだなあ、ミアちゃん。いつから見ていたの？　君も僕の美しさに見惚れていたのかな？」

ワイがわざとらしい口調で話しかけると、ミアちゃんはクスクスと笑う。

「『鳥のさえずり～』からちょっと前ですよ」

「何だ。ほとんどはじめからじゃないか。声を掛けてくれたらよかったのに」

「いいえ、何だか邪魔しちゃいけないかな、と思って」

ミアちゃんは朝から食堂の手伝いをしてるらしい。食堂のおばちゃんらともエライ仲良しや。

「ミアちゃんも朝からご苦労さまだね。最近は君も調理を手伝っていると聞いているけれど」

「はい！　今日はパンを焼くのを手伝わせて貰ったんですよ。自信作なのでジュリアンさんもご賞味くださいね！」

「へー！　パンも焼けるんや！　凄いなあ……。ミアちゃんってメッチャハイスペックちゃう？

……あ、しもた」

つい素《す》の言葉が出てもーた。普段からなるべく訛らんよーに気い付けてたのに。

「ふふ、やっぱりジュリアンさんはそちらの素の方がいいですね。失礼ですけど、訛りがある方が取っ付き易《やす》いです」

「……え？」

ワイは見た目と訛りのギャップがヒドイてよう言われとったし、初めはワイの見た目に寄ってきた女の子らも、この訛りを知ると去っていったのに。

せやから店でも訛らんように、気が抜けないままいるしかのうなってしもたのに……。

――あれ？　そう言えば女の子に素の自分が良いって言われたんて、初めてちゃう？

そう気付いた瞬間、胸がドキンって高鳴って――あれ？　何やこれ!?　ドキがムネムネしてるやん！　まさかこれが恋!?

……って、ちょっと待てよ。ミアちゃんってずっと好きな奴おったんちゃうん？

「噂で聞いてんけど、ミアちゃんって好きな奴おるん？」

ワイのいきなりの質問に、心の準備をしていなかったミアちゃんの顔がみるみる赤くなっていく。

「な、な、いきなり何を……‼」

顔どころか全身真っ赤っ赤になったミアちゃんを見てもうたらその答えは歴然で。

「……はい。ずっと会っていないけど、好きな人がいます」

恥ずかしそうに答えるミアちゃんに、手が届かないものに漠然と憧れるような、そんな想いを抱いてしもうたけど……。

――ああ、自分の恋は、はじまる前に終わってしもうてたんやな。

自覚しても手遅れなら、せめてその人が幸せになれるように応援するんがワイや！

「そうか！　そいつに早《は》よ会えるとええな！」

「はい！　ありがとうございます！」

やっぱミアちゃんは可愛《かわ》ええな。ワイにも素の自分を好きになってくれる可愛い彼女が出来たらええんやけど……まあ、そんな奴おらんわな。

そう思いながら寮に戻ろうとしたら、後ろから来たディルクに呼び止められた。

「ジュリアン、ちょっといいかな？」

何や知らんけど断る理由もないし、ディルクの後についていく。何処行くんやと思たら商談室に連れてこられた。

「ディルクどないしたん？　何かあったんか？」

「急にごめんね。ジュリアンに相談なんだけど、どうすれば君のように格好良くなれるのかな？」

……ホンマいきなりやな。ワイみたいに格好良く？　そんなん言われてもなー。

「ディルクがそんなん言うなんて珍しいやん。どしたん？　もしかして恋でもしてるんか？」

ワイはさっき失恋したばっかりやけどな！

「恋……なのかな？　多分そうだと思うけど……」

「なんやなんや。はっきりせんなー。どういう経緯でそう思うようになったん？」

ディルクは言っていいのか悩んでるようやったけど、意を決したのか話してくれた。

「……実はある人が、僕にふさわしくなりたいから頑張ると言ってくれたんだ。でもその人は昔と比べて随分魅力的になってしまってね。このままでは僕の方がふさわしくなくなりそうなんだ」

「マリカやな？」

「え！　どうして分かっ……いやいやいや！」

「そんなんマリカ以外に誰がおんねん。あの子ずっとディルクの事好きやったやん？　見てて可哀《かわい》想《そう》なぐらいやったで？」

他人が言っていいかどうか分からんかったから皆んな黙っとったんや。マリカの気持ちに気付いてへんのはディルク本人ぐらいやで！

ワイがそう言うとディルクは凄く驚いてた。……ホンマに気付いてへんかった事に驚くわ。

「……マリカが……」

ディルクの顔が赤くなってるやん。何か珍しいもん見たわ。

「どや？　嬉しいか？」

「……うん。そうだね、嬉しいよ」

「ほな、自分の気持ちはっきり分かったやろ？　多分とか曖昧《あいまい》な言葉もう使うなや」

「うん、分かったよ。ありがとう、ジュリアン」

コイツはコイツで色々悩んどったんやろうけど、悩んでるだけやったら何も変わらへん。そんなん時間の無駄やん？

「ワイが思うに、ディルクは眼鏡取るだけで十分イケメンやで？　何でそんなに自信ないいんか不思議やわ。その眼鏡、度が入ってへんやん」

「うーん。これは姉達が掛けるようにって強く勧めてきたから何となく掛けてる感じかな？」

「ディルクのねーちゃんらは何でそんな事したんやろ？」

「多分、昔の僕がよく女の子に間違えられて人攫《ひとさら》いに遭いかけたから……かな？」

ディルクにまさかの過去が。そりゃねーちゃんらも心配やったやろな。でも、もうディルクはどう見ても男やし（ちょっと線は細いけど）もうそんなお守りはいらんのんとちゃうかなあ。

「一応商会の長男だし、こう見えても護身術は修めているから簡単には捕まらないけどね」

「ほな、より一層その眼鏡いらんやん。もうそれポイしーや。それと後ディルクに足らんのは自信だけや。ワイほど自信持てとは言わんけど、ディルクかて十分優秀や。この商会がここまで大きくなったんはディルクの功績やん？　しかもあの天才美少女マリカが惚れてる男やで？　ワイからしたら逆に何で自信ないんか分からへんわ」

「そうか……そうだよね。僕は眼鏡で自分を隠したかったんだろうな。でもジュリアンのおかげでもう不要だと分かったよ」

「……おう。分かればええんや」

「やっぱりジュリアンに相談してよかったよ。本当にありがとう！」

「いつもディルクには世話なってるからな。お安い御用や」

ディルクの悩みが解決してよかったわー。これでマリカも報《むく》われるやろ。めでたしめでたし。

「そう言えば、ジュリアンは人の機微《きび》に聡《さと》いようだけど、ソフィの事はどうなの？　ソフィの気持ちを知っていて、気付かないフリをしているの？」

……ん？　何の事？　ソフィはワイと同じフロアーの同僚で、アメリアと同室の子やんな？　そのソフィが何やて？

「僕は君を尊敬しているけど、彼女の事を放置しているのはどうかと思うな。可哀想じゃないか」

「え？　え？」

「ソフィだってずっと君の事が好きだろう？　君にその気がないのなら、早く断ってあげないと」

「…………え？」

それからしばらくして、訛りを隠さなくなったジュリアンに親しみやすいと新しいファンが大勢ついて、更に可愛い彼女が出来たというのは、また別のお話。

変わらない想い（ハル視点）

帝国へ帰国する為に出立《しゅったつ》した馬車の中で、俺とマリウスはこれからの事を話し合い……たいのは山々なのだが、馬車の中は陰鬱《いんうつ》な空気が漂っていた。

その威圧にも似た重苦しい空気を出しているのは一人しかいない……言わずもがな、マリウスだ。

マリウスがここまで機嫌が悪いのは……まあ、俺のせいだな、うん。

王太子マティアスの婚約者のビッ……何だっけ？　ぐどんだ？　ぐでんだ？　何かそんな名前の女を誘惑しろと俺が強制的に命令したのを根に持っているのだ。

「なーなー、マリウスー。もう怒んなよ。お前はよく頑張った！　感動した‼　ナイスファイト‼」

「……貴方という人はっ……！　俺がどれだけ苦労したか……‼」

しかしマリウスの感情がここまで乱れるとは……一体何をやらかしたのか逆に興味があるな。

「まーまー、そんな事言わずにさー。機嫌直せよ。ほら、アメちゃんやるからさ」

「いりませんよ！　そんなもの‼　っていうか、いつもは皇族らしい事を嫌がる貴方が、どうしてこういう時に限って指揮権を発動するんですか‼　こういう事は貴方の方が適任でしょう‼」

側近の俺の方が動きやすいし目立たないからと言ってアレの相手だろ⁉　ないわー。アレは無理だわー。それに俺、女口説いた事ないからどっちにしろ駄目だったと思う。

っていうか、俺はミア一筋なんだからいくら演技でも無理なもんは無理。なのに俺が適任って、人が聞いたら誤解を生むじゃねーか。今は馬車の中だからいいけど。

「あいつキモいからヤダ」

「……っ！　お前……！」

「あらあら、マリウスさんったら地が出ていますわよ？」

俺の煽《あお》りにマリウスがぐっと拳《こぶし》を握って耐える。この前の威圧の時はげんこつ食らったから警戒してたけど、随分忍耐力が付いたようだ。どうやらあのビッチに鍛えられたらしい。あんなビッチでも役に立つ事あるんだな。

「……結局、俺の精神が削られただけで誘惑しても無駄でしたけどね……はぁ……」

「誘惑って言っても別に食われた訳じゃねーだろ？　キレイな身体で帰れるんだからいいじゃん！良かったじゃん！」

「貴方は肉食系令嬢の怖さを知らないからそんな事が言えるんですよ！　彼女、俺と既成事実作ろうと必死だったんですから‼」

「王国の王妃から帝国の公爵夫人に鞍替《くらが》えか？　ホント、見下げ果てたビッチだな」

小国に分類されるナゼール王国と三大国に名を挙げるバルドゥル帝国では国力に差があり過ぎる。実際、今回の式典への出席も、招待状は届いていたものの、無視していいぐらいだったのだ。今回はミアを探す為だけに利用させて貰ったが。

帝国の貴族――特に上位貴族であれば、下手をすると王国の王族より資産を持っている。当のマリウスは公爵家嫡男《ちゃくなん》で俺の右腕だ。そりゃあ令嬢達は狙《ねら》うだろうな。

「あーあ。結局ユーフェミア嬢とは会う事叶わずだったなー」

「あのビッ……グリンダの言う事が本当なら流行病《はやりやまい》で面会謝絶らしいですけどね」

「嘘だな」

「ですね」

そんなバレバレの嘘が通用すると思ってんのか！　脳内お花畑かよ！

「王家への虚偽申告二回に王太子への〈魅了《みりょう》〉の使用、侯爵令嬢の不当な扱い……結構な罪だけど、証拠がないのがな。ユーフェミア嬢に会えれば一発で解決なんだけど」

何か方法はないかと考えている俺に、マリウスが悪い笑みを浮かべながら声を掛けた。

「そうそう、先程グリンダ嬢とお別れの挨拶をした時に、彼女が俺に欲しいものを伝えてきたんですが……」

ビッチを誘惑する為に、マリウスが希望を聞いていたというのは知っている。

「何が欲しいって？　お前の妻の座か？」

「冗談でもやめて下さい。舌噛みますよ」

「悪い悪い。そこまでお前を追い詰める奴って逆に凄いな」

「誰のせいだ誰の‼　……っ、まあソレは置いといて。彼女の要求してきたものは――」

その内容を聞いて俺はほくそ笑んだ。なるほど、ソレは面白い。

もしかするとあのビッチの鼻を明かせるかもしれないな。

俺の中で、ユーフェミア嬢はミアだという事は確定だ。ユーフェミア嬢と面識がある宰相《さいしょう》の息子、エリーアスから聞いた話からでもその様子が窺える。

——そう、俺とマリウスは秘密裏にエリーアス・ネルリンガーと協力関係にあるのだ。

これだけでも王国に来た甲斐《かい》があったってもんだ。さすがに手ぶらで帰る訳にも行かないからな。

エリーアス・ネルリンガーは次期宰相にほぼ確定している。王国の宰相とパイプが繋がったのは大きい。王太子からの信頼も厚いようだしな。


俺達が王国に滞在していたある日、王都を見学したいので案内してほしいと、マリウスが王太子に申し出た。勿論、目立たないように最少人数で、と言って。

その時に唯一ビッチの〈魅了〉に掛かっていないであろうエリーアスを指名したのだ。

そして三人で王都へ繰り出したのだが……正直人選ミスったというか、行く場所間違えましたわ。

お忍びの見学だというのに、いやぁ目立つ目立つ。眼鏡コンビが。何かキャラ被《かぶ》ってるし。

道行く人間に見られる見られる。女の子なんて目ぇひん剥《む》いてガン見してたし。アレはちょっと怖かった。しかもどっかの使用人らしき女が「鬼畜眼鏡《きちくめがね》キタコレ‼　しかも二人！　尊い‼」とか言って興奮してたし。

とにかく人の視線が凄かったから、慌てて近くの店に入り、個室借りてやっとホッとした。

そして俺達はエリーアスをこちら側に引き込む為に交渉を開始した。

まず、王太子が〈魅了〉に掛かっている事を告げると、意外な事にすぐ納得してくれた。やはり周りから見ても王太子の態度は不自然だったらしい。

「普段は品行方正な殿下が、妃教育から逃げ出したグリンダ嬢を咎めなかったり、私や見目の良い者に色目を使って来るのに嫌悪しなかったり……。挙句《あげく》の果てにはアルベルトやカールも交えて三人でグリンダ嬢に愛を囁《ささや》いていましたからね」

「うわぁ……」

「それはヒドイ」

「おかげで執務が滞《とどこお》って大変ですよ。今はほとんど私が処理しているので、ギリギリ何とかなっているという感じです」

エリーアスからも何度か王太子に進言したそうだが、全く聞き入れて貰えず、さすがにこれはおかしいと思っていたのだそうだ。

「グリンダ嬢が〈魅了〉を使用しているのは納得出来ましたが……どうしてそれが分かったのですか？　そのように調べる事が出来る魔道具でもお持ちだったのですか？」

ここでそうだと肯定すればよかったのだろうが、エリーアスの信頼を得る為に、俺は敢《あ》えて自分の身分を明かす事にした。

「……っ！　まさか……！　本当にレオンハルト皇子だったとは……！　では噂の〈魔眼〉で看破したという訳ですね……なるほど」

どうやらエリーアスは俺がただの側近ではないと疑っていたらしい。俺が王太子に威圧を放ちかけた頃から疑っていたというから大したもんだ。

「普通の側近は王太子に威圧を掛けようなんて思いもしませんから」

あちゃー！　やっちまったかー！　これは俺の失態だな。うん、反省。

その他にもマリウスが常に俺を気遣う素振りを見せるので気になっていたらしい。うーん、鋭い！　マリウスとキャラが被ってなかったら帝国にスカウトするのに。

それから俺達はミアの事、ユーフェミア嬢がミアではないかと当たりを付けている事を話した。

「ユーフェミア嬢ですか……確かに彼女ならあり得ますね」

エリーアスの話では、以前お茶会で少し会話を交わしたらしく、その時の話を聞いてやはりユーフェミア嬢はミアだと改めて確信した。

しかしよく聞く「ぬりかべ」だが、どうしてミアはそんな化粧をしていたのだろう？　まあ、俺としてはそのおかげで変な虫が付かなかったからよかったけど。

「……しかし、そうですか……ユーフェミア嬢が、レオンハルト皇子の……」

少しガッカリした雰囲気のエリーアス。

……ん？　まさかコイツ、ミアの事……？　……いや、ここは黙っておこう。自覚されても面倒だしな。エリーアスがミアを好きだったとしても譲るなんてあり得ない。

——それなら、自覚しない方がコイツの為だろう。うん。

こうして、エリーアスは王太子に正気に戻って貰い王室を立て直す為に、俺はミアと再会を果たす為に——それを叶《かな》えるにはグリンダ嬢の排除が必要、という利害の一致のもと、俺達はお互い協力する事となった。

そして話を終えた俺達は王宮へ戻るべく店を出る。

王宮に戻る途中、今歩いてる道は以前ミアと手を繋いで歩いた事がある懐かしい道だと気付く。

——俺はふと、ミアの声が聞こえたような気がして立ち止まる。

振り向いた先にはミアと一緒に入った店「コフレ・ア・ビジュー」が七年前と変わらず存在していて——。

きっと、俺がミアを想う気持ちと懐かしい気持ちが混ざりあって、ミアがそこにいるような錯覚に陥ったのだろう。

変わりゆく空の下、過ぎていく時間の中で、ずっと俺はミアを探し求めている。

生まれ変わってもきっと、ミアを探し続けるんだろうな……と思いながら、俺は再び歩きはじめたのだった。

七年前の回想（マリウス視点）

七年前に足を踏み入れたナゼール王国は、豊かな自然と風景に恵まれた農業国で、長い間戦争に巻き込まれた事がない為か、国民性からしてのんびりとした印象の国だった。

この国の王は凡庸《ぼんよう》ながらも特に悪政を敷く訳でもなく、堅実な国政を担《にな》っている。

いずれ国王になるであろう王子も聡明で穏やかな気質らしいので、この国もしばらくは安泰かもしれない……と思っていた。

——ミアという少女と出会うまでは。

そのミアという一人の少女の存在が、このナゼール王国の存亡を左右する事になるなんて……このおおらかな国の人間は誰も気付いていないのだろう。


我がバルドゥル帝国の皇子、レオンハルト殿下は皇位継承者第一位。

当時は他に兄妹《きょうだい》もなく、殿下に万が一の事があれば、帝国は正統な跡継ぎを失っていただろう。

一応、継承者第二位には王弟……イメドエフ大公がいるが、アレは駄目だ。

私利私欲に塗《まみ》れた彼は、権力を笠にやりたい放題するに違いない。アレが皇帝になれば長く繁栄していた帝国も一瞬で滅びる。一番の敵が法国や魔導国ではなく身内だとは随分と皮肉な事だ。

帝国にいる時でもレオンハルト殿下は何度も命の危機に陥っている。宮殿の中ではまだ守る事が出来たけれど、遠征中はそうもいかない。どうしても宮殿の中より警備は手薄になってしまう。

だから殿下を王国に同行させるのを反対した貴族も多くいたというのに。

きっと大公が裏で手を回したのだろう、反対意見は無視され、殿下の同行が強制的に決められてしまった。勿論、殿下や皇帝に同行を取りやめるように、直訴《じきそ》した貴族は俺も含めて沢山いた。

——なのにあの親子ときたら！

「ああん？　そんなしょーもない事にビビってどーすんの？　そんぐらいで危ないってんならそもそも皇帝なんて無理っしょ。皇帝になりたかったらそんな縛りぐらい簡単にぶち壊してみせろや」

「親父の言うとおりだ。この程度で怖気《おじけ》づいたら俺は皇帝の器《うつわ》じゃないと認めてしまう事になる」

——いやいやいや！　そういう問題じゃないだろうに。

何だこのバカ親子は！　異世界の血が混ざると皆んなこうなんの？

正直、レオンハルト殿下がただの皇位継承者であればここまで騒がなかっただろう。もし殿下に何かあっても、降嫁した血筋や分家から探せばいいだけなのだから。

しかしレオンハルトと言う人間はただの皇族とは違うのだ。

レオンハルト殿下が他の皇族と違う理由、それは——はるか昔、帝国の基礎を築いたとされている初代皇帝——異世界から来たと伝えられる始祖と、殿下は同じ特徴を受け継いでいるからだ。

帝国の始祖は後に「天帝」と呼ばれ、国民からは未だに信仰に近い敬愛を受けている……というか守護神として崇《あが》め奉《たてまつ》られている。

その「天帝」はこの世界では類を見ない漆黒《しっこく》の髪色をしていたと伝えられており、帝国の建国から遡《さかのぼ》ってみても、そのような髪色の人物はただの一人も存在していない。

それに加えて〈変位の魔眼〉……。

髪色と魔眼だけかと思ってはいけない。レオンハルト殿下は父親の性格も受け継いでおり、気性もよく似ているのだ。しかも明るく天真爛漫《てんしんらんまん》な性格で人懐っこい。

現皇帝陛下は帝国の国力を底上げした稀代《きだい》の皇帝として、帝国民から絶大な人気を誇っている。

天帝と同じ髪の色に魔眼、現皇帝と似た気性に端麗《たんれい》な容姿……これで人気が出ない訳がない。

今や帝国内外の乙女の憧れとして、他国からの縁談も尽きる事なく申し込まれている状態だ。

あまりに優秀な兄と比べられた上に、更に出来の良い甥……となれば大公が捻《ひね》くれるのも仕方がない事かもしれない。だがそれだけだ。大公がレオンハルト殿下を害するのなら、俺としても容赦はしない……そう強く思っていたのだが――。

帝国から王国への移動中、不測の事態が起きないように、護衛の騎士団から随行する文官や使用人達全員が神経を尖《とが》らせていたものの、何事もなく王国に到着出来たのには些《いささ》か拍子抜けだった。

さすがの大公も遠征中に手を出すような愚行はしなかったか、と気を抜いたその瞬間――。

一体どのような手段を使ったのか、レオンハルト殿下は忽然《こつぜん》と姿を消したのだった。

殿下が行方不明になった時の策として、殿下の居場所が分かる魔力探知の魔道具や、身に着けておけば移動したルートを追跡できる魔道具などを準備していたにもかかわらず、殿下の魔力はそれらの魔道具に全く反応しなかった。

これが指し示す事は、殿下の魔力が封じられているか、もしくは枯渇《こかつ》しているか。封じられているならまだいい、生きてさえいてくれれば……。だが、もし魔力が枯渇しているのなら問題だ。何故ならこの世界の人間は、一旦《いったん》魔力が枯渇すると早急に補充しない限り死に至ってしまうからだ。

——そしてレオンハルト殿下が失踪してから五日が経った。

王国の協力を得て捜索はしていたが、何分秘密裏に事を進めていたので中々捜査が進まない。

やきもきしながら迎えた会談の前日、探知の魔道具に待ちに待った反応を見た瞬間、俺は王宮から飛び出していた。反応があった場所が比較的近い場所だったのは僥倖だった。魔法で髪色を変えてはいたが、そこにいるのは紛《まぎ》れもなくレオンハルト殿下で……。殿下の無事を確認した途端、力が抜けたのを自覚して、自分は思っていたより追い詰められていたんだな、と気が付いた。

しかし肝心の殿下の方は、誘拐《ゆうかい》されて五日も経っていたし、どれほど衰弱しているのかと心配してみれば……顔色はツヤツヤしていて血色も良く、魔力は漲《みなぎ》るほど回復しているではないか。

もしかして俺達が寝る間も惜しんで探していた時に、コイツどこかでバカンスでもしてたんじゃねーの？　と疑うレベルだった。

だが、殿下から聞いた話で、本当に生死の境を彷徨《さまよ》っていたと聞いた時は流石に肝《きも》が冷えた。

そんな状態の殿下を救ってくれたのはミアと名乗る一人の少女。彼女は正に帝国の恩人なのだ。

殿下の恩人——ミアはとにかく謙虚で欲のない少女だった。少しでも欲を見せてくれたのなら、こちらに取り込む事も出来たというのに。しかしミアは容姿だけでなくその心根《こころね》も優しく美しい少女だった。優美な立ち振舞いや流れるような所作《しょさ》、豊富な知識と頭の回転の速さはどう見ても高位の貴族令嬢そのものなのに、使用人用のお仕着せに水仕事で荒れた手……。

本当に彼女の存在は夢幻の如《ごと》く謎だらけだった。しかし彼女に何者かと問うたとしても、決して明かしてくれない雰囲気が伝わって来るのもまた事実で。

自分の事を必死に隠そうとするミアに、俺よりも余程焦《じ》れたであろう殿下が強硬手段に出たのも仕方のない事なのかもしれない。

——その手段が「皇環」を預けるなんて暴挙でなければの話だが。


そして現在。殿下は御歳《おんとし》十七歳。

あと数ヶ月後には成人を迎えるのだが、その成人の儀式には「皇環」が必須。

もし「皇環」がなければ殿下は皇帝に即位する権利を永遠に失う事になる。

だから我々は「皇環」を持つミアを何としても探し出さなければならなかった。

七年前の二国間会議が終わってからもずっと、殿下はランベルト商会のハンスと連絡を取り合い、ミアの動向を探らせていたのだが、結局その後彼女が店に現れる事はなかったらしい。

それとは別ルートで帝国の諜報員《ちょうほういん》に探らせてみても、彼女の影すら捉《とら》えられなかった。

仕方なく我々は最終手段、王国にミアの捜索を依頼する事にしたのだ。

また別の方向から調べれば、何か手がかりが見つかるのではないかと期待していたが……。

ろくに情報規制をせずに国中を捜索するとか、帝国では考えられない。そんな危機感が全くない王国の体制に呆《あき》れを通り越して心配になった。

そうしている内に、王国からなかなか返事が来ない事に焦れた殿下がまた暴挙に出てしまう。

「このまんまじゃ埒《らち》が明かねーし。ちょっくら俺が王国に行ってミアを見付けてくるわ」

……もうアホかと。

帝国の皇太子となる人間が人探しに他国へ行くなんて許される筈ないだろう、と。

しかし一度言い出したら聞かないのも殿下なので、仕方なく俺が帝国の使者として王国へ赴《おもむ》く事になってしまった。ちなみに名目は王国王太子の任命式と婚約発表の場への参列だ。

正直そんなものに参加する義理もないのだが、都合がいいので利用させて貰おう。

そしてアホの殿下だが、結局一緒に同行している……「ハル」と言う名の俺の側近として。

髪の色を変え、顔が半分隠れるようなもっさりとした姿なのは仕方がない。

ちょっとした仕返しなどでは決してない。殿下の正体がバレない為の配慮なのだ……ぷぷ。

ハルの髪色を変えるこの魔法は、異世界人だった始祖が身を潜める為に開発した魔法で、帝国皇室の禁秘魔法の一つとなっている。

この禁秘魔法を含めた最高機密をまとめた書物――「禁書：トラノマキ」が宮殿の奥深くに納められているのだが、その「禁書」には異世界の知識や技術も書かれているらしく、噂ではその「禁書」を魔導国が狙っているという話だ。ちなみに「トラノマキ」の意味は未だ解明されていない。

そして王国に到着した我々は失礼ながらも早々に会談を申し入れた。

王国の第一王子マティアス殿下は国を体現したように穏やかな性格なのか、嫌な顔ひとつせず受け入れてくれた。有り難い。

しかし一国の王として優秀かどうかと問われれば少し疑念が残るが、優秀な部下がいれば問題ないだろう。次期宰相候補とされているエリーアスと言う男は結構使えそうだしな。

そしてマティアス殿下と会談中、ミアの件で核心に触れようとしたマティアス殿下に、無意識だろうハルが威圧を放ちかけたのにはヒヤリとさせられた。慌てて制止したけれど、間に合って本当によかった。その国の王族に威圧を放つなんて、宣戦布告と思われても仕方がない案件だ。

マティアス殿下が危機感のない安穏《あんのん》とした性格のおかげで助かったと言えよう。しかしそのおかげで、王国側に「ミアは恩人」という、与えなくてもいい情報を与えたのは痛手だったが。

ちなみにハルには気軽に威圧しないよう、厳重注意という名のげんこつをお見舞いしたのは言うまでもない。

第四章　ぬりかべ令嬢、お手伝いをする。

新しく作ったマッサージオイルは販売がしばらく先という事もあり、今日から私はマリカの魔道具作りの助手をする事になった。

助手と言っても術式の事は全く分からないので、マリカが使う材料の準備や、物を運んだりする雑用の他に、休憩《きゅうけい》の時のお茶やスイーツ等も用意している。

——要はマリカが疲れないように、サポートするのが主な仕事だ。

「マリカ、今度はどんな魔道具を作るかもう決めているの？」

「フフフ……人の声を保存して聞く事が出来る魔道具を作る」

人の声を保存……！　そんな事が出来るんだ！　凄い！

「これでディルクの声を保存する……フフフ」

マリカの澱みを浄化してから、感情の表現が上手く出来るようになってきた彼女はかなり明るくなったし、何を考えているのかもよく分かるようになった。

無口だった頃も庇護欲を駆り立てられて可愛かったけど、今のマリカの方が私は好きだ。

そしてディルクさんへの想いも隠さないようになり、それを聞いている私の方が恥ずかしくなる事が増えた。

そのせいか、最近のマリカはどんどん可愛くなっていく。

「風の魔法で集めた音を、時空波に変換して記録する」

マリカ曰く、時空波とはある定まった空間に於いて発生する、何らかの物理量の時間的な変化を波で示したものの事……らしい。

私には難しすぎて全く分からないけれど、マリカはその原理を理解しているのだろうな。

そして今回、魔石に風と空間魔法の術式を書き込む事でその魔道具を作る計画のようだ。

「それはどれぐらい大きいの？　もし小さく作れるなら、私も一つ欲しいんだけど……ダメかな？」

いつか再会する事が出来たなら、ハルの声を集めてずっと持っていたい。そうすればたとえまた逢えなくなったとしても、寂しさは減るだろうから。

「当然、小型軽量化が基本。だからミアの分も勿論用意するから安心して」

さすがマリカ！　頼もしい‼

今回は空間魔法を使うそうだけれど、この魔法はかなり難しく、マリカでも初級ぐらいしか分からないらしい。私に空間魔法の属性がないのが残念だ。使えたら便利だろうな、とよく思う。

「私も空間魔法使ってみたいな……」

つい軽い気持ちで言ったつもりだったけど、マリカはひどく驚いていた。

「ただでさえ四属性持ちなのに、さらに空間魔法……ああ、なんて恐ろしいの……」

ええー……。憧れてるだけなのにー！

「ミアがそう願うと、現実になりそうだからマジやめて」

マリカに真顔で言われてしまった……解《げ》せぬ。

「そもそも空間魔法は聖属性と同じで未だ解明されていない不思議属性。今は魔導国の独占状態」

「え！　そうなの？　でもマリカだって初級とは言え少しは理解しているんでしょう？」

「今回の魔道具は空間魔法というより風属性の延長みたいなもの」

天才と言われているマリカでも分からない事があるんだ……。

……なんて、雑談をしながら集音・保存・再現の魔道具について話を詰めていく。これが意外と楽しくて、色々と話が尽きない。

今はマリカと部屋が一緒だから、お互いベッドに入ってからも作りたい魔道具の事、好きな人の事などをたくさん話す。

マリカはお互いが離れていても会話が出来るような魔道具を作ってみたいらしい。ただ、かなり難しいので実現にはまだまだ時間が掛かるそうだ。

そんな夢のような魔道具が本当に出来たらいいな……マリカには是非とも実現してほしい。

それから、マリカは魔法のベッドで眠るようになってからとても眠りが深くなったそうだ。身体の成長に変化はまだないけれど、焦らずゆっくりと待とうね、と話している。

私とマリカがいる研究棟に、ドアベルを「カランカラン」と大きく鳴らしながら、慌てた様子のアメリアさんが駆け込んできた。

「マリカ！　ディルクが大変な事になっているんだけど、あなた何かしたの⁉」

「「……⁉」」

ディルクさんが大変と言われて怪我《けが》か何かかと思ったら、どうやらディルクさんが眼鏡を外した上に無造作だった髪を整えるようになったので、まるで別人みたいと噂になっているそうだ。

「おかげで買取カウンターが行列で大変よ！」

アメリアさんに促されて、マリカと一緒にこっそりと買取カウンターへ行くと、買取の行列なのかよく分からない人達がカウンターへ押し寄せていた。

カウンターの中を窺うと、髪を少し切って襟足《えりあし》がスッキリしたディルクさんが眼鏡を外し、今までよく見えなかった綺麗な顔をさらけ出していた。

しかも表情は今までと同じく優しい微笑みなので、カウンターの周りはぽーっとなっている女性で溢れかえっている。

何かを鑑定していたディルクさんが、結果をお客さんに説明している声を聞いて驚いた。

「申し訳ありませんが、こちらの品は大量生産品なので買取は出来ませんね」

あれ？　ディルクさんの口調が変わってる……⁉

マリカと呆気《あっけ》にとられていると、女の子達の会話が耳に入ってきた。

「あなたが持ってきたそれって何？」

「倉庫を漁ってみたんだけど、売れそうなものがなかったからリビングにあった置物を持って来てみたの」

「それって何処かの旅行土産でしょ？　さすがに売れないんじゃない？」

「いいのいいの！　ディルクさんとお話し出来れば売れなくてもいいの！」

……漏れ聞こえた会話によると、ほとんどの女の子達は無理やり売れそうなものを持って来てまでディルクさんとお近づきになりたいらしかった。

私はふと、ディルクさんがモテるのは嫌だと泣いたマリカを思い出し、そっと様子を窺ったけれど……そこには頬を染めながらキラキラした瞳でディルクさんを熱く見つめているマリカの姿が。

「マリカはもう平気なの？」

「うん。大丈夫。寧《むし》ろあんなに格好良いディルクがモテない方がおかしい。でも、何か心境に変化があったのかどうかが気になる」

マリカはディルクさんに追いつこうと必死なのに、また差がついてしまうのではと心配らしい。

「亀の歩みでも頑張る」

それでも諦めずに、追いかけ続けるマリカはとても魅力的で、意外とすぐ追いつくんじゃないかな……と、そんな予感がしたけれど、これは内緒にしておこう。

そして私は出来る限りマリカを応援しようと強く思った。

ちなみに娘さん達によって、倉庫や物置が綺麗に整理された家庭が続出し、街中のお母さん方が大いに喜んだそうな。

閑話① 蠢く闇

王都にある貴族街の一画の外れに、やたらと大きな屋敷があった。

一見して普通の貴族の屋敷に見えるその建物だが、他の貴族の屋敷と一線を引くように建てられている為か、異質な雰囲気が漂っている。

外れとは言え華やかな貴族街なのに、この屋敷の周辺には人の気配がまるでない。

それもその筈、この屋敷の主は悪名高いアードラー伯爵だからだ。

夜もふけ人々が眠る時間だというのに、普段は昼でも人が避けて通るようなアードラー伯爵の屋敷に、一台の馬車が止まっている。

その馬車は真っ黒で、家紋などの装飾も何も付いておらず、まるで死者を運ぶ霊柩《れいきゅう》馬車のようだ。

その馬車から真っ黒い影が降り立ったかと思うと、その影は音もなく屋敷の中へ入って行った。

屋敷に入ると、中は闇《やみ》が広がっていた。

窓には重厚なカーテンが引かれ、まるで屋敷の中を隠蔽しているようだった。今はそのカーテンの隙間《すきま》から漏れる月明かりだけが室内を照らしている。

しかし、そのほのかな明かりが却《かえ》って屋敷の不気味さを際立たせていた。

月明かりの中、先程馬車から降りた影は真っ黒なローブを纏った人間だというのが分かる。

しかし、その顔にはのっぺりとした仮面を付けており、男女の性別どころか、本当に人間なのかも分からない。

闇が人の形を象《かたど》ったようなソレは、屋敷の中を知り尽くしているかのように、迷いなく奥へ進み、そして或《あ》る一室の前に辿《たど》り着くと、ノックもなしに中へ入る。

灯の光が妖《あや》しげに室内を照らしているがやはり薄暗い為、部屋全体の様子は分からない。

暗さに眼が慣れてくると、雑然と人らしきものがガラクタのように四囲に転がっているのが分かる。そして布や帯が何かの破片のように床に散乱していた。

その破片のようなものを辿っていくと、人が十人は寝られるような巨大な天蓋《てんがい》付きベッドの上で蠢《うごめ》く肉塊《にくかい》があった。

その肉塊――残り少ない白髪混じりの髪の毛を無理矢理撫でつけた髪型に、身体中の脂肪が弛《たる》みきった中年の男――は闇色のローブ姿のモノに気が付くと、慌てる様子もなくソレに声を掛けた。

「お前に仕事だ。王都のランベルト商会にいる『マリカ』という女をココに連れて来い」

その言葉に闇の者から返事はないが、中年の男――アードラー伯爵は気にする事なく独《ひと》り言《ご》つ。

「……ったく、こっちは小娘の捜索、で、手一杯だというのに無茶を言いおって……しかし新型、の魔導人形を寄越す、と言われれば……まあ、仕方あるまい、な」

アードラー伯爵は動きを止める事なく言葉を続ける。

「ジュディも馬鹿な女だ……小娘に、逃げられるなど……あの小娘、の身体を自由に出来ると思って期待しておったのに……」

ブツブツと文句を言っていた伯爵は動きを止めると、今まで下に組み敷いていた女の様子を見て忌々《いまいま》しそうな顔をした。

「……っチ、コイツも壊れたか……もう声すら上げなくなったわ。おい！　新しい女を連れて来い」

伯爵が声を掛けると、今まで何処にいたのか部屋の隅から執事らしき男が出てきて、伯爵に一礼してから部屋を出て行った。

「……そう言えば、ウォード侯爵家の使用人達は粒ぞろいだったな……ユーフェミアが来るまでの繋ぎとして何人か寄越させるか……あの眼鏡の女、いい身体をしておったしな。あの一見固そうな女が乱れるところを見るのも良い暇つぶしになりそうだ」

伯爵は新しいおもちゃを見付け、ニタリと仄暗《ほのぐら》い笑みを浮かべ、闇の者に告げた。

「その『マリカ』という女以外にも若くて見目が良い女がいたら一緒に連れて来い。あそこの商会は店員のレベルが高いと評判だからな、一度味見をしてみたい」

伯爵の言葉に、黒いローブを纏ったモノは闇に同化するように溶けていった。

王国に蔓延《はびこ》る闇（エリーアス視点）

先日の任命式で王太子となったマティアス殿下は、品行方正、容姿端麗、清廉潔白の誉《ほま》れも高く、民《たみ》からの信頼も厚い。そんな殿下はウォード侯爵家令嬢でユーフェミア嬢の義妹であるグリンダ嬢と正式に婚約を結ぶ事となった。

ちなみに現国王は前国王が何者かに暗殺された為、急遽《きゅうきょ》王位に就く事となり大変苦労されたという。だから陛下も一人の親として、殿下の教育にはかなり熱心だったし、殿下も周囲の期待に応えるべく、絶え間なく努力を重ねてきた方なので、私自身、殿下に尊敬の念を抱いている。

殿下が王位に就けば輝かしい未来が待ち構えていると、官民誰もが夢を見ていたのだが……。

「エリーアス様！　またグリンダ様がいらっしゃいません！」

「……またですか」

王妃教育を施す為に、王宮から依頼を受けた指南役が私に訴えてくる。

それは本来私の役目ではないのだが……しかしそれは仕方がない事なのだろう。たとえ殿下に直訴したとしても、その訴えは殿下には届かないのだから。

――私は思わずため息を零す。

「また執務室でしょう。私もこれから向かうので、申し訳ありませんが少々お待ちいただけますか？」

「どうかよろしくお願いします……！　このままでは婚姻《こんいん》までに間に合いません！」

指南役の悲痛な叫びを聞きながら、私は執務室へと足を運ぶ。

飴色《あめいろ》の重厚な扉を開くと、そこには以前よりかなり豚……豊満になったグリンダ嬢に愛を囁く殿下と、その周りを取り囲んでグリンダ嬢を熱い眼差しで見つめる側近達がいた。

「ああ、グリンダ……この柔らかく滑らかな手に口付けてもいいだろうか……」

「うふふ。マティアス様ったら、手だけでよろしいの？」

（……何だコレは）

以前の勤厳実直な殿下は一体どこへ⁉　と言った状態に目眩《めまい》がする。

（やはり、レオンハルト皇子の仰《おつしや》る通り、殿下はかなり〈魅了〉の効果に侵されているようだな）

こんなに醜《みにく》く肥え太ったグリンダ嬢に愛を囁けるとは。人は外見ではないというが、いやしかしコレは……。私はそこの諸悪の根源、グリンダ嬢に向かって話し掛ける。

「グリンダ様、指南役が探しておられましたよ。早くお戻り下さい」

「まあ！　エリーアス様ったら冷たい事を仰るのね。あまりにも厳しく指導されて私、辛《つら》くてたまりませんのに……」

まだほんの初歩だろうに、あの程度で音《ね》を上げるとは……今までの王妃達に土下座して来い。

「そうだぞ！　エリーアス！　こんな辛そうなグリンダに追い打ちをかけるような事を言うな！」

「そうですよ！　グリンダ様が可哀想ですよ！」

「グリンダ様を悲しませると、いくらエリーアス様でも許しませんよ」

婚約して、グリンダ嬢が登城するようになってから、殿下達はすっかり人が変わってしまい、グリンダ嬢至上主義のようになってしまった。

この事に王や王妃は胸を痛めているというが……。その親心も今の殿下には届かないのだろう。

「私もグリンダ様とご一緒したいのをぐっと我慢しているのです。グリンダ様の為を思えばこそ、心を鬼にして進言させていただいているのですよ」

私はレオンハルト皇子のアドバイス通り、グリンダ嬢に惹かれているかのように振る舞う。

「まあ……！　エリーアス様はそこまで私の事を……？　……なら仕方ないわね。指南役のもとへ戻って差しあげるわ。そこまで連れて行ってくださる？」

「はい、喜んで」

私は何とか微笑みを浮かべてグリンダ嬢のブヨブヨとした手を取り、殿下達の嫉妬《しっと》の視線を背に受けながら執務室から退出する。しかし演技としてもコレはキツイ。まるで拷問のようだ。だが、グリンダ嬢には心の内を知られる訳にはいかず、何とか顔が引き攣《つ》りそうになるのを我慢する。

「そう言えば、貴女《あなた》の義姉《あね》であるユーフェミア嬢のお加減はいかがですか？」

「……ああ、お義姉様《ねえ》……。私もお会い出来ず心配しております。でも感染させる訳にも行きませんし、ずっと部屋に籠もっていらっしゃいますわ」

今思い出したような素振りのくせに、心配しているとは片腹痛い。

「早く良くなるといいですね。もしよろしければ、腕の良い医者を紹介させていただきますよ？」

「まあ、お優しい。でもお気持ちだけで結構ですわ。我が侯爵家の主治医も優秀ですのよ」

「そうですか。なら安心ですね」

もう長い間、治せていない医師が優秀だとはこれ如何《いか》に。普通は疑問に思うだろうに……。

しかし未だユーフェミア嬢の安否確認は出来ず、か……。早く彼女が無事かどうか知りたいのに、忌々しい女だ。それから名残惜《なごりお》しそうなグリンダ嬢を指南役に押し付け……引き渡し、やっと苦行から解放されて一息ついた私はふと、銀の髪と紫《むらさき》の瞳を思い出す。

少ししか会話を交わした事がない筈なのに、ずっと心の中にいる存在。もう一度彼女に会って話がしたい。その紫水晶の瞳に私を映して欲しい――。

私の中に渦巻くこの感情は一体何だろうと思った時、私の腹心の部下である文官の一人が、慌てた様子で私のもとへやって来た。

「エリーアス様、お忙しいところ申し訳ありません。至急確認したい事がありまして……」

いつも落ち着いている性格の彼にしては珍しい。何だか嫌な予感がする。

「実はユーフェミア・ウォード・アールグレーン侯爵令嬢の婚姻話が持ち上がっているのです」

「……！　何だと⁉」

慌てている部下の様子を見て、また殿下絡みの問題かと思っていた私の耳に、今の今まで考えていた女性の名前が告げられ、心臓が一瞬だけ止まる。

取り敢えず詳しい話は後でと、その場から人気のない場所に移動した。

「……ここならよいだろう、詳しく頼む」

「はい、先程元老院宛に侯爵令嬢と伯爵の婚姻届が届いたのですが、その伯爵というのが……」

口ごもる部下に、「誰だ？」と話の続きを促すと、非常に言い難《にく》そうに相手の名前を告げた。

「あの、アードラー伯爵なのです」

「なっ……⁉」

よりによってあのアードラーだと⁉　奴には悪評しかないのに未だ貴族籍にいるのは証拠が一切見付からないからだ。証拠隠滅がやたら上手い狡猾《こうかつ》な奴に、我々はいつも振り回されている。

「今回で何回目の結婚だ？　奴がどんな人間か、侯爵も知らない訳ないだろうに」

「……恐らく侯爵はご存じないのでは？　保証人の欄は侯爵夫人のサインでしたし」

「うーむ……」

アードラー伯爵と結婚した女性は全て不審死を遂げている。

なのに遺族から反発が出ないのは、大金に物を言わせて黙らせているから、という噂だが……。

ウォード侯爵家は経済的に裕福で、領地のアールグレーン領はかなり栄えていると聞く。

……であれば、侯爵夫人の独断で婚姻を結ぼうと画策している可能性が高い。婚約をすっ飛ばしていきなり婚姻だ。侯爵にバレる前に彼女を差し出したいのだろう。

「あの、以前ちらっと聞いた話なのですが……」

そう言って部下が教えてくれたのは、以前アードラー伯爵に無理やり拐《さら》うように嫁がされ、一年後に亡くなってしまった娘を持つ母親の話だった。

婚姻後、一度も娘に会わせて貰えなかった母親は、いつも娘を気にかけていたが、ある日突然アードラー伯爵側から娘の死を告げられたそうだ。嫁いだ娘の死に疑問を持った母親が、娘の遺体を一目見せてくれと懇願したが、その願いはにべもなく伯爵に却下されたらしい。

そして娘の葬儀が行われ、今まさに柩《ひつぎ》が埋められようとしたその時、母親がいきなり飛び出して、棺の蓋を開けてしまったそうだ。

「柩の中の娘の遺体は損傷が激しく、人の形を成していなかったと。かろうじて判別できた娘の顔は、この世のものとは思えない苦悶の表情を浮かべていたそうです」

そして娘の遺体を見た母親は精神を病んでしまい、その後しばらくして亡くなったという。

「……酷い話だな」

「……はい。余りにも酷い内容だったので、世間に広まらなかったみたいです」

こんな人間に義理とは言え娘を嫁がせようだなんて、正気の沙汰《さた》ではないが……。

しかしここで一つ疑念が湧いてくる。再三の王宮からの登城命令を流行病だという理由で応じなかった侯爵夫人が、何故病気のユーフェミア嬢を突然結婚させようと思ったのか。

……いや、もしかすると逆なのかもしれない。

ユーフェミア嬢を結婚させようとしたものの、彼女が病に罹《かか》り結婚が延びてしまった——もしくは結婚出来ない状態に陥ったとしたら……そう、本人の不在だ。

無理やり結婚させられそうになったユーフェミア嬢が姿を消したのだとしたら、登城出来ないのも説明がつく。だからアードラー伯爵とウォード侯爵夫人は本人不在のまま婚姻を結ばせようとしているのかもしれない。既成事実を作る為に。

——これは早く彼女を見付け出して保護しないと……！　このままでは王国が失《な》くなってしまうかもしれない……！

私の脳裏に、怒りで王国を炎で焼き尽くそうとするレオンハルト皇子の姿が浮かび上がる。

「とにかくその婚姻届は元老院へ渡すな。元老院にも奴の息がかかった者がいる筈だからな」

「不受理として手続きしますが、理由はどうされますか?」

「そうだな……まずユーフェミア嬢本人の筆跡か疑わしい事、書類偽造の疑いがあるという事にしよう。もしそれで理由が足らないのであれば、私が婚約の申し込みを希望していると伝えろ」

こうすれば本人の意思確認が必要になる為、少しでも時間が稼げるだろう。


今回の件はレオンハルト皇子に連絡するべき案件だと判断した私は、何かあった時用に預かった緊急通信用の魔道具を発動させる。

これは対《つい》となる魔道具にこちらの声を届け、逆にあちらの声をこちらに届ける事も出来る。帝国が開発した魔道具だがかなり高価なので、我が王国の王族ですら持っていないのだ。それを宰相補とは言え、外国の貴族へ気軽に貸し出せるところに帝国の凄さを実感する。

しかし、ユーフェミア嬢が侯爵家から出奔したとしたら一体何処へ……?

出来る事なら自分自身で探しに行きたい。この手で彼女を見付け出してそれから——

……それから? 私は一体何を考えた……?

それ以上考えない方が良い気がして、私はこの胸に湧く感情の正体に気付く事なく、彼女の無事を祈った。

第五章　ぬりかべ令嬢、お守りを作る。

ある日、マリカが「部屋にある本を取りに行く」と言うので、一緒に付いて行く事にした。

マリカの部屋は私と反対方向の角部屋で、一人用だから少し狭いとの事。

「もう部屋を引き払って、ミアの部屋に移動したいんだけど……いい？」

「本当？　私は大歓迎だよ！」

そう話しながらマリカの部屋の前に着いたけれど、何か様子がおかしいのに気付く。

それはマリカも同じだったようで、部屋のドアノブに手を掛けたまま固まっている……と思ったら、バッと音がしそうなほど勢いよくドアノブから手を離して叫んだ。

「ミア！　水を！」

マリカの手の平は、まるで火傷《やけど》を負ったかのように爛《ただ》れていた。その酷い状態を見た私は急いで水を作ってマリカの手に注ぐ。すると、黒い煙が手の平から立ち上り、マリカの手が元通り綺麗になっていくのを見て、ほっと安堵のため息をついた。

「……これは一体……」

マリカが部屋のドアを見て眉《まゆ》を顰《ひそ》めている。瘴気《しょうき》のようなものが漏れているのが視えるらしい。

「このまま部屋に入るのは危険……ミア、力を貸してくれる？」

「もちろん！」

マリカの提案は、私の風魔法で結界を張った状態で中に入り、残っている瘴気を火魔法で焼き尽くす……というものだった。そしてマリカの指示通り、私が魔法を使うと〈聖なる結界〉が発動して私達を包み込む。それからドアノブに〈聖水〉を掛け清めてからドアを開くと、部屋中に充満する黒い瘴気と、荒らされて散乱している本や道具類があった。

「これはヒドイ」

部屋の惨状を見てショックを受けていたマリカだったけれど、すぐ気を取り直すと私に「〈聖火〉をお願い」と頼む。

「うん！」

私は手の平から火を繰り出すイメージを浮かべ、瘴気に向かって腕を振るう。すると燃え盛《さか》る火の渦が瘴気を巻き込み燃え上がった。その威力に「部屋が燃えちゃう‼」と思ってヒヤッとしたけれど、〈聖火〉が瘴気以外のものを燃やす事はないようで安心した。

〈聖火〉が瘴気と共に消え去った後の部屋を見ると、壁にたくさんの爪痕《つめあと》のようなものが刻まれていて怖くなる。

「もし、いつも通り私がここで眠っていたら……」

マリカはそう呟きかけたけど……最後まで言わなくても、言いたい事は分かる。

――何者かがマリカを狙っている？　一体何の目的で？

マリカが部屋に散乱している本の中から一冊の本を取り出した。それはマリカが取りに来た空間魔法の本で、表紙に爪痕は残っているけれど中は問題なく読めるようだった。

「とりあえず、ディルクに相談」

部屋を出てディルクさんのところへ向かおうとした時に、ニコお爺ちゃんが慌ててこちらに向かって来たのに気付く。

「おお！　ミアちゃんにマリカ、無事だったか‼　ワシは心配したぞい‼」

ニコお爺ちゃんの声に気付いたディルクさんやアメリアさん達が何事かと集まってくる。

「説明するよりまずは研究棟を見て貰った方が早いわな」

そう言ってニコお爺ちゃん先導のもと、皆んなで研究棟へ行ってみると――。

そこには研究棟を包囲するように焼け焦げ、黒い泥のようなものが撒《ま》き散らされた地面があった。

「これは――ミアさんの〈聖域〉が掻き消されている……⁉」

研究棟を見たディルクさんが絶句している。

「ヤダ何これ！　火事があった痕みたいじゃない‼」

「うわー！　汚な！　何やこのどろどろしたヤツ！　きんもーっ！」

「これじゃあ入れないね～」

「朝来てみたらこんな有様《ありさま》でのう。昨日は無人だったからよかったものの……。誰かがこの中にいたらと思うとゾッとするわい」

皆んなが研究棟の様子を見て驚いている。マリカと私は先程のマリカの部屋を思い出していた。

「ディルク」

マリカがディルクさんの名前を呼ぶと、何かを察したディルクさんが皆んなに声を掛けた。

「とりあえずこの事は機密事項に追加するね。皆んなもそのつもりで口外しないように」

ディルクさんの言葉に、皆んなが「はーい」「うぃー」「了解～」「何だか最近多いのう……分かったぞい」とそれぞれ了承の返事をした。

——とにかく、この泥のようなものをどうにかしないと。

ディルクさんが皆んなに確認をとった後、私の方を振り向いて言った。

「えっと、ミアさん。悪いけど、〈浄化〉をお願いしてもいいかな？」

「はい！」

元々そのつもりだった私は、マリカの部屋でやったように〈聖火〉で研究棟全体を〈浄化〉した。火に包まれた研究棟を見て皆んなが悲鳴を上げているけれど、研究棟自体は燃えていないから、と言って安心して貰う。

「…………ワシ、寿命が十年縮んだぞい」

「折角修理したのに灰になったかと思ったよ〜」

〈浄化〉が終わったのを確認して皆んなで研究棟へ入る。アメリアさんとジュリアンさんはお店の時間なのでと戻って行った。

いつもの研究棟メンバーで中に入ると、いつもと変わらない部屋の様子に安堵する。もしマリカの部屋のように荒らされていたら大変な事になっていただろう。部屋を見渡したマリカも私と同じ事を考えたらしく、ホッとしているのが目に入った。

そしていつものように会議室に集まる。もう何も言わなくても自然と足が向くようになってしまったのは……私のせいじゃない筈……多分。そして私とマリカが、先程起こった事を皆んなに説明すると、三人共顔が真っ青になって驚いていた。

「マリカの部屋が何者かに荒らされたって……!?」

「何と⁉　うーむ……マリカの魔道具狙いかのう？」

「それか研究成果とか～？　新しい魔道具の情報狙い～？」

それぞれ意見交換をするけれど、目的がマリカだという事以外何も分からないのがもどかしい。

「話を整理すると、部屋にいないマリカを探して研究棟にやって来た賊《ぞく》は、ミアさんの〈聖域〉に阻《はば》まれて研究棟に入る事叶わず退散した、となるんだけど……皆んなはどう思う？」

「ワシもディルクと同じ事を考えておったわい。……しかし、その賊が何者かが気になるのう」

「単独犯じゃないよね～きっと」

「誰かに依頼されたか、組織的犯行か……」

部屋に充満し、ドアノブに触れるだけで手が爛れてしまう瘴気、そして〈聖域〉に触れて弾かれたような黒い泥のようなもの……これらの事を考えて思い浮かぶのは――。

「あの……お化けとかの可能性は……？」

私の土魔法は土地を浄化すると聞いた。そして清められたところは不浄なモノを追い払ったり寄せ付けなくするとも。

研究棟の周りの惨状に、本当にお化けが来たのかもしれないと思うと、ぞわぞわと鳥肌が立つ。

「うーん、お化けの方がまだ可愛いかもしれないよ？」

ひぃ⁉　ディルクさんが恐ろしい事を言ってる⁉

「相手が『穢れを纏う闇』――不浄なる闇のものだとしたら、普通は厄介《やっかい》」

マリカまで⁉　……でも『穢れを纏う闇』って？　聞いた事がなくて首を傾《かし》げる私にディルクさんが説明してくれる。本当に物知りだなあ。

「よく闇属性と間違えられるんだけどね、闇だからといってそれが悪いものかというと、全てがそういう訳ではないんだ。一般的な闇は光がない状態の事をいうからね」

闇は悪と誤解されやすい属性だそうだけど、今回の賊は死・疫病・血などから生じた永続的・内面的汚れ――目に見えない汚れである「穢れた」存在である可能性が高いとの事。その「穢れ」を身に纏い、忌まわしい不浄な事象を敢えて悪用するものを『穢れを纏う闇』と呼ぶらしい。

「穢れや不浄を祓うのは神聖な力でないと無理なんだ。だから普通なら追い払うのも一苦労だけど、ここにはミアさんがいるだろう？　君はその賊にとってはここで唯一の天敵だよ」

私が天敵……⁉　私しか対抗出来ないというのなら、力の限り滅ぼそうではないか！

――だってお化けが怖いから‼

「もしマリカがいつも通りあの部屋にいたらと思うと……恐ろしくて血の気が引く思いだよ」

「ほんに、無事でよかったわい。しかし凄い偶然が重なったもんじゃのう」

「ホントだよ～。こんな事ってあるんだねえ～」

――魔法のベッドで寝る為に私の部屋にいた事、たまたま私が土魔法で結界を張っていた事、研究棟が無人だった事――。

確かに、何か一つでも違っていたらマリカは連れ去られていた可能性があるんだ……改めてそう思うと身体が震えてくる。

「ミアのおかげ。ありがとう」

マリカが私の手をぎゅって握ってくれて、その手から伝わる体温にとても安心する。

（ああ、マリカが無事で本当によかった……！）

「安心するのはまだ早いよ。その賊がまだ健在かもしれないし、もし誰かの依頼を受けての事だったら再び襲ってくる可能性が高いからね」

研究棟の周りは焼け焦げた痕と泥のようなものがあったけど、それが賊の果てたものだとは限らない、というのがディルクさんの見解らしい。

「マリカを狙う人間に心当たりは……」

「それが心当たりが多すぎてね」

ですよねー。マリカさんはあちらこちらから引っ張りだこの天才美少女だものね。

「でもまあ、ある程度予測する事は出来るかな……」

「え！　もう犯人が分かったんですか？　何処の誰ですか？　マリカはもう大丈夫ですか？」

思わず興奮してディルクさんを質問攻めにしてしまい、マリカに「ミア、落ち着いて」と窘《たしな》められてしまった。

「うーん。まだはっきりとは言えないけれど、取り敢えず守りを固めた方が良いかもしれないね。ミアさん、もう使うなと言っておいて申し訳ないんだけど、もう一度ここに〈聖域〉を掛けて貰っていいかな？」

「はい！　分かりました！」

ディルクさんにお願いされなくてもやるつもりだったので、私は早速魔法を発動させる。イメージは「堅牢《けんろう》な砦《とりで》」だ。悪意ある穢れたものがここへ入ろうとすれば、聖なる劫火《ごうか》が焼き尽くす……みたいな？　いつもよりヤル気に溢れた私は、何重にも魔法を重ね掛けする勢いで術を発動させた。

「……うわぁ」

「エゲツない」

ディルクさんとマリカが何か言っているけど気にしない！　穢れは清めねば！

「でも、これはこれで安心だね。お化けどころか悪魔や魔王でも侵入が難しそうだよ」

ディルクさんからお墨付きを貰えてようやく安心する。この中にいれば安心だろうけど、ここに住む訳にはいかないから、寮の方にも同じように魔法を掛けようかな。

「ミア、寮の方にも魔法を掛けようと思ってる？」

「うん。どうして分かったの？」

「今のミア、この世の穢れ全てを祓いそうな勢いだから」

……う。さすがに世界中は無理だと思う。でも、そんなに勢いあったかな？

「ミアさん、寮にも魔法を掛けようとしてくれるのは非常に有り難いけれどね。対象の建物が大きいと法国……神殿の人間に見つかってしまうんじゃないかな」

……はっ！　そうだった！　私はハルと逢えるまで大人しくしておかないといけないのだ！

「商会の従業員に『護符《ごふ》』を持たせるのは？」

「なるほど。それならまだ大丈夫かな」

ディルクさんとマリカが何やら相談しているけれど、『護符』ってどうやって作るんだろう？

私がそう思っていると、ディルクさんがリクさんに声を掛けて、二人で奥の方へ行ったかと思うと、いくつかの箱を持って帰ってきた。

「これ、魔道具用の魔石の在庫なんだけど、取り敢えずこれを『護符』に使おうか」

『護符』は紙に限ったものではなく、骨、金、石、木、布なども使われるらしい。

そして私はディルクさんに「この魔石に魔力を注いでみて」と言われ、渡された魔石を握り込む。

イメージは「聖なる眼」。悪いものに対して睨みを効かし見逃さず、災厄や穢れから身を守って、加護を与える……みたいな。そんな感じで魔力を注ぎ込むと、ふわっと魔石が光を放った。

「もう驚かないつもりだったけど……！　今度は『聖眼石』か……！」

魔石を視たディルクさんが何故か悔しそうにしていたのが謎だけど……。

でも、また物騒な名前が付いたものになってしまったようで……コレ、使って大丈夫なのかな？

「……はあ。気になるだろうから説明するとね、これは『聖眼石』と言って、最上級の守り石だよ。石の中で層になった光が回転しているよね？　それがまるで眼のように見えるからこの名前が付いたんだ。『破邪《はじゃ》の神眼《しんがん》』とも言うね」

「最上級ならお化けが来ても大丈夫ですね！　なら、ここの魔石全部変えちゃいますね！」

そう言って私は張り切って魔石を『聖眼石』に変えていった。

「ミア、お化けに容赦ない。それオーバーキルや」

マリカが何か言っていたけれど、『聖眼石』作りに必死な私の耳には届かなかった。

それからしばらくして、魔石全てに魔力を注ぎ込む事が出来た。後はこれを皆んなに配ればいいのだけど……。何かが足りない気がする。石一個だけ持つとなると失くしそうだよね、と心配していたらディルクさんが「ブレスレットにしたらどうかな？」と提案してくれた。

（皆んなお揃いのブレスレット！　素敵かも！）

「ブレスレットにするにしても、今ニコ爺は何かと忙しいから、紐《ひも》を使って編み込む方法で作ってみる？」

（紐で編んで作るんだ！　わあ！　何だか楽しそう！）

ディルクさん曰く、何本かの紐を手で結んでブレスレットにする技法があるとの事。

魔石を包み込むように紐を編んで台座を作り、そこに革紐を通す。すると、シンプルで男性が身に着けても違和感がないブレスレットになるそうだ。女性用には革紐ではなくチェーンにしてもいいし、ブレスレットではなくペンダントにも出来るし、好きなように作れるらしい。

取り敢えず人数分を、私、マリカ、ディルクさん、リクさんの四人で作る事に。

何本かの紐を固定して編んでいくんだけど、これが中々難しい。

二つの結び方を交互に繰り返して魔石を包める長さに編んだら、石がグラグラしないように、しっかりと引き締めて結べば台座の完成！

更に編み進めて組紐のブレスレットにしても可愛いし……悩んじゃう。

初めは無言で編んでいた私達だけど、慣れて来たらおしゃべりをする余裕も出てきて、どんどん編み上がっていく。そして必要数出来上がったので、それぞれ一つずつ好きなように作る事に。

私がどうしようと考えている間にマリカはどんどん編み上げて、シンプルで格好良い編み目のブレスレットを完成させると、ディルクさんに差し出した。

「ディルク、私が編んだブレスレットだけど着けてくれる？」

ディルクさんはマリカが完成させたブレスレットを見ると、嬉しそうに受け取ってくれた。

「ありがとう、嬉しいよ。大切にするね。お礼というか交換になるけど、マリカには僕が編んだブレスレットをあげるよ。ちょっと他とは編み方を変えてみたんだ」

そう言ってマリカさんに差し出したブレスレットは、立体的な模様で編み込まれていてとても可愛かった。しかも編み目の間に小さい天然石がいくつか付いていた。

ディルクさんって手先も器用なんだ……っていうか、いつの間にそんな技術を……！

……これって初めからマリカにプレゼントするつもりだったのでは……？

真っ赤な顔をして受け取ったマリカは、嬉しそうにブレスレットを眺めると、愛しそうに指で編み目をなぞってから、ディルクさんに「嬉しい……絶対大切にする」と言って微笑んでいた。

……もはやこの空間は二人の世界になっている。……はわわ！

微笑み合う二人を見ると、私も心がほっこりする。よかったねマリカ‼

そんな二人の様子を見ていたリクさんは、自分の編んだブレスレットをじっと見てから何か考え込んでいる。もしかしてリクさんも……？　リクさんがアメリアさんを意識しているのは知っている。リクさんが編んだブレスレット、アメリアさんは凄く喜ぶだろうな……。

アメリアさんが喜んでいる姿を思い浮かべ、何だか嬉しくなった私は、ふと思い付く。

――そうだ！　私もハルにブレスレットを作ってあげよう！

いつ逢えるか分からないけれど、いつか必ず渡したい。

そして私は「ハルを守ってくれますように」と願いながら、ブレスレットを編んだのだった。

ブレスレットの作成も終わり、一息ついた頃にまた研究院から面会依頼が来たと連絡があった。

「……やれやれ。研究院も必死だなあ。マリカどうする？　僕だけで面会してもいいんだよ？」

ディルクさんがマリカを気遣うけれど、マリカは面会するつもりらしい。

「大丈夫。今度は私がはっきりと断る」

マリカはぐっと拳を握り、気合を入れて面会に挑んでいった。もう以前のマリカと違い、自分の言葉で断るのだろうけど、相手がそう簡単に諦めてくれるかが問題だな、と心配になる。

才能は元より、今のマリカはとても魅力的だと思う。ハニートラップの人が今のマリカを見たら、ミイラ取りがミイラになりそうな予感がする。

大丈夫かな、とハラハラしながらマリカ達を待っていると、予想よりもずいぶん早くマリカが戻って来たので、驚いたと同時に安心した。でも帰ってきた時のマリカの表情が……まるで夢心地？　のようで、何だか顔が赤くてぼーっとしている。

「マ、マリカどうしたの⁉　大丈夫？　ディルクさんはどうしたの？」

私が声を掛けると、マリカはまるで夢から覚めたようにハッとすると、今初めて私の存在に気付いたようだった。

「あ、ミア……」

「研究院の人に何かされてない？〈浄化〉してあげようか？」

私の言葉に、マリカはぎょっと驚くとブンブン首を横に振って「いらない！　平気！」とブルブル震えながら断ってきた。……本当に燃える訳じゃないのにな。

「それで、どうしたの？　ディルクさんは？」

私がディルクさんの名前を出すと、またマリカの顔が真っ赤に染まってしまった。

——一体何が……⁉　私が疑問に思っていると、マリカが頬を染めながらポツリと呟いた。

「ディルク……格好良かった……」

マリカに面会の時、何があったのか聞いてみると、どうやらマリカに断られて激高した研究員をディルクさんが一言で黙らせ、今後は面会を許可しないと断言して、相手を追い出したそうだ。

あの温厚なディルクさんからは想像も出来ないけど……その研究員は何か地雷を踏んでしまったのかもしれない。普段怒らない人を怒らせるととても怖いという事を再認識させられました。

「じゃあ、もう研究院の人が来る事はないんだ。よかったねマリカ」

「うん」

一つの懸念事項がなくなってマリカはとてもスッキリとした表情をしていた。

また寝る時にでもディルクさんの話を詳しく聞いてみよう。楽しみ！

そんな事があり、また襲撃があるかもと警戒していたものの、結局その日は何事もなく過ごす事が出来た。でもここで油断は禁物だろう。お化けは一体も逃がす訳にはいかないのだ！

そして次の日、完成したお守りブレスレットは従業員全員に配られ、受け取った人は皆んな喜んでくれた。何だか制服（？）の様で、連帯感を感じるのだろう。

一仕事終えたような達成感に浸っていると、研究棟にとても嬉しそうなアメリアさんがやって来た。腕にはリクさんが編んだブレスレットが着けられている。

そのブレスレットはリクさんがディルクさんに編み方を教えて貰いながら編んだものだ。

「ミアちゃん！　お守りの石ありがとう！　もう私嬉しくて……‼」

「よかったね、アメリアさん！」

アメリアさんは全身で喜びを表現していて、とても幸せそうだ。綺麗な人だと思っていたけど、今日は更に輝いている。

「リクさん、とっても真剣に編んでいましたよ。凄く愛が籠もっているので、失くさないように大切にしてくださいね」

ちょっといたずら心がくすぐられ、コソッとアメリアさんの耳に囁くと、アメリアさんの顔が一瞬で真っ赤に染まる。めちゃくちゃ照れているアメリアさんはとても可愛らしかった。

……マリカもアメリアさんも凄く幸せそう……。その様子を見て私は頬が緩《ゆる》む。

好きな人と想いが通じ合う――なんて幸せな事なんだろう。

――ハル……。

目を閉じて思い出すのは、七年前から変わらないハルの笑顔。

今まで数え切れないぐらいハルの夢を見た。夢なら覚めないで、と何度願った事だろう。

私はハルにと編んだ、お守りのブレスレットを指でなぞる。

いつの日もどんな時も、ハルの笑顔が私のお守りだったな……と思う。

顔を上げ、ハルの瞳と同じ、青く澄んだ空を見上げたら、ふいに涙がこぼれ落ちた。

――ハルを想うだけで、涙が出るなんて……。

逢えない時間が経てば経つ程、想いが募っていくのが自分でも分かる。

私はどうかこのブレスレット《想い》が、いつかハルに届きますように――と、心から祈った。

怒り（ハル視点）

俺とマリウスが王国から戻って来て一週間程が経った。

不在の間に溜まった執務の処理に毎日忙殺され、今日ようやく自由時間が出来たのだ。

せっかくの自由時間といっても、息抜き程度の時間しかないから馬で遠出は出来ないし、騎士団に行って模擬戦闘訓練する程の元気もないので、俺は珍しく宮殿の中庭でボケーとしていた。

お空キレイ……。

青い空を見上げながら、ミアの事を考える。

ミアを想う、ただそれだけで俺は生きる意味を持つ事が出来るのだと思う。

ミアは今何をしているのだろう？　元気にしてるかな？　ビッチにいじめられていないだろうか？　もしミアがビッチにいじめられていたら１００万倍にして返してやろう。産まれて来た事を後悔させせてやるのだ。

折角、王国でミアの手がかりを掴《つか》んだのに、結局ミアに会う事すら叶わず帝国に戻らざるを得なかった。そんな皇子という身分が邪魔で仕方がない。「皇環」もないしマジで皇位返上できねーかな。

七年前に俺が死にかけた事がきっかけで親父が頑張ってくれたから、今の俺には歳の離れたアデルベルトという可愛い弟がいるし、俺がいなくなっても大丈夫だと思うんだよなー。

まあ、こんな俺に付いて来てくれたマリウスやイルマリ達側近連中には申し訳ないんだけどさ。

――出来ればもう一度王国へ行きたい。今度こそミアをこの手で抱きしめたい。

……いや、出来ればじゃなく今すぐにでも飛んで行きたい。今行かなければもうミアは永遠に手に入らないのではないか、という焦燥感《しょうそう》が募ってくる。

俺はミアが笑顔でいてくれたらそれだけで嬉しいのに。それすらも分からない自分に腹が立つ。

さすがに俺のミア不足が深刻になって来た。もう七年もミアに会っていないのだ。

……そろそろ我慢も限界かもしれないな。

俺が脳内に保存している「ミアとの思い出」フォルダを開こうと思ったその時――聞き覚えのある甲高《かんだか》い声が聞こえてゲンナリする。

「お兄様！　こちらにいらしたのですね！」

この声の持ち主は俺の叔父上《おじうえ》――イメドエフ大公の娘、ヴィルヘルミーナだ。

「わたくし、お兄様とお茶をご一緒したくて執務室までお迎えに参りましたのよ？　ずっと王国に行っていらして、やっとお帰りになったと思ったら、今度は執務室に閉じこもってしまわれるなんて……。わたくし、お兄様にお会いしたくてたまりませんでしたのに！　なのにわたくしを置いていなくなってしまうなんて！　酷いですわ！　冷たいですわ！」

……あーうるせー。何か面倒くせー奴に見つかっちまったなー。ミア気分が台なしじゃねーか。

このうるさい女、ヴィルヘルミーナ――長いから俺はミーナと呼んでる――は、何故か昔から俺に懐いており、事ある毎に俺に纏わり付いてくる。お前の親父、俺を殺そうとしていたんだぜーって言ってやりたい気もするが、叔父上と違いミーナは悪い奴じゃないから逆に扱いに困る。

叔父上に似て性悪《しょうわる》だったら邪険にしても、良心の呵責《かしゃく》を感じないのに。

「俺はお前の兄じゃねえ」

何度言っても「お兄様」呼びをやめないミーナに半分諦めてはいるものの、このセリフもお約束みたいなものだ。ある意味挨拶代わりかな？

「そ、それはそうですけれど……！　お兄様を『お兄様』と呼ぶのはわたくしだけですし……！

……あら？　アデルちゃんがそろそろお兄様と呼ぶのかしら？」

弟のアデルベルトは育ち盛りの三歳児だ。お喋りも達者になって来たお年頃……でもさすがに「お兄様」呼びはまだ出来ねーだろ。せいぜい「にーたま」だ。でも面倒くさいので指摘はしない。

「じゃ、じゃあ、遂にわたくしもお兄様を、そ、その、『ハル』とお呼び出来るチャンス！　なのですわね！　これからはわたくしも『ハル』と呼んでもよろしくて？」

「断る」

赤い顔してモジモジしてんじゃねーぞ。俺を「ハル」と呼んでいい女はミアだけだ。

即答で断られたミーナの顔がみるみる歪《ゆが》んで泣き顔になる。コイツ昔から泣き虫なんだよなー。

「ひ、酷いですわ……！　わたくしはお兄様をずっとお名前でお呼びしたかったのに……！」

「無理」

更に即答すると、どうやらそれがトドメだったらしく、子供のようにわんわん泣き出した。

「お兄様の意地悪ー！　わたくしも名前で呼びたいのにー!!」

もうコイツ置いといて執務に戻ろっかなーと思って腰を上げたら、向こうからマリウスと、イルマリ、フラン達側近がやって来るのが見えた。

もしかして時間間違ってたとか？　もう少し時間は残ってる筈だけどなー、と思いながらマリウス達の方に向かうと、緊張した空気に気付いて眉を顰める。

「……何があった？」

マリウスに問いかけると、マリウスがチラリとミーナの方を向き、声を潜めて言った。

「火急の用件です。至急執務室にお戻りを」

何か嫌な予感がした俺は、取り敢えずミーナをイルマリに任せて執務室に戻る。イルマリは女の扱いが上手いから、上手く機嫌を取っといてくれるだろ。

慌ただしく執務室へ戻ると、マリウスが防音の魔道具を起動させる。ただでさえ防音仕様の執務室に、更に重ね掛けで防音の魔道具を使うとは……。もしかしてかなり重要な問題なのか……？

「王国のエリーアス殿から緊急の連絡がありました」

俺はマリウスの言葉にハッとする。しかし、マリウス達の様子を見る限り、ミアが見つかったという吉報ではない事は確かだろう。ならば、何かミアに良くない事があったのかもしれない。

「話せ」

険しい顔をした俺に少し怯んだ様子のマリウスだったが、意を決した表情で報告してくれたところによると、どうやらミアに婚姻の話が出ているとの事だった。

「ミアが結婚だと……？」

想像するだけでもキレそうになるその報告に、俺の身体から箍《たが》が外れるように魔力が溢れ出し、怒りで目の前が真っ赤に染まる。

「ちょっ……‼　ハルッ‼　落ち着けっ‼　結界が壊れる……‼」

「――俺のミアに手を出そうとしている奴は誰だ？　なんて名前？　今からそいつ滅ぼしに行っていい？　いいよな？　俺のものに手を出そうとしているんだからさあ……‼」

俺の声に呼応するかのように、何もなかった筈の空間にひびが縦横無尽に走り「バキンッ‼」と音を立てる。

「ハルッ‼　待てっ‼　ミアを助けたいのなら落ち着いて話を聞けっ‼」

「――――っ‼」

必死なマリウスの声を聞き、頭で言葉を理解すると、真っ赤に染まった視界が元に戻っていき、荒れそうになった心が少しずつ落ち着いて来た。


「……すまん、マリウス」

「……まあ、お小言は後でじっくり言わせて貰いますから覚悟して下さい。今はミアさんの件についてです」

マリウスの話によると、病の為公《おおやけ》の場に姿を見せないユーフェミア嬢だったが、王国のアードラー伯爵という中年の男との婚姻届が王国の元老院に提出されかけたという。

その婚姻届は発見後すぐ、エリーアスが入手し、今は手続きを保留させているらしい。

「エリーアス殿曰く、その婚姻届に書かれたユーフェミア嬢のサインは偽造の可能性が高いらしいです。恐らく彼女の義母が手を回したのかと」

「……ったく！　母娘《おやこ》揃《そろ》ってクズかよ！　救いようがねえな‼」

俺のミアに不当な扱いをしただけでも万死に値するのに……。余程苦しんで死にたいらしい。

「しかしエリーアス殿曰く、ウォード家の母娘より、その結婚相手のアードラー伯爵という貴族の方がかなりヤバイらしいです」

そのアードラー伯爵は王国でも悪の代名詞と言えるような人物で、エリーアスから齎《もたら》された情報だけでも下衆の極みで最低最悪な男なのだそうだ。

王国で発生する凶悪犯罪には必ず関与しているとされているのに、毎回証拠不十分の為、未だに貴族籍に居座っているらしい。まあ、あの日和見《ひよりみ》な王国ならいくらでも誤魔化《ごまか》しが利くのだろう。

「……そのアードラーという男の身辺、生い立ち、経歴を全て特務に探らせろ。勿論探っている事に気付かれないよう、重々注意するよう伝えてくれ。……コイツは腹を括《くく》ってかからないとかなりヤバイ奴だ」

俺の危険センサーとも言える第六感が警鐘を鳴らしている。これはかなりの強敵かもしれない。

俺の言葉にマリウス達もただ事ではないと判断したのか、すぐさま警戒を強めて行動に移す。

そして俺が統括する特務機関——帝国皇室禁秘機関、正式名称「天輝皇竜騎士団《あまてらすおうりゅう》」は厳戒態勢に入ったのだった。

波乱の予兆（マリウス視点）

王国の宰相候補エリーアス・ネルリンガーから緊急の通信が届いた。

以前、王国で秘密裏に彼と協力関係を結んだのだが、その時何かあった時の為にと、お互い連絡を取り合える魔道具を渡しておいたのだ。それは主にミアが見つかった時の為の保険のようなものだったのだが……。


この魔道具は帝国の始祖「天帝」が残した禁書に記載されている異世界の道具を復刻した物だ。

だが、未だ完全に再現が出来ておらず、お互いのメッセージを声で確認するだけの性能しかない。

それでも魔導国が手に入れたがっているという噂を耳にするほど画期的な魔道具なのだが、ハルは満足出来ないようで、魔道具同士で会話出来るという「スマフォン」をどうにか作りたいらしい。

魔導国有数の研究機関である、国立魔導研究院のトップレベルの人物が禁書を参考にすれば、もしかしたら再現出来る可能性は高い。しかし残念ながら、魔導国と帝国では魔道具技術の相互利用に関する条約を締結していないので、研究院からの応援は望めないだろう。

……そう言えば、王国に天才魔道具師がおり、魔導国がしつこく勧誘していると聞いた事があったが……。今度王国に行った時に少し調べてみるか、と思いながらエリーアス殿からのメッセージを紙に書き起こすべく準備をする。

この魔道具は一度メッセージを聞くと、二度聞く事が出来ないので、忘れないように記録しておかなければならない。これに保存の術式を組み込む事が出来れば、一気に利便性が跳ね上がるだろうが……贅沢《ぜいたく》を言ってはいけないな、と思い直す。そしてエリーアス殿のメッセージをハルの側近の一人、フランに読み上げさせ、俺が紙に書き留めていく。

書き進めていくにつれ、その内容にペンを折りそうなほどの怒りが湧いてくる。

その内容とは、ユーフェミア嬢とアードラー伯爵という人物の婚姻届が、王国の諮問《しもん》機関「元老院」に提出されたという。

この元老院は各行政に関する機関からの諮問に応じて意見を述べる機関で、公爵位などの高位貴族などの重鎮達で構成されているが、正直、この時代に於いては老害でしかない。

しかし、もしこの元老院でユーフェミア嬢の婚姻許可が降りていたら、いくら王族でも覆《くつがえ》す事が出来なかっただろう……。俺は婚姻届に気付いたエリーアス殿とその部下に深く感謝した。

そしてエリーアス殿からのメッセージを聞き進めて行くと、如何に相手のアードラー伯爵という人物が危険なのかが理解出来る。

「王国はよくこんな人物を野放しにしていますね」

内容を一緒に確認していたイルマリが呆れている。

……コレはさすがにないだろうと俺も思う。

帝国にそのような人物がいなくて本当によかった。まあ、もしいたとしても皇帝とハルが許さないだろうが……その点、王国の王族にそんな強制力がない為に、アードラー伯爵のような人物がのさばっているのだろうが。

帰国してから連日の執務に追われ、そろそろハルも限界だろうと自由時間を与えたばかりだというのに、間が悪いというか何というか。

とにかく早くハルに伝える必要があるので、今すぐハルを探さなければいけないのだが……この広大な宮殿の何処にいるのやら。

この宮殿には対魔法用の防御結界が幾重にも張り巡らされており、外にいる時のように探知魔法が使えない為に、自分の足で探さなければならない。

しかし、それは普通の人間であれば、の話だ。

言わずもがな、ハルは普通の枠から外れているので、宮殿内なら簡単に見付ける事が出来る。

……ただ、敷地が広いから見付けてもそこへ行くまでに時間が掛かってしまうのだが……。

俺は空に向かって声を掛けた。

「レオンハルト殿下の居場所を教えてくれ」

すると、何もなかった空間に豆粒ほどの光が現れ、俺の頭上で何回かくるくる回り、空気に溶けるように消えると、頭の中に花が咲き誇る宮殿の中庭の映像が浮かぶ。

「……中庭か」

ハルの居場所が分かった俺は、何人かの側近と共に中庭へ向かう。

――ちなみに先程の光の正体は風の精霊だ。

俺にはエルフの血が流れている為、こうして精霊達の力を借りる事が出来る。しかしその血はかなり薄くなっているので、寿命は普通の人間のそれだし、ハルツハイム家の人間でも精霊と意思が交わせるのはもはや俺だけだ。もしかすると、俺もハルと同じ先祖返りの一種なのかもしれない。

精霊は基本エルフ以外の人間に関心はないのだが、何故かハルには好意的で、時々こうして居場所を教えてくれるのだ。

そう言えば「天帝」も精霊とよく交流していたと聞く。異世界にも精霊とよく似た存在がいたらしいので、精霊に好かれる素養があったのだろうと言われている。


そうこう考えているうちに中庭に着いたのだが、これまた間が悪い事にハルの従妹《いとこ》であるヴィルヘルミーナ様も一緒だった。

昔からハルに懐いており、事ある毎にハルに関わろうとしているところをよく見掛けるのだが、いつも邪険に扱われている姿は侍女達の涙を誘っているとか。

——そして案の定、今も絶賛泣かされ中だ。

「お兄様の意地悪ー！　わたくしも名前で呼びたいのにー‼」

ヴィルヘルミーナ様が前からそう思っている事は知っていた。だが、「ハル」というのはただの渾名《あだな》ではない。誰もがそう簡単に呼んでいい名前ではないのだ。それにハルがミア以外の女性に名前呼びを許すとは到底思えない。

だからハルがヴィルヘルミーナ様を必要以上に冷たく扱うのは、ミアという存在がいる以上、ヴィルヘルミーナ様の好意を受け取れないが故《ゆえ》のけじめなのだ……きっと。……恐らく。……多分？

そして、ハルがこちらに気付いたのだが、俺達の緊張した空気を察して眉を顰める。

「……何があった？」

ハルに問いかけられたが、ヴィルヘルミーナ様に聞かせる訳にもいかず、俺は声を潜める。

「火急の用件です。至急執務室にお戻りを」

不穏な空気を感じ取ったハルは早々に執務室へ戻ろうと、ヴィルヘルミーナ様を女の扱いが上手いイルマリに押し付ける。イルマリはヴィルヘルミーナ様の扱いが妙に上手いから適任だ。

そしてハルと執務室へ戻ると、俺は防音の魔道具を起動させた。

執務室は防音仕様になっているので、必要ないと思われるかもしれないが念の為と、更に防御結界を重ね掛けしておく。……そうしておかないと、絶対ハルは暴走するだろうから。

「王国のエリーアス殿から緊急の連絡がありました」

「話せ」

ハルの表情に、正直話したくはなかったが、意を決して報告すれば予想通りにハルがキレた。

「ミアが結婚だと……？」

その瞬間、ハルの身体から暴れるように膨大な魔力が溢れ出し、念の為にと幾重にも掛けていた多重結界が軋《きし》んでいく。

荒れ狂うハルの怒りを何とかして鎮めないと、このままでは宮殿が崩壊してしまう――!!

「ハルッ‼　待てっ‼　ミアを助けたいのなら落ち着いて話を聞けっ‼」

俺が咄嗟《とっさ》に出した「ミア」という言葉にハルが反応し、正気に戻ったのか、見る見るうちに魔力が収まっていく。後少し正気に戻るのが遅かったら、宮殿は崩壊していただろう。

「……すまん、マリウス」

次期皇帝として教育を施されて来ただろうに、こうして自分の非はちゃんと認めて謝る事が出来るのは偉いと思う。皇族の中にはプライドだけ立派な人間も存在するし。

取り敢えず俺は、エリーアス殿から得た情報をハルに簡潔に述べた。

「……ったく！　母娘揃ってクズかよ！　救いようがねえな‼」

さすがに今回の事でハルの堪忍袋《かんにんぶくろ》の緒《お》が切れた。それでもかなり我慢した方だと思う。

あ、あの母娘死んだな……かといって、同情する気は一切ないが。ヤツラはやりすぎたのだ。

あの母娘の事はともかく、問題はそのアードラーという貴族だ。

エリーアス殿が教えてくれた伯爵の情報をハルに伝えるが……正直気分が悪い。

「……そのアードラーという男の身辺、生い立ち、経歴を全て特務に探らせろ。勿論探っている事に気付かれないよう、重々注意するよう伝えてくれ。……コイツは腹を括ってかからないとかなりヤバイ奴だ」

まさかのハルの言葉にここにいる全員に緊張が走る。

どうやらハルの動物並みの野生の勘が働いたらしい。厄介な事に、こういう時のハルの勘は的中率１００％だ。実際、この勘のおかげで命拾いした人間は大勢いる。

そして俺達「天輝皇竜騎士団」は、直《ただ》ちに行動を開始した。

燻る闇（エフィム視点）

魔導国の国立魔導研究院の研究員である僕は、先日イリネイ副院長と共にナゼール王国にある王都一番と評判の店、「コフレ・ア・ビジュー」を訪れた。

そこで僕は国立魔導研究院院長に匹敵する才能を持った少女——マリカと出会ったのだ。

彼女は複雑な魔法術式を効率よく簡略化し、魔道具を小型化する事に成功した実績があり、弱《じゃっ》冠《かん》十歳で魔法術式の認識を覆したと言われるほどの天才だった。

更にマリカは雪のように白い肌とサラサラの髪の毛に、宝石のように朱《あか》く煌めく瞳と赤いくちびるが妙に艶《なま》めかしい、今まで見た事がないような不思議な魅力を持った美少女だった。

そんな彼女に僕は一目惚れしたのだと思う。僕と一緒に魔導研究院へ来てほしくて、彼女を必死に口説いたけれど……同席していた男に邪魔をされ、折角の機会を逃したのは苦い思い出だ。

——そして僕は再びランベルト商会の店「コフレ・ア・ビジュー」へやって来ていた。

先日の面会で見たマリカの様子に手応えを感じた僕は、今日の面会でマリカにとどめを刺してやろうと意気込んでいた。その時同伴していたイリネイ副院長も、あのような反応のマリカを見たのは初めてだと言っていた。自分の魅力でもう後一押しすれば、あの少女は陥落するだろう。

今回、副院長は用事の為同伴しておらず、僕は一人でやって来ている。

僕は逸《はや》る気持ちを抑え、マリカに面会を申し込む。

いつもの部屋に通されしばらく待たされた後、ノックの音と同時に二人の人間が入って来た。だが、その二人を見て、僕は一瞬誰だか分からなかった。前回同席していた冴えない男は、記憶と結び付かないほど——本当は全くの別人かもしれないと思うほど垢《あか》抜《ぬ》けていた。

そして肝心のマリカだが……僕は驚きすぎて挨拶するのも忘れて見惚れてしまった。

前回会った時は無機質で人形めいた美しさだったが、今の彼女は美しい人形に命を吹き込んだらきっとこうなるのだろうと思うほど、生命力に溢れているように見えた。

固く閉じた蕾がゆっくりと咲き誇るような、生命の輝きを具現化したような美しさ……。

——一体この数日で彼女達にどのような変化が起こったのか。

研究員である僕はその辺りも気になりつつ、ようやく口を開く事が出来た。

「……ああ、すみません。ついボンヤリしてしまって……えっと、ディルクさんは眼鏡を外されたのですね。一瞬誰か分かりませんでしたよ」

「ああ、あれは伊達《だて》眼鏡ですよ。もう僕には必要がないので外したんです」

ディルクがニッコリ微笑んだ。しかしその微笑みに得も言われぬ迫力を感じ、戸惑ってしまう。

「そうですか……。えっと、それでですね、その、マリカさんには是非我が国立魔導研究院で、その才能を発揮していただきたく、改めてお願いにお伺《うかが》いしたのですが……」

何故だか僕は前回のように雄弁に話す事が出来なかった。自分でも訳が分からず、さっきまでの意気込みがまるで嘘のように弱気になってしまう。

「研究院の申し出はお断りする。私はここから離れるつもりはない」

――僕の耳に凛《りん》とした声が響いた。

僕が声のした方向へ向くと、自分をじっと見つめる紅い瞳があった。

前回のように熱の籠もった瞳ではなく、冷たい眼差しを向けられた僕は思わず声を荒げてしまう。

「な、何故貴女ほどの人が……⁉　せっかくの才能を生かさずしてどうするのですか⁉　僕と一緒に研究院へ来れば、地位も名誉だって手に入るんですよ⁉　貴女は僕と一緒に来るべきだ‼　貴女はその男に弱みでも握られているんですか？　だったら僕が貴女を救ってあげます‼　だから僕を選んで下さい！　研究院に認められた僕こそが――‼」

――貴女に相応しい、と言いかけたものの、僕は最後まで言葉を発する事が出来なかった。

何故ならマリカの隣から凄《すさ》まじい威圧を放たれ、金縛りのように身体が硬直してしまったからだ。

「……それ以上口を開かない方がいいですよ」

いつもの穏やかな口調と同じ筈なのに、それは全く異質な響きだった。

「マリカ本人が行かないと明確に意思表示していますので、今後一切の面会はお断りさせていただきます。その旨《むね》、院長と副院長にお伝え下さい」

「……っ！」

彼の言葉から有無《うむ》を言わせぬ圧倒的な力を感じた僕は、その場から逃げるように立ち去った。

「何だあいつは――⁉」

僕は大通りの人混みを足早に駆け、滞在に利用している宿を見付けると慌てて中に入る。

駆け込むように部屋に入り、ようやく一息つく事が出来た。そして僕は自分の身体が汗まみれだと気付く。ふと冷静になってみれば、今度は先程の事を思い出して激しい怒りが湧いてきた。

「くそっ‼　たかが買取担当の分際でっ‼　よくもこの僕に恥をかかせたなっ‼」

僕は着ていた灰色のローブを脱ぐと、そのまま床に叩きつける。

この灰色のローブは研究院に属する人間のみが纏う事が出来るモノで、魔導国では憧れの対象となっているが、今の僕はそんな事に気を使う余裕がなかったのだ。

「マリカもマリカだっ‼　僕が折角迎えに行ってやったのに、断るだなんてっ‼」

てっきり従順で大人しい性格だろうから自分の言いなりになると思っていたのに、とんだ計算違いだったと、怒りと屈辱で五臓六腑《ごぞうろっぷ》が煮えくり返る。

しかしマリカにはっきり拒絶されたとは言え、諦めるには余りにも惜しい逸材だ。どうにかして彼女を手に入れたい。あの美しさを目の当《ま》たりにし、僕の劣情は更に燃え上がってしまったのだ。

何か良い方法はないかと僕が謀略を巡らしていると、部屋のドアが開き副院長が入ってきた。どうやら用事から戻ってきたようだ。

「ああ、戻っていたかエフィム」

「副院長！　聞いて下さい！　あのマリカが――……？」

僕は先程の事を説明しかけたが、副院長の後ろにいる人物を見て驚愕する。

「――え？　院長……？　まさか、どうして院長がこのような所に……‼」

その人物は稀代の天才と誉れ高く、若くして魔導国有数の研究機関、国立魔導研究院の院長に就任したアーヴァイン・ワイエス様だった。

本来ならワイエス様……いや、院長は研究院にいらっしゃる筈なのに……！

「君はエフィム君ですね。そう驚かなくても、私もたまには研究院から出る事だってありますよ」

院長がふっと微笑みながら言った。僕はその綺麗な顔に思わず見惚れてしまう。

「……！　こ、これは失礼しました！　あ、どうぞこちらへ！」

院長に名前を覚えていただいている事に自分でも驚くぐらい心が浮き立ってしまう。でもそれは仕方がない事なのだ。だって院長は僕の憧れなのだから……！

院長を部屋に招き入れ、使用人を呼んでお茶の準備をするように指示を出す。

「突然来てしまって申し訳ありませんね。実は私も先日から王国に滞在していたのですよ」

「秘書官のコーデリアから遺書のような手紙が届いた時は驚きましたよ……彼女に黙って出て来たのでしょう？　彼女、責任を感じて自害しかねませんから、早く研究院へお帰り下さい」

副院長の用事とはきっとこの件だったのだろう。秘書官から院長失踪の報を受けたに違いない。

そんな副院長の苦言にも、院長は気にする事なく優雅にお茶を飲んでいる。その姿は王者の風格を漂わせ、まるで稀代の絵師が描いた一枚の絵画のようだ。

「そうしたいのは山々なのですが、先日王宮で開催された舞踏会で気になる少女と出会いましてね。私個人としても、もう一度彼女に会いたいと思っているので、帰国はもう少し後になりますね」

院長に気になる少女がいる事に驚いた。院長は凄まじくモテるのに、浮き名を流した事がないから、魔道具にしか興味を持たない方だと思っていたのだ。

でもその対象がマリカではなく、貴族令嬢だと知りほっとする。もし、院長がマリカに興味を持ってしまったら、とても僕では太刀打《たちう》ち出来ないだろうから。

「院長が興味を持たれるとは……そんなに美しい少女なのですか？」

副院長も、院長が興味を持ったという少女が気になるようだ。いつも冷静な副院長が珍しい。

「……いや、正直顔はよく分かりません。ただ、その少女はあのウォード侯爵家令嬢なんです」

「ウォード侯爵家……？　…………！　そこは確かアルベルティーナ様の――……」

顔が分からないという院長の言葉を不思議に思いつつ、ウォード侯爵家……？　その貴族の事を思い出してみるけれど、僕の記憶にはない。だけど副院長は何か思い当たる事があるようだ。

「そのウォード侯爵家のご令嬢は無意識に気配遮断の魔法を使った可能性があるのですよ」

「――それは……！　もしかして無詠唱……⁉　そんな……まさか……⁉」

――無詠唱だって⁉　そんなのは神話の類《たぐい》だと思っていたのに……！　本当に実在していた事に僕は驚愕する。いつもは無表情な副院長も信じられないという表情だ。

「それに、彼女の使用した気配遮断は風魔法というより空間魔法に近いものでした。私はその件も確かめたくて、もう一度彼女に会いたいのですが、中々返事がいただけなくて」

僕と副院長は院長から更に驚く言葉を聞かされた。王国の令嬢が空間魔法を？　それって……。

「――エフィム。この事は他言無用だ。いいね？」

話の意味を考えていた僕を遮るように副院長が告げた。緘口令と同義の言葉に、僕は「はい」と返答する。きっとこれ以上は深入りしない方がいいのだろうと判断したのだ。

「院長も、そのような事を軽々しく口にしないで下さい」

「ああ、それは申し訳ない。……まあ、そういう訳で私はまだ帰国出来ないのですよ。だからコーデリアにはそのように伝えておいて下さい」

確かに、無詠唱と空間魔法を使用出来る少女を放っておく事なんて出来ないだろう。それには副院長も同意のようで、「仕方ありませんね……コーデリアには私から伝えておきます」と言った。

「じゃあ、悪いけどよろしくお願いしますね」

院長はそう言うと、ご自身が宿泊されている高級宿へと戻って行った。

憧れの人に会えた僕は、ディルクの件で腹を立てていた事を忘れてしまうほど浮かれていたけれど、副院長はとても疲れた様子だった。いつも院長に振り回されているのかもしれない。

「副院長、あの、マリカの件なのですが……」

「分かってるよ。例の眼鏡の男が断ってきたのだろう？　いつもの事だがね」

「そうなんです！　マリカにも断るとはっきり断言されてしまって……！　しかも、もう二度と面会はさせないと、ディルクという奴が院長と副院長に伝えろと言って来たのです」

副院長は「やれやれ……お前でもダメだったか」と残念そうに呟いた後、僕に声を掛けて来た。

「エフィム、今から出かけるぞ」

お互い帰って来たばかりだというのに、一体どこへ行こうというのか、僕は困惑した。

「あの、一体どちらに……？」

「黙って付いいてくればいい」

副院長の言葉に逆らえる訳もなく、僕は黙って付いて行く事にする。

宿から出ると、既に馬車が用意されていて、その馬車を見た僕はギョッとした。

何故ならその馬車は装飾など一切無く真っ黒で、しかも窓が小さい為、まるで罪人――もしくは遺体を運ぶような、不吉な雰囲気の馬車だったからだ。

そして戸惑いながらも乗った馬車に揺られる事しばらく、ようやく副院長が口を開いた。

「今からとある人物に会いに行く。そこで見聞きした事は他言無用だ。分かったな？」

その人物をかなりの大物だと予想した僕は「はい、誰にも話しません」と副院長に約束する。

「これから会う人物には、研究院からあるモノを注文していてね」

「注文……？」

「そう、魔導国に必要なモノだ。我々が王国に来た理由だよ」

副院長の「注文」という言葉に、僕は「まさか……!?」と驚いた。

「まるで生きているのかと錯覚しそうなほど、よく出来た人形だよ。我々だけでは中々手に入らなくてね、とある人物なら仕入れられると聞いて注文したのだよ」

僕は副院長の言葉の意味を理解した。

「本当は五体満足が望ましかったが、持ち主が拒絶するなら仕方がない。頭さえあれば手足などなくてもいいだろう？」

副院長は頭脳さえ残っていれば、他はどうでもよいらしい。僕はその言葉と考え方にゾッとする。

そして僕は副院長が何故この馬車にしたのか、その理由に気が付いた。

これから会いに行く人物は確実に、この王国の闇部分に深く関わっている人物なのだろう。もしくは元締めかもしれない。だから身分がバレないように、持ち主が判別出来ない馬車にしたのだ。

そんな人物と研究院が繋がっているなんて……！　僕の心は不安でいっぱいになる。

――しかし、これはあの少女を手に入れられる最後のチャンスなのだ――。

副院長は頭さえあればいいと言っていたが、自分は綺麗なままの彼女が欲しい。

「副院長、何とか綺麗な状態で手に入れる事は出来ませんか？　僕が協力出来る事ならなんでもしますから……！」

僕の言葉に副院長は少し意外に思ったようで、片眉を上げて「ほう」と呟いた。

「何だ、エフィムはそんなにあの人形が気に入ったのか……。ならば一度交渉してみればいい。何を要求されるかは分からんがな」

副院長の許可を得て少し心が落ち着いた。交渉の余地がある人物だと知って安心したのだろう。

それからしばらく、貴族街の区画の外れの位置でようやく馬車が止まった。

馬車の小さい窓から屋敷を見ると、今まで見た屋敷の中で一、二を争うのでは、と思うほど立派な屋敷がどんと建っており、かなり高位の貴族の邸宅だと分かる。しかしどことなく不気味にも感じられたのは気のせいではないのだろう。もう日も暮れたというのに、屋敷には必要最低限の灯《あか》りしか灯《とも》されておらず、広さの割に薄暗いその様子に、より一層恐怖を掻き立てられる。

そんな屋敷の玄関前に執事らしき人物が僕達を待ち構えていた。その執事はお辞儀をすると、玄関の扉を開いて僕達を招き入れる。

広い玄関ホールは外の不気味さとは違い、意外にも普通の貴族の屋敷の様相だったが、それでも全体的に薄暗い。しばらく歩くと、広い屋敷の最奥であろう部屋の前へ案内された。

執事がノックの後ドアを開くと、ムワッとした空気に混ざり、濁った匂いが鼻につく。

部屋の中はかなり広く、奥の方には天蓋付きの巨大なベッドが鎮座している。そのベッドの上には何人かの女が全裸で横たわっており、それぞれピクリとも動かないので、もしかして精巧な人形なのではと勘違いしそうになる。

「これはこれは、わざわざお越しいただき申し訳ない」

ベッドの横から突然声がして驚いた。全く気配がなかったので人がいるとは思わなかったのだ。

声がした方を向くと、豪奢《ごうしゃ》なソファーに一人の男がガウン姿で悠々《ゆうゆう》と座りワインを飲んでいた。

その人物は、残り少ない白髪混じりの髪の毛を無理やり撫でつけた髪型に、身体中の脂肪が弛みきった中年の男で、いかにもな雰囲気を纏っていた。

「こちらこそ、お楽しみのところお邪魔してしまったご様子。用件が済めばすぐ退散させていただきますので、どうかご容赦を」

寛《くつろ》いでいる男に副院長が恭《うやうや》しく挨拶する。副院長が王国の貴族相手にこんな下手《したで》に出るなんて。

「いやいや、どうぞお気になさらず。して、そちらの方も研究院の方ですな？　随分とお若いようだ。さぞや優秀な方なのでしょうなぁ」

こちらを一瞥《いちべつ》した屋敷の主《あるじ》に、僕は取り敢えずペコリとお辞儀をしておく。

「仰る通り彼は優秀ですよ。まあそれはさておき、注文していたものは何時手に入りますか？　彼に様子を見に行かせてみれば、変わりない様子だったそうですが」

今日店に行かされたのは様子見の為だったのか、と僕は初めて知った。

「いやいや、ご心配をおかけして申し訳ない。それが予想外に厄介でしてな。昨日手の者を放ってみたのですが、どうやら消されたようでして」

「消されたという事は、殺されたという事ですか？」

「いやはや、まあ言葉の通りですな。文字通り『消された』のですよ。ここだけの話、闇のモノを送りこみましたら〈浄化〉されてしまいましてねぇ」

主は「いやいや、お恥ずかしい。この話は内密に願います」と、全く恥ずかしくなさげにニヤニヤ笑っているが、僕は聞き逃せない言葉が出てきて驚いた。

闇のモノって……！　この主はそんなモノを使役出来るというのか……⁉

主が言う闇のモノとは恐らく、法国の暗部と言われている武力組織が、殲滅《せんめつ》させるべく世界中に使徒を放ち、追い続けているという『穢れを纏う闇』の事だろう。

「――それはあの商会に法国の関係者がいるという事でしょうか？」

「うーん、それがそのような情報は入って来ておらんのです。困った困った。闇のモノは便利だったのですが……まあ、幾らでも補充は出来ますし。ああ、数で攻めるというのもアリですなぁ」

まさか『穢れを纏う闇』を複数使役するつもりか……？　だとしたら、この主はかなり高位の術士という事だ。ならば、副院長の言った通りマリカは五体満足では済まないかもしれない。

「あの、失礼を承知で発言しますが、なるべくマリカを傷付けずにお願い出来ないでしょうか？」

僕は思い切って主に直訴した。どうしても彼女を壊すのが憚《はばか》られたからだ。

「なるほどなるほど……。聞くところによるとその『マリカ』という少女はとても美しいそうで。ならばその願いも当然の事でしょうなぁ」

「では……！」

マリカを無事に引き渡してくれるのかと期待した僕を「まあまあ」と主が手で制した。

「研究院から『マリカ』を所望《しょもう》されましたが、こちらとしても例の商会と揉《も》める訳にもいきませんで、納品に条件を付けさせて貰ったのです。『頭が無事であれば状態に文句は言わない』とねぇ」

馬車の中で副院長が言っていたのはこの事だったらしい。

「……して、その条件を撤廃《てっぱい》するに当たり、その分対価を頂かないといけない訳ですが……参考までに貴方の得意分野をお聞かせいただいても？」

対価と言われ、てっきり金銭の要求かと思いきや、得意分野を聞かれるとは思わなかった。

「僕は術式を開発するのを主としています。今は失われた術式等を調査し、復元させる為に研究していますけど……」

「おお、それは丁度よい！　貴方の希望を聞く代償として一つ術式を作ってくれませんかねぇ？」

術式を作れと言われてハイそうですか、と返事する事は出来ない。何故なら術式を理解するのに普通であれば半年は掛かるからだ。

「いやいや、全く新しい術式を作れとは言いませんのでご安心を。ちょっと古い本を手に入れましてね。その本に載っている術式を参考に作る……というか再現していただきたいのです」

古い本の術式を再現……なら僕の得意分野だ。内容にもよるが、全く出来ないという事はないだろう。そう判断した僕はそれでマリカが綺麗な状態で手に入るのなら、とその条件を飲む事にした。

「分かりました。僕が出来る事なら、やらせていただきます」

「おお！　そうですかそうですか。それはよかった」

「それで、再現したい術式とは一体どのような物ですか？」

僕の質問に、屋敷の主は薄気味悪い笑いを浮かべ、心底嬉しそうに言った。

「いやはや、貴方もご存知ですよね？　〈呪術刻印〉！　脳に直接介入出来るから、法国では『禁《きん》呪《じゅ》』指定されていますがねぇ」

――呪術刻印⁉　禁呪⁉　主が要求するものの内容に僕は頭が真っ白になった。

「知り合いから魔導書を譲り受けましてね。一度使ってみたかったんですよ、身体の損傷なく自分が思う通りの苦痛や快楽を相手に直接与える事が出来る術式！　それがあれば長く楽しめると思いませんか？　思いますよね？　貴方には期待していますからね？　よろしくお願いしますよぉ！」

茫然自失《ぼうぜんじしつ》している僕を全く気にする事なく、楽しそうに話し続ける様は異様の一言だ。

——世の中の不浄を寄せ集め、無理やりヒトのカタチを作り上げたなら、きっとこういう姿をしているのだろう、

「……ああ、楽しみですなぁ……！」

邪悪な笑みを浮かべる悪魔が、そこにいた——。

第六章　ぬりかべ令嬢、ちょっと本気を出す。

従業員に配ったお守りブレスレットの評判が良く、お店で売ってみようという話になった。

お店で店員さん達が着けているのを見た人から問い合わせが殺到したらしい。

……かといって『聖眼石』のようなモノだったら大問題なので、もっと効果を抑えた「ほんのり」魔除けになる程度のブレスレットを作ってみる事になった。

その調整が難しいんだけど、ディルクさん曰く意識して魔力を制御する事で、魔力操作が上達するから練習がてらやってみるように、と言われたのだ。

とにかくディルクさんは私に魔力操作を覚えてほしいみたい。いっぱい迷惑……というか、苦労をかけているのでその指示に異論は全くない。それに今は化粧水もマッサージオイルも私の手から離れたので、時間はたっぷりあるし、一石二鳥かも。

そして私が魔石をお守りにするべく魔力を注ぎ込んでいる傍らで、マリカは集音の魔道具作りに勤《いそ》しんでいた。ある程度の方向は決まっていたので、後は形にするだけだそうだ。

今回の魔道具は、ぱっと見て魔道具だと分からない物にしようという事になり、ブローチタイプになった。私の髪の色が変わる魔道具の髪飾りと似た雰囲気にしてくれたので、ブローチとセットみたいでとても可愛く、本当に普通のアクセサリーにしか見えない。

そしてマリカはシルバーの台座だけど、デザインは私と同じだからお揃いみたいで凄く嬉しい！

これからは毎日身に着けておこう！　何があるか分からないしね！

ちなみに使い方は簡単で、魔石に魔力を通せば集音が開始されるらしい。

通常は魔道具一つ作るにしても、数ヶ月から数年掛かるのはザラで、一日、もしくは数日で作る事が出来るマリカが、言葉は悪いけど異常なのだそうだ。

マリカは記憶力が桁違《けたちが》いに良いらしく、一度読んだ本の内容はすぐ覚える事が出来るので、アイデアなどを思いついた時、頭の中で記憶したものを検索する事が出来るとの事。

だから本の内容を確認する必要がないのでその分、時間短縮出来るらしい。

……何それ！　もう反則じゃない⁉　マリカ凄すぎ‼

「私からすればミアの方が余程チート」

マリカの場合は知識を蓄える為に本を読むなど行動をする必要があるけれど、私の場合はイメージすればその通りの効果、もしくはそれ以上の効果を魔法で実現してしまうので、規格外という表現では足りないらしい。

普通って意外と難しいんだな……うぬぅ……気をつけよう。

そんな感じでお喋りしていると、集音の魔道具が完成したらしい。

マリカはブローチ型魔道具を見て、とても満足気だ。

「初めの第一声はディルクの声にしたい」

そもそもの開発のきっかけがソレだったものね。

「もうすぐここへ来てくれると思うから、その時早速試してみよう！」

ちなみにディルクさんを驚かせたいので、この魔道具の事は今のところ二人だけの秘密だ。

「下手に教えて喋ってくれなかったら困る」

……確かに！　納得！

そしてマリカと二人で、ディルクさん早く来ないかなーとお茶をしながら待つ事にした。

お茶と一緒に、食堂を借りて作ったスイーツを楽しむのが最近の日課だ。

いつもはディルクさんやニコお爺ちゃん、リクさんがいるけれど、今の研究棟には私とマリカしかいないので少し寂しい。時々ここにアメリアさんも混ざるんだけど、リクさんとの仲が少し進展したのか、よく二人で話す所を見掛けるようになった。

最近の研究棟は人も増え、賑やかになって笑い声が絶えないから嬉しい、とマリカがはにかむように言ってくれた。私もここで働く事が出来た事、マリカや皆んなに逢えた事がとても幸せだと、マリカに伝え、お互いテレテレとしてしまう。

そんな恥ずかしい空気を誤魔化すように、持ってきたスイーツを取り分ける。

今日はゴルゴンゾーラチーズのデニッシュペストリーだ。

サクサクとした甘いデニッシュに、ゴルゴンゾーラクリームを絞り、ブラックチェリーのコンポートをのせたデニスさん直伝《じきでん》のスイーツで、目下練習中のものなのだ。

ゴルゴンゾーラはブルーチーズの一種で、今までデザートに使われる事はあまりなかったそうだけど、デニッシュの甘さとチーズのほどよい塩味が絶妙で、私はこのスイーツが大好きだ。

「美味しい……！」

マリカも気に入ってくれたようだ。……ふふふ。

実はこのデニッシュペストリー、一度食べると必ずまた食べたくなり、そのうち禁断症状が出てしまう、ともっぱらの噂なのだ。ウォード家使用人の間では「禁断の甘味シリーズ」に数えられている。その事をマリカに言うと、涙を流しながら「なんちゅうもんを食わしてくれたんや……なんちゅうもんを……」と言って怒られた。ごめんね。

そうしていると、優しげなドアベルの音が鳴り、ディルクさんが入って来た。

「マリカ！　どうしたの……って、ああ、嬉し泣きだね。スイーツ美味しい？」

部屋に入ってきたら、突然マリカが泣いていたので驚いたディルクさんだったけど、直ぐに表情の違いに気付いたようだ。

……さすがディルクさん！　ここまで来たら、もはや達人の域だ。

「……おいちい」

噛んでしまったマリカが恥ずかしそうに俯いてしまった。あら、可愛い。

そんなマリカを見るディルクさんの瞳がとても優しくて、以前とは違う変化が見て取れる。

……これは……！　もしかして……！　後もう一押し？　マリカガンバ！

「ミアさん、僕の分って貰えるのかな？」

涙を流しながら食べるスイーツが気になったのか、ディルクさんも食べたくなったようだ。

「はい！　勿論です！」

私はお茶とデニッシュペストリーを用意して、ディルクさんに給仕する。

「……うん、凄い！　本当に美味しい。マリカが泣いていた意味が分かった気がするよ」

……ああ、また犠牲者を出してしまった……。でも幸せそうだからいっか！

それから三人でお茶を楽しんでいると、ディルクさんに「ミアさんにお願いがあるんだけど」と、声を掛けられた。

「私で出来る事なら、勿論いいですけど……」

「まあ、ミアさんにしか出来ない事かな」

一体何を言われるのかと思えば、これと言って難しくも何ともない事で。

「この魔石を『聖眼石』にしてブレスレットを作ってほしいんだ」

ディルクさんがそう言って取り出したのは、蒼《あお》く澄んだ綺麗な魔石だった。


うわぁ……！　凄く綺麗な石！　まるでハルの瞳みたい……！


「えっと、これは特注で作るという事ですか？」

「うん、どうしても必要なんだ。悪いけど、お願い出来るかな？」

ディルクさんは店長なのだから、お願いでなくてそう指示すればよいのに……。それでもそうせず、相手を尊重出来る人だから、皆んなディルクさんに付いていくのだろう。

本当にディルクさんは優しいな、と思う。

「はい、大丈夫です！」

「あ、魔力を流す時はなるべく強くお願いしたいんだ。いつもと逆の事を頼んで悪いんだけど」

いつもやり過ぎで怒られるのに、今回は気にしなくていいんだ……うーん、珍しい。

「ミアさんが守りたい、と思う人へ贈るつもりで作ってくれたらいいよ」

私が守りたい人……一番最初に思い浮かぶのはやっぱりハルなんだけれど……。それでもいいのかな？　それともお父様？　お屋敷の皆んな？　デニスさんとダニエラさん達は元気かな……って、思考が逸れちゃった。えーっと、お守りお守り！

結局、守りたい人となるとどうしてもハルの事を考えてしまうので、許可も貰ったし思いっきりやってみる事にした。

ハルを苛《さいな》む、全てのものからハルを守ってあげたい。

私の持てるもの全てで、ハルを守り続けたい。

――どうか、ハルの笑顔を守れますように――。

そんな私の願いを籠めたからか、魔石が強く光りだした。そして光が虹色の光輪となって、魔石の周りを回転しながら変化していく。その光が見た事もないような魔法陣を描いたかと思うと、光が魔石に吸い込まれていく。光が収まった魔石を見ると、蒼い魔石の中に無数の光が煌めいていて

――まるで天を流れる星の川のようだった。

……いくら強力なお守りを、と言われたとしても、これって大丈夫なのかな……？

恐る恐るディルクさんとマリカを見ると、二人とも表情が抜け落ちたようになっていた。

「あの……」

私が声を掛けると、ディルクさんとマリカはハッとなって正気に戻ってくれたけど、またやりすぎたかも……。二人から何を言われるかビクビクしていると、意外な事に何も言われなかった。

「ああ、ごめんね。次はこの紐で編んで貰えるかな？」

「それは勿論、大丈夫ですけど……その魔石でいいのですか？」

「……まあ、今回はむしろコレぐらいが丁度よいかもね」

ディルクさんが苦笑いしながらもそう言ってくれたから、私は気にする事をやめて、紐を編んでいく事にした。勿論、ハルの事を想いながら編んだのはいうまでもない。

私が編んでいる横で、マリカとディルクさんが楽しそうに会話をしている。

私が見る限り、二人はすっかり恋人同士なのだけど……まだお互い想いを伝えていないのよね。

「マリカ、そのブローチどうしたの？」

はっ！　ディルクさんが集音の魔道具に気が付いちゃった⁉

「ミアとお揃い。友達記念」

「ははは。仲が良いね」

ディルクさんが〈鑑定〉を使っていたら魔道具だとバレたかもしれないけれど、どうやらいらない心配だったみたい。

それからしばらくして、完成したお守りブレスレットを大切そうに箱に入れたディルクさんは、「どうもありがとう、助かったよ」と言ってどこかへ持って行ってしまった。

……よく考えたらあのお守り、ハル以外の人に効果があるのかなと今更ながらに気が付いた。でもディルクさんに何も言われてないしきっと大丈夫だよね。でも念の為、あのお守りを着ける人が無事でありますように、着けたらちゃんと発動しますように……とこっそり祈っておいた。

ディルクさんが去っていった後、マリカが何やらゴソゴソしているなと思ったら、魔道具のブローチを触っているところだった。

「マリカ、何してるの？」

「ディルクの声を集音してみた」

マリカはさっきのディルクさんの声をこっそり集音していたらしい。

なんて抜かりないの……！　全然気付かなかった！

ブローチにマリカが魔力を流すと、先程のディルクさんとの会話が流れ出した。

『マリカ！　どうしたの……って、ああ、嬉し泣きだね。スイーツ美味しい？』

『……おいちい』

わあ！　凄い！　本当に声が記録されている‼　しかも最初から‼

「マリカ凄い！　大成功だね‼」

「ん。嬉しい」

マリカはじっとブローチから流れ出る声を聴いている。ふふ、可愛いな。

『どうもありがとう、助かったよ』

最後のディルクさんの声が再生された後、マリカが魔力を切った。

マリカは頬をピンク色に染め、とても満足そうな表情をしている。ほくほく顔だ。予想通りの成果が得られてとても嬉しいんだろうな。

「そう言えばミア」

先程の表情から一転して、マリカが真面目な顔になる。

「え……？　な、何かな……？」

つい条件反射で怯《おび》えてしまうのは、これが何回も繰り返された事だからだろう。

「さっきのブレスレット」

あ、はい。やっぱりその件ですか。

ディルクさんが何も言わなかったから、てっきり大丈夫かな、と思ったんだけど……。

やっぱりマリカがよく言う「アカンやつ」だったのかな……？

「ミアは、何を想いながら魔力を込めたの？」

……え？　何を想って……？

意外な質問に一瞬ぽかんとしてしまったけど、思い出すのはハルの瞳とよく似た青色で。

「私が『守りたいもの』って、ハルになっちゃうの。お父様やお屋敷の皆んなの事も考えたけど、結局最後に行き着くのはハルで……。石の色がハルの目の色と一緒だったからっていうのもあるかもしれないけど」

「多分それが狙い」

私がつっかえつっかえそう言うと、マリカがふっと微笑んだ。

「え？」

マリカが何か言ったけど、その声は小さくて、私にはよく聞こえなかった。

「ミアの想いはちゃんと届く」

マリカが抽象的な事を言うけれど、その言葉は確信めいていて、本当に私の想いがハルに届きそうな気がしてくるから不思議だ。

「二人には決して解けない絆がある」

もしかしてマリカは私を慰めてくれているのかな……？

「……うん。そうだといいな。ありがとう、マリカ」

もう一度ハルに出逢うまで、心は強くありたいと願っているのに、逢えない時間が増えて想いが募っていくほどに、私の心はどんどん弱っていく気がしていた。

そんな私にマリカは気付いたのかもしれない。

「ハルに逢いたいな……」

ぽつりと、心から弱音が漏れる。心が負けそうになる。


それでも……。


いつの日も、どんな時も、ずっとハルの事を想っている。

たとえ時間が何もかも変えていったとしても、ハルを想い続ける事が、今の私の全てだから。

2021年
12月10日
発売の新刊!
2021 December
アリアンローズ
ArianRose アリアンローズ
私、失恋しました
レオンハルト様の腰に手を回し、抱きつく
花音ちゃんの姿。さらに、夢の中では
魔王が二人を殺せとささやいてきて──。
転生王女は今日も旗《フラグ》を
叩き折る 7
著者 ビス イラスト 雪子
定価:1,430円 ©BISU / Frontier Works Inc.
隣国の生活を
大改革!?
薬で幼くなったおかげで
冷酷公爵様に拾われました
─捨てられ聖女は錬金術師に戻ります─ 1
著者 佐槻奏多 イラスト Matsuki
定価:1,430円 ©SATSUKI KANATA / Frontier Works Inc.
冤罪で国を追われ、命を狙われたリズ。
魔王の秘薬で子供の姿に変わったことで、
錬金術師として隣国の公爵様に雇われることに!?
1月発売予定
騎士団の金庫番 3
~元経理OLの私、騎士団のお財布を握ることになりました~
著者 飛野 猶
イラスト 風ことら

Arian Rose
アリアンローズ
各書店にて好評発売中!
大人気白猫シリーズのスピンオフ!脱不幸生活!
魔女だった前世の記憶を持つ不幸体質な女子高生クルミ。彼女は自作の猫になれる魔法具を使って、異世界の故郷への帰還を目指す!
裏切られた黒猫は幸せな魔法具ライフを目指したい 1
著者 クレハ イラスト ヤミーゴ
定価:1,430円 ©KUREHA / Frontier Works Inc.
猫《ミーア》は本当に可愛いな…
い――や――!
魔女の呪いで猫に転生(?)したら、無愛想な旦那様の態度が急変!? "猫かわいがり"から始まる溺愛系ラブコメディ
猫に転生したら、無愛想な旦那様に溺愛されるようになりました。
著者 シロヒ イラスト 一花 夜
定価:1,430円 ©SHIROHI / Frontier Works Inc.

懐かしいもの（ハル視点）

マリウス達に命じて王国の貴族であるアードラー伯爵を調査させた結果、様々な事実が判明した。

結論から言うと、件《くだん》の伯爵――エレメイ・アードラー――は存在していなかった。

正確にはエレメイ・アードラーは、アードラー家の当主だった人物なのだが、二十年ほど前に亡くなっている事が分かった。享年《きょうねん》四十歳だった。

当主が結婚しておらず、後継ぎもいないアードラー伯爵家は襲爵《しゅうしゃく》する事が出来ない為に、爵位が絶える筈だった。しかし、今現在アードラーを名乗っている人物は、当時起こった国王暗殺事件のどさくさに紛れ、爵位を不当に取得し、成りすます事に成功したのだろう。

だが、平民ならまだしも、貴族位の成りすましは普通であれば通用しない。

王族はもとより貴族、上流階級の名家など多数の人々が集《つど》い、社交する場である社交界で、今までアードラー伯爵と交流して来た人達が気付かない訳がない。

なのにいつの間にか入れ替わりが成功し、誰もが疑わずにアードラー伯爵だと認識している。

その後、アードラー伯爵は社交界にほとんど姿を現さなくなったが、それと同時に伯爵について不穏な噂が飛び交うようになった。

――そして、アードラー伯爵という名は、王国に蔓延る悪の代名詞として称される事となる。

伯爵位を手にするだけならそう難しい事ではない。伯爵家の養子に入るか、爵位を金で買うなど方法はいくらでもあるからだ。なのに、何故わざわざそんな手の込んだ事をしたのか……何か理由があるのだろうか……？

親戚でも無い全くの他人が貴族位——しかも伯爵ともなれば、何かしらの反発もありそうなのにそういった事が起こったという記録はない。そうなると、アードラーを名乗る人物が何かの方法を使い、社交界で自分をアードラーだと認知させた、と考えるべきだろう。

そこで考えられるのは、ビッチが使っている〈魅了〉のような魔法……いや、そんな生易《なまやさ》しいもんじゃない、精神干渉……闇属性魔法の可能性だ。

「王国の現国王が即位したのは何年前だっけ？」

俺は側近の一人、フランに声を掛ける。コイツは外交関係が得意なやつで、世界情勢にも詳しい為とても重宝する人材だ。

「二十年前です」

やはりか……偽《にせ》アードラーが入れ替わった時期と丁度合致するな。

通常、国王が崩御《ほうぎょ》したとしても、すぐ新国王が即位する事は稀《まれ》だ。最低でも一年は喪《も》に服するからだ。なのに王国は戴冠式を執《と》り行った、それは何故か。何かやむを得ない理由があったのか。

偽アードラーは、王国中の王族や貴族達が集まる戴冠式で〈精神操作〉を行い、自分がエレメイ・アードラーだという情報をその場にいる人間全員に刷り込んだのだろう。そう考えれば、何故社交界で騒がれなかったのかの説明がつく。しかし、王族や貴族達一部の上流階級のみとは言え、国中から集まるとなると、かなりの人数になるだろう。

「王国の戴冠式に詳しい者はいるか？」

「ある程度の流れなら知っています」

帝国の戴冠式は独特の為参考にならないので、詳しい人間に教えて貰おうと思い声を掛けたら、ヴィートという執務官が知っていると言うので簡単に教えて貰う。

王国の戴冠式は、王都近くのアルムストレイム教大神殿で行われる。

これは王国の国教がアルムストレイム教である為だ。

初めは大司教が至上神に祈りを捧げ、国王は宣誓した後、戴冠式の椅子に着く。

大司教は、国王の額《ひたい》と胸、両手のてのひらに聖油を注ぐ。

国王は紅《くれない》の法衣をまとい、宝剣と王笏《おうしゃく》、王杖《おうじょう》、指輪、手袋などを授けられ、大司教の手により王冠をかぶせられる。

国王は椅子に戻り、列席の貴族達の祝辞を受ける。

……という流れらしい。

この流れの中で偽アードラーが闇魔法を効率よく使う場面は何処だろうと考える。こういう時は自分ならどうするか、と考えれば案外分かりやすい。

……となれば、やはり祝辞の時だろうが……何かが引っかかる。

俺が何か見落としがないか考えていると、イルマリが思い出すように話しだした。

「そう言えば二十年前って、まだ俺達は生まれてないですけど、色々と事件があった年ですよね」

「あー、そう言えばそうだよなあ……。波乱の年？　みたいな？」

イルマリの話にフランも同意する。

ふーん。二十年前ねえ……。そう言えば何があったっけ？　俺はキョーミない事はすぐ忘れるタイプだしなー。こういうのは得意な奴が一人いればいいのだ。

「フラン、参考までに二十年前の事をざっと教えてくれ」

「はい、俺で分かる範囲でよければ」

そう言ってフランが教えてくれた事によると――。

ナゼール王国の国王が暗殺された件から始まり、ベルマン国が深刻な干ばつに苦しんだり、ストランド共和国で疫病が蔓延《まんえん》したり、タリアン連邦で大地震が起こったり、法国の名誉を傷つけるような不正事件が発覚したりと、天災だけでなく人災も色々起こったらしい。

その中で俺はふと、法国の不正事件が気になった。

「フラン、法国の不正事件とは何だ？」

「はい、アルムストレイム教は純血主義で、獣人や亜人《あじん》を忌み嫌い、排斥《はいせき》していた事があるのはご存知ですよね？」

「ああ、そのせいで優秀な人材が他国に流れ、法国が衰退する原因の一因になったやつか」

「はい。今でこそ法国も純血主義を表に出さないようになり、差別も少なくなりましたが、裏では未だ他種族を迫害している者がいたそうです」

「復古主義の一派だな」

復古主義とは、現在よりも過去の方が優れていると正統化し、その当時の状況に戻そうという考え方だ。要は獣人や亜人は「穢れし者」として滅ぼすべきと思っているのだろう。

「法国の諜報部に、容疑者から有益な情報を得る為に、専門の尋問官が配置されていたのですが、どうやらその人物が拷問紛いの事をしていたそうです。無実の亜人に罪を着せては拷問していた事が発覚し、各国……主に獣人国からはかなり批判されたとの事です」

「なるほどな……。それでその尋問官はどう処分されたんだ？」

「それが、法国からは該当《がいとう》の人物を処刑したと各国に通達があったそうなのですが、真偽《しんぎ》は不明のようです。噂ではその尋問官は暗部として活動する特殊部隊の一員で、今も存命しているのではないかと言われています」

「拷問好きねぇ……そんな厄介な人間が何人もいたら物騒……ん……？」

まさか――!?

俺は一つの可能性に辿り着く。

二十年前に処刑された諜報部所属の人物。

――二十年前に突然現れて貴族位を乗っ取った謎の人物。

拷問好きだという残虐性。

――何人もの妻と死別し、その遺体が酷く損傷させられていたほどの異常性癖。

有益な情報を得る為の尋問専門の人物。

――精神操作をし、闇魔法で情報を引き出せる人物。

暗部として活動する特殊部隊の一員。

――法国の闇を知り尽くした人物ならば、下手に処刑は出来ないだろう。

だから別人として王国に潜《もぐ》り込ませたのだろうが……他にも何か理由がありそうだな。

「間違いない、エレメイ・アードラーを名乗る人物とその尋問官は同一人物だ」

俺が断言した言葉の内容に、執務室の空気が凍りつく。

「それは……‼　本当ですか⁉」

「殿下が断言したなら、信憑性《しんぴょうせい》は高いだろう」

「そんな人物がミアさんを狙っているなんて……！」

「殿下！　早く王国へ行く準備を！」

「ミアさんに何かあったら……王国が滅亡しますよ！」

マリウス達のミアの身を案じる言葉に、俺も今すぐミアのもとへ駆けつけたい衝動に駆られる。

しかし――俺は奥歯を噛み締めて自分の荒ぶった精神を鎮める。

「……まだ準備が不十分だ。今行くのはヤバイ」

何とか絞り出した声は側近達の耳に届き、慌ただしかった執務室も落ち着きを取り戻した。

「ハルも我慢を覚えたんですね」

仮にも（仮じゃないけど）一国の皇子を、まるで「待て」が出来ない犬みたいに言うな！

「俺は何がミアにとって最善なのかを考えて、それを最優先しているからな」

「一応、帝国の皇子なんですから、自分の身も案じていただかないと困ります」

「そうですよ。殿下に何かあったらそれこそミアさんが悲しみます」

……ミアの泣き顔……それはそれで見てみたい気もするが……。

思わず想像してしまった俺を側近達がジトーッとした目で見ている。

「悪いか！　想像ぐらいさせろってんだ！」

「はいはい、想像はいくらでもして結構ですが、それは今後の方針を決めてからでお願いします」

ぐぬぬ……！　マリウスめ生意気な！　ビッチの事をまだ根に持っていやがるな！

しかし、マリウスが言う事も尤《もっと》もなので、今後の動きをどうするか考えないといけない。

「至急、ランベルト商会に連絡を取れ。会頭に宮殿まで来るように伝えろ」

「はい！」

俺の伝令を伝えに、イルマリが執務室から出て行く。

他の側近達にも、残務の洗い出しや予定の確認をするように指示を出す。

「……それで、何がヤバイんです？」

マリウスに聞かれ、やはりこいつは俺の事をよく分かっているな、と感心する。普通なら準備が出来ていないからヤバイと言ったと思うだろう。

「俺の勘では偽アードラーと法国はまだ繋がっている」

マリウスから息を飲む気配がするが、俺は構わず話し続ける。

「偽アードラーがいくら強力な術士だとしても、何千人も洗脳できるほどの魔力を持っているとは思えない。しかし、貴族一人ひとりに魔法を掛けるよりは、戴冠式のような式典で情報の刷り込みを行うのが一番手っ取り早い。俺なら協力者を募るけどな」

「まさか、大司教が……？」

「脅《おど》されたか、報酬が良かったか……。どっちにしろ、法国の腐敗っぷりがよく分かるな」

もしかすると、ナゼール王国国王暗殺にも関係があるかもしれないな。

俺の召喚《しょうかん》に応え、ランベルト商会会頭、ハンス・ランベルトが宮殿へ謁見の為にやって来た。

ハンスとは七年前の取引からずっと懇意にしており、お互い良い関係を築けていると思う。

今回の謁見は重要事項も含まれる為、俺の執務室で行っている。

防音結界もあるので誰かに盗聴される心配がないから気楽に話が出来る。

「レオンハルト殿下におかれましてはご機嫌うるわしく」

恭しく挨拶をしたハンスは帝国一の商会の会頭らしく、その辺の貴族より迫力があり威厳を感じさせる。流石に昔ほどの鋭い目つきは鳴りを潜めたが、相変わらず隙がなく油断出来ない人物だ。

「急に呼び出して悪いな、ハンス」

「何を仰います。我が商会の業績が順調なのは殿下のおかげです。この七年間で支店も随分増やす事が出来ました。改めて感謝を」

「それは俺の手柄じゃないだろう。しかし、俺もここまでランベルト商会が大きくなるとは思いも寄らなかったぞ。余程優秀な人材がいるらしいな」

王国の王都にある店を見た時にも思ったが、とにかく良い品を揃えており、店員の質も高かったので、人気が出るだろうとは思っていた。

それが今や帝国と王国だけに留まらず、法国や魔導国を除く多くの国に支店があるという。

下手をすると、小国の王より余程権力があるかもしれない。

「勿体《もったい》ないお言葉ありがとうございます。商会の方はここ最近、愚息《ぐそく》に任せる事も多くなりましてね。今は王国で修行させていますが、そろそろ本店に呼び戻そうかと思っているのですよ」

「ああ、そう言えば王都の店は息子が企画した店だと言っていたが……今も王都にいるのか」

「はい、最近息子が王都で発売しましたとある商品が爆発的に売れておりまして。発売して間もないのに、今や我が商会一番の人気商品なのですよ」

「へえ、それは凄い。何の商品なんだ？」

「まあ、化粧水なのですが、女性達に絶大な人気なのです。今は入手困難でして、半年ほど予約待ちになっております」

化粧水か～。さすがに俺には不要だな。俺の肌モッチモチだし。もしここにミアがいて欲しがったのなら、何とかして手に入れたかもしれないが。

「こちらにその商品をお持ちしておりますので、宜《よろ》しければお受け取りいただければと思います」

ハンスはそう言って、例の化粧水が入っているであろう箱を差し出してきた。

「入手困難な商品だと言っていたがいいのか？」

「はい、勿論ですとも。是非皇妃様やイメドエフ大公令嬢にお使いいただければ」

……コノヤロウ。ミアの事を知ってやがるくせに！　俺がやった無茶振りの仕返しかよ！

「……一応感謝しておこう。それで、例のものは用意出来たのか？」

ハンスに用意を依頼した例のものというのが、今回無茶振りした案件だ。

本来なら用意するのに早くて一ヶ月は掛かるところを無理を言って用意させたのだ。

「勿論、用意させていただきましたよ。おかげで職人が五名ほどぶっ倒れてしまいましたがね」

……すっごく恨めしそうな目で睨まれた。

不眠不休の突貫で頑張ってくれたのだろう職人達に、心の中でそっと手を合わせておく。

「……その辺りの補償はキチンとさせて貰う。職人達にも労《ねぎら》いの言葉と感謝を伝えておいてくれ」

「ありがとうございます。そう仰っていただけると頑張った甲斐がありますな」

「報酬と補償の話はマリウスと相談してくれ」

俺がそう言うとハンスは満足そうに頷いた。その様子に内心ホッとする。ハンスの機嫌を損ねると厄介だからな。

……しかし、化粧水がそんなに人気とはねぇ……。そんなに凄い効果があるのかな?

俺は会頭が持ってきた化粧水を見てみようと箱に手を伸ばす。

その様子を見ていたハンスが「おや、やはり興味を持たれましたか」と笑った顔に何故かイラッとした。

「その商品は最近、王都の店に雇い入れた者が作りましてね。かなり優秀な人物だそうですよ」

「へぇ……」

「同じ店には魔道具作りの天才もいましてね。魔導国からの勧誘もしつこいから、息子もその魔道具師と共に本店に戻ろうかと悩んでいるようで」

その話を聞いたマリウスが「えっ!」と言って超反応した。

「会頭!　その魔道具師とは魔導国の研究院院長に匹敵すると言われている例の⁉」

マリウスが身を乗り出し、ハンスに喰い付き気味に質問をしている。余程興味があるのだろう。

「ええ、その人物で間違いないかと。術式の簡略化や魔石に複合魔法を付与する事に成功したという功績を挙げておりまして。魔導国以外からも引き抜きの打診が多いそうで、愚息の方も王国にいるのはそろそろ限界だと感じているようです」

「ならば王国より帝国の方が安全だろうしな」

俺がそう思っていると、マリウスがコソッと耳打ちしてきた。

「天才魔道具師が帝国に来てくれれば。『スマフォン』の改良をお願い出来るかもしれませんよ」

……ああ、なるほど。確かにそれは有り難い。

「もしご子息とその魔道具師が帝国に戻られるなら、一度会わせて貰えないか？　場合によっては俺の庇護の下で守る事が出来るだろうし」

「……おお！　本当ですか⁉　それは何とも有り難い！　是非、お願い致します！」

帝国にいれば煩《わずら》わしい魔導国も手が出せないしな。俺の庇護下に入れば、他の商会や組織からも守ってやれるだろう。優秀な人材は手厚く保護せねば。

「さすがに今すぐ、という訳には行きませんが、移転の準備を始めるよう伝えておきます。いやあ、本当に殿下がそう仰ってくれるとは……」

ハンスも息子が心配だったのだろう、心底ホッとした様子だったが、一つ気になった事がある。

「ハンス、『本当に』とはどういう事だ？」

俺がそう聞くと、ハンスがわざとらしく「おや。しまった」と、めちゃくちゃヘタな演技をする。

「いやいや、さすがですなあ。殿下の前では隠し事が出来なくて困りますよ」

「……おいコラ。嫌味か？　嫌味言ってんのか？」

横でマリウスが「まあまあ、いつもの事じゃないですか」とか言ってるけど！　アイツ顔ニヤついてね？　俺バカにされてね？　むかつくー‼

「これは申し訳ありません。どうかご容赦を。実は愚息から特急便で手紙と荷物が届きましてね」

そう言うとハンスはまた別の箱を取り出し、丁寧に机の上に置いた。

しかし特急便か……わざわざ高い金を払ってまで送ってくる手紙とは、随分重要な事が書かれているのだろうな。

この世界の物流システムはまだまだ発展途上で、今一番早く連絡を取り合えるのは飛竜種を使った運送方法だ。だが、あまりにも高額な為、帝国の貴族でも上位の貴族が急務の時のみ使用するに留まっている。そんな飛竜便を使用出来るランベルト商会はかなり潤っているのだろう。うらやま。

天帝が残した禁書に書かれた異世界のシステムをこちらにも再現出来ればいいのだが……。

そんな事を考えながら置かれた箱を見て俺は驚いた。

――何だ……⁉　この箱から何か妙な気配が――いや、この懐かしい気配は一体……。

「まず、こちらの箱を開ける前に、先程お渡しした化粧水を一度ご確認下さい」

俺はハンスの言う通り、先ほどの箱を開け、中に入っていた瓶を取り出してみる。

「そちらの化粧水は原液です。店で販売しているのは、その原液を百倍薄めたものです」

ハンスの言葉を聞きながら瓶の中の化粧水を見ると、中で光が煌めいているように見える。

「……これ、本当に化粧水か？」

俺の疑問にハンスがくっくと笑い、「私もそう思います」と言ったので、恐らく化粧水を超えた何かなのかもしれない。

「それを作った人物の事を愚息に聞こうにも、『直接会うまでは言えない』と言われましてね。それでも気になったものですから、王都の副店長に確認したのです。そしたらあの愚息、店全体に緘口令を敷いていましてね。その人物の事を会頭である私にも教えない徹底ぶりなのです」

会頭の息子がそこまでして隠したい人物とは一体……？　天才魔道具師の事は普通に知られてい

るし、別人だろうけど。

「化粧水を作る……となると女性か……？」

「そうそう、愚息から殿下に伝言がありましてね。『その化粧水をよく見てほしい』と、一言だけ書かれていたのですが……」

……恐らく、「よく見て」という事は魔眼を使えって事だろう。

会頭の息子が何を伝えようとしているのか知りたくなった俺は、魔眼を発動して化粧水を視る。

すると、この化粧水はほぼ魔力だけで作られているのが分かった。

この化粧水から、まるで最上級の聖水のように、温かくて優しい魔力を感じたけれど……俺はこの魔力を知っている……！

そう思った瞬間、俺の胸に懐かしくて愛おしい魔力が水のように流れてくる。

「────……っ‼」

その魔力が誰のものか理解した瞬間────俺の頬を一筋の涙が流れた。


────ミア……‼


王国で視たビッチに残された魔力ではなく、正真正銘ミアの魔力だ。

まるでミアそのもののような温かい魔力に、不遇な境遇にいても腐らず、真っ直ぐ成長した事が分かる。

「…………ミアの魔力を感じる」

俺の様子に驚きすぎたのか、しばらく固まったままの側近達とハンスだったが、俺が出した名前を聞いて驚愕する。

「え⁉　ミア？　ミアさんがこれを⁉」

「新しい従業員があの時のお嬢さん⁉」

マリウスとハンスが化粧水の入った瓶をまじまじと見ている。

ハンスは本当に知らされてなかったのか……息子恐るべし。

俺は濡れた顔を袖《そで》で拭《ぬぐ》い、もう一つの箱を手に取った。

さっきこの箱から感じた気配もミアのものだったんだな、と思う。

「会頭、開けるぞ」

「はい。是非とも御覧ください」

会頭に確認を取った後、改めて箱を見ると、何かの術式が込められた箱だという事に気付いた。

これは封印……いや、隠蔽の魔法か……？　一体何が入っているんだ？

わざわざ箱に術式を組み込んで隠蔽するなんて、普通なら罠《わな》を疑うべきだろう。しかし、そこにミアの気配を感じるのなら、躊躇《ためら》う必要は一切ない。

そして俺が箱を開けた途端、中から途轍《とてつ》もない魔力が溢れ出てきた。

――いや、これはもう魔力とは言えないだろう……これはそう、〈聖気〉だ。

そんな〈聖気〉が溢れるようなものとは何なのか、身構えた俺の目に飛び込んで来たのは、天色の魔石で出来たブレスレットで――。

その魔石は色こそ蒼いものの、その性質は皇家に伝わる秘宝の中でも伝説級の奇跡の石――天輝石――‼

「この石はどうやって手に入れた⁉　どうしてミアの魔力が籠もっている……⁉　一体どういう秘術を使えばこんな事が可能なんだ……‼」

――いや、石だけじゃない。この編み込まれた紐の模様の一つ一つが意味を持っていて、まるで〈祈り〉のようじゃないか！

「愚息からの手紙では、『大事な人を守る為に作らせた』と書かれておりました。手紙だけ読むと意味不明でしたが……それを見たら納得しましたよ」

会頭の息子がミアに作らせたという事か？　天輝石を？

もしかして、ミアが天輝石を作る事が出来る存在だという事実を俺に伝えたかった……？

「ミアの情報を漏らさない為に、敢えて遠回りして伝えてくれたのだろうな」

会頭にすらミアの存在を明かさなかったぐらいだ。余程ミアの存在を隠したかったらしいが、ここに来て俺に知らせたのは、何か不測の事態が起こったという事か。

しかし、〈聖気〉が込められた天輝石に〈祈り〉を具現化したブレスレットとはまたとんでもないものを作ったもんだ。

――これはもうお守りとかそんなものじゃなくて「聖宝」だろう。

ブレスレットを箱から取り出してみると、俺が触れた瞬間、天輝石が強く輝きだした。そして光が虹色の光輪となって魔法陣に変化した後、魔石に吸い込まれていくように光が収まっていく。

……今のは何かの術式が発動した合図みたいなものだろうか……？

天輝石に何か変化が起こったのかと思って石を見ると、蒼い天輝石の中に無数の光が煌めいていて渦を巻いていた。渺渺《びょうびょう》たる数の星々が集まり、まるで輝いている雲のようだ。

しかし、先程の溢れるような〈聖気〉はすっかり鳴りを潜め、今はパッと見るだけだと、ただの格好いいブレスレットにしか見えない。

まあ、さっきのような〈聖気〉を垂れ流しにしていたら、流石に大騒ぎになるだろうから非常に助かるけれど、〈聖気〉が収まっただけでその性質は何一つ変わっていない。

俺はブレスレットを左手に着ける。

すると、ミアの魔力に身体が包まれるような感じがして、今までささくれ立っていた心が安らぎ、幸福感に満たされる。

――ああ、ミアが俺のすぐ側《そば》にいる……。

それは、俺がずっと探し求めていたミアの存在を示すもの。

七年前、俺を死の淵から救ってくれた時と、何一つ変わらない優しい魔力。

夢じゃなくて、幻でもない、ミアが今、この世界で生きているという証《あかし》――。

そう思うともう無理だった。今はミア以外の事を考える余裕が全くない。

「直ぐに王国へ向かう。ミアを迎えに行くぞ」

「「「「「はい！」」」」」

俺の事をよく理解してくれている側近達は俺を諫《いさ》める事なく、直ぐ様同意してくれた。

そんな側近達が頼もしく、誇らしい。

会頭の息子がわざわざ早便を使ってまで、ミアの存在を知らせてきた意味を考えると、一刻も早く王国へ行く必要がありそうだ。

もしかするとミアが偽アードラーに捕まったかもしれない……‼

ミアが危険にさらされていると考えると、凪《な》いでいた心が荒ぶり魔力が溢れそうになる。

思わず最悪の想像をした俺の魔力が暴走しそうになった時、ミアに貰ったブレスレットが淡く光りだした。その優しい光を見て、俺の心が落ち着いていく。

暴走寸前だった俺の魔力が落ち着いていく様子を見たマリウス達側近が、感嘆の声を上げる。

「さすがミアさん！　ハルを上手くコントロールするとは……！」

「もしかして、もう殿下の魔力暴走に怯えなくていいの⁉」

「やったー‼　ミア様ありがとうございます……‼」

「あの殿下が尻に敷かれている……だと⁉」

…………………こいつら……‼　さっきの感動を返せ‼

「では、私も予定より少し早いのですが、ご一緒させていただきましょう」

どうやらハンスもミアが気になるのか、同行する事にしたらしい。

俺はミアが作ってくれたブレスレットをそっと触り、もう一度ミアの存在を確かめる。


――ミア、今から逢いに行くからな……‼

守りたいもの（ディルク視点）

　僕がジュリアンのおかげでマリカへの気持ちを自覚した後、マリカが何者かに狙われるという事件が起きた。

　今回は本当に偶々《たまたま》、ミアさんのおかげで難を逃れたけれど、またいつ何時《なんどき》襲われるか分からない。

　僕からマリカを奪おうとした者に、言葉に表せないほどの怒りを覚えたが、皆んなのいる前で感情を顕《あらわ》にすると引かれそうなので、何とか平静を保つ努力をする。

「もしマリカが何時も通りあの部屋にいたらと思うと……恐ろしくて血の気が引く思いだよ」

　自分でそう言ったものの、血の気が引くどころではない。

　——何か一つでも欠けていたら、今頃マリカは……。

　ミアさんも僕と同じような考えに至ったのか、身体が小刻みに震えている。

　そんなミアさんの手を、マリカがぎゅっと握って安心させるように声を掛けている姿を見て、僕は心の底からマリカが好きなんだと、改めて自覚する。

　辛い境遇にあっても、歪む事なく真っ直ぐ生きてきた彼女が、やっと幸せになれると思っていたのに……。

　——マリカの幸せを壊そうとするものを、僕は絶対に許さない。

　しかし、そうは思っても僕一人で出来る事は限られている。いっその事、マリカを連れて帝国へ戻ろうか……。僕は以前から、王国で過ごす事に限界を感じていた。

帝国で店を開かず、わざわざ王国で店を開いたのは、親父とランベルト商会という名前が及ぼす影響がそれ程でもなかったからだ。僕が帝国で店を出して成功させたとしても、正当な評価は得られなかっただろう。その点、まだ王国では「帝国の商会」ぐらいの認識しかなかったから、王国での商売はとてもやりやすかった。

有り難い事に僕の店は人気を博し、王都一の人気店にまで上り詰める事が出来たのは人材に恵まれたのも大きかったと思う。その最たるものがマリカだ。

当時の僕は、マリカがここまで才能豊かだと思いもしなかったので、その事は嬉しい誤算だったけれど……。もうこの「コフレ・ア・ビジュー」は僕がいなくても十分やっていけるだろう。

それに今まで店長の仕事を押し付けていた副店長も報われて然《しか》るべきだ。店にはリクやアメリア、ジュリアン達だっている。彼らにも運営を手伝って貰えれば、もう心配する事はないだろう。

王都の店の運営などは副店長に任せっきりだったけど、僕だって買取カウンターで遊んでいた訳じゃない。ランベルト商会で取り扱う商品は全て僕が取り仕切っていたのだ。だからお金の流れなどの大筋は把握している。

後は親父の業務や人脈、コネなどを上手く引き継げれば、僕が会頭に就任するだろう。

その準備はもう出来ている。後はいつ行動に移すかだったから、このタイミングは丁度よい切っ掛けだったのかもしれない。

不浄なる闇のものである「穢れを纏う闇」に囚《とら》われれば、よくて廃人、最悪魂を未来永劫《えいごう》縛られて、輪廻《りんね》の輪から外される。しかし相手が「穢れを纏う闇」ならば――「穢れを祓う光」がここにいる。不浄なる闇のものに唯一、対抗できる存在。それが聖属性を持つ人間だ。

しかし聖属性の人間は、一生に一度逢えるかどうかと言われるぐらい希少な存在なのだ。そんな存在が今、ここにいる……そんな確率は、刹那《せつな》――いや、涅槃寂静《ねはんじゃくじょう》より低いのではないだろうか。

僕はこの状況に運命的なものを感じて仕方がない。

目に見えない何かに導かれているような……大いなる意志を感じる。

――ならば、僕はその意志に従おう。それがマリカ達を救う道標だというのなら。

その為に僕は、利用出来るものは全て使う事にする。

「ミアさん、もう使うなと言っておいて申し訳ないんだけど、もう一度ここに〈聖域〉を掛けて貰っていいかな?」

「はい！　分かりました！」

マリカを心配してくれたミアさんは、これでもかというぐらい牢固《ろうこ》たる結界を張ってくれた。

まあ、うん……ミアさんのやる事だから、ある程度は予想してたけど……コレ、「火輪の恩恵を受ける聖域」だよね……。

「……うわぁ」

思わず心の声が漏れてしまった。

「でも、これはこれで安心だね。お化けどころか悪魔や魔王でも侵入が難しそうだよ」

研究棟が荒らされる心配が無くなったのは助かる。本当は店や寮にも結界を張りたいけれど、そこまでしてしまうと法国に嗅《か》ぎつけられてしまう。

「商会の従業員に『護符』を持たせるのは?」

「なるほど。それならまだ大丈夫かな」

マリカが提案してくれた「護符」を作る案は、結果を言うと大正解だった。さすがマリカと言わざるを得ない。何故かお化けというものに過剰反応するミアさんのおかげで、立派な……いや、立派過ぎる「護符」が完成したのだ。

「もう驚かないつもりだったけど……！　今度は『聖眼石』か……！」

正直、また凄いものを作ってくれるだろうと期待していたのは確かだ。だが、ここまでのものを、いとも簡単に作ってしまうミアさんに畏怖《いふ》の念を抱く。もし彼女が本気を出した場合は一体何が出来てしまうのか……怖いもの見たさで一度見てみたいかも。

そうして、大量の「聖眼石」が出来上がり、これをどう従業員に持たせるかなのだが、僕には考えがあった。

それは紐を使った装飾技術でブレスレットを作る事だ。神聖な結び目や編み目というのは、祈りや願いが組み込まれた呪術として使われると聞いた事がある。古来より、紐を結んだ事で出来る紋様を豊穣の祈りや魔除け、呪術具などに使用して来た事からも、その有効性は明確だ。

ならば、この「聖眼石」を更に呪術的技法で結べば、効果は絶大なものになるだろう。

実際ニコ爺もしばらく忙しい様子なので、紐で編んでいく事を皆んなが賛成してくれた。

それぞれが思い思いに紐を編んでいく。

こうして皆んなで同じ作業をしながら過ごす時間は、とても楽しくて得難《がた》い経験になった。

――ある時、僕はふと、マリカにブレスレットを贈りたくなった。

今まではマリカが望むものをとばかり思っていたけれど、僕からマリカにものを贈りたいと思ったのは初めてかもしれない。

微妙に違う色の石の中から、マリカに似合いそうな石を選び、編んでいく。時々装飾石を編み目の間に入れて編むと、女性らしく可愛いブレスレットになった。

ちなみにちゃんと編み目に意味を持たせるのも忘れない。

「Je te protégerai」――我は汝《なんじ》を守り給わん――という意味だ。

いつこれを渡そうかと思っていると、マリカが僕のところへやって来て、ブレスレットを差し出してきた。

「ディルク、私が編んだブレスレットだけど着けてくれる？」

二人して同じ事を考えていた事に嬉しくなる。マリカからの贈り物を僕が拒否する筈もなく。

「ありがとう、嬉しいよ。大切にするね。お礼というか交換になるけど、マリカには僕が編んだブレスレットをあげるよ。ちょっと他と編み方を変えてみたんだ」

まさか僕から貰えると思っていなかったらしいマリカは余程驚いたのか、真っ赤な顔をして受け取ってくれた。そしてブレスレットを眺めると、珍しそうに指で編み目をなぞっている。

「嬉しい……絶対大切にする」

そうして微笑んだマリカは、まるで花が咲いたように綺麗で――僕は思わずその微笑みに見とれてしまう。

ミアさんのおかげでマリカは日々成長している。何か彼女にお礼をしてあげたいけれど……。

チラッとミアさんを見ると、何やら真剣に紐を編んでいた。あれは多分、ハルにプレゼントする為のものだろう。

ここで僕はふと思いついた。ミアさんのお守りをレオンハルト殿下に届けたらどうだろう……？

本来であればすぐにでもミアさんの事を殿下に伝えるべきだったのだろう。しかし敢えてそれをしなかったのはミアさんの身の安全を第一に考えたからだ。

――恐らく、帝国の宮殿上層部には法国や魔導国の息がかかった人間がいる。しかもかなり殿下に近しい位置に、だ。

ミアさんの能力に気付かないにしても、彼女は殿下の弱点ともいうべき存在だ。奴らが狙わない訳がない。親父が王国に来る時に同行する護衛達はかなり練度が高いから、ミアさんを帝国まで安全に届けてくれるだろう。

それにランベルト商会の会頭に喧嘩《けんか》を売る度胸がある人間はそういない。

だから僕は親父が王国に来るタイミングに合わせて、ミアさんを帝国に連れて行こうと予定していたのだが……どうやら僕の予想以上の速さで事態は変化しているようだ。

殿下はミアさんの魔力を知っている筈。ならば、彼女の魔力が籠もったものを届ければ、ここに彼女がいると気付くに違いない。

ミアさんがハルの為に作っているブレスレットを取り上げるのは忍びないから、新しく作って貰う事にしよう。

そして後日、レオンハルト殿下の瞳の色に似た魔石を用意して、ミアさんに魔力を籠めて貰った。

ミアさんに「ハルの為に作って」と言う訳にはいかないので、「守りたい人」に贈るつもりで作ってくれるようにお願いした。すると予想通り、ミアさんはハルの事を想って魔力を籠めたようだ。

まあ、ハルを連想させるような魔石を用意したのはこの為だったけど、上手く行って良かった。

まずはミアさんの化粧水でここにいる事を教えて、このブレスレットを見れば彼女の状況を理解して向こうから駆けつけてくれるかもしれない。

今、狙われているのはマリカだけど、いつミアさんに矛先《ほこさき》が向くか分からない。今回の敵には間違いなく魔導国が絡んでいる。ならばこんな商会ではとても太刀打ち出来ないだろうから、殿下の力を借りるしかない。

マリカも一緒に殿下の庇護下に入れて貰えれば万々歳だ。ついでに親父にも一肌脱いで貰おう。

そして僕はミアさんの化粧水とブレスレットに手紙を添え、帝国の本店に送り出したのだった。

第七章　ぬりかべ令嬢、闇に襲われる。

「穢れを纏う闇」の襲撃を受けてから一週間が経った。

あれから何事もなく平和な日常が続いていたけれど、今、ランベルト商会にはそれとは別の問題が持ち上がっている。

……まあ、問題というのとは少し違うんだけど、その問題の内容がディルクさんとマリカが帝国の本店へ戻る事になった、というものなので、店の中は上から下まで大騒ぎなのだ。

ディルクさんの後継には、今まで副店長だったエッカルトさんが正式に店長に昇格するとの事。

エッカルトさんは、実質的なお店の業務を取り仕切っていたし、経営的に問題はないから大丈夫だけれど、ディルクさんがいなくなる事に従業員全員ショックを受けている。

何だかんだ言って、ディルクさんは従業員皆んなの精神的支柱だったんだな、と実感する……本人は謙遜しているけれど。

でも寂しいなあ……私はまだここで働きはじめたばかりだったけど、それでも私にとって二人の存在はとてつもなく大きいのだ。マリカとも友達になれたところだったのに……。

私が研究棟の隅っこの方で、沈みゆく夕日を見ながらションボリしていると、マリカが心配して声を掛けてくれた。

「ミア、また逢おうと思えば何時でも逢えるから」

（……うう、こんなに可愛くて優しいマリカがいなくなるなんて……！）

これからはまた一人であの部屋を使うのか……魔法のベッドを見る度《たび》にマリカを思い出して泣きそうだ……。そう思っていたら、何とあのベッドは分解して帝国まで持って行くらしい。

「あのまま置いて行くのは……さすがに無理」

あ、はい。すみません。私のせいですね。

「ベッドがなくなると部屋が広くなるね……更に寂しくなりそう」

「……？　うん。でもあの部屋はしばらく無人の予定」

マリカの言葉に驚いた。

「え⁉　私あの部屋を追い出されてしまうの⁉」

驚いた私の顔を見たマリカがやれやれと言いたげにため息をついた。

「……ミア、何か誤解してる」

「⁇　誤解？」

何の事かよく分かっていない私に、マリカが教えてくれた事によると……。

「ミアも私達と一緒に行くに決まってる」

「――えっ⁉　そ、そうなの……？」

「そう」

えーと。それって喜んでよい事なのかな？　元々、ハルに逢う為に帝国に行きたかったけど、まだ時間が掛かると思っていたから正直戸惑ってしまう。

「ミアを置いていくなんて……心配。無理」

マリカ……！　私の事をそんなに心配してくれるなんて……！

「何をやらかすか分かったもんじゃない。目の届くところにいて貰わないと安心できない」

そっちの心配ね！　分かってたよ！　予想はついていたよ！　反論の余地ないよ‼

「……それに、ミアと離れるの寂しいし」

ぐはっ！　私の心臓が！　きゅううぅんって！　これがマリアンヌが言っていたツンデレ……⁉

予想以上の破壊力……！

……ふぅ。やれやれ。確かに可愛いは正義だわ。マリアンヌ、今まで疑っていてごめんね！

「でも、私もマリカやディルクさんと離れるのは寂しかったし、ハルにも早く逢いたいから一緒に行けるのは嬉しいけど……一気に三人も抜けて大丈夫なのかな……？」

この研究棟もリクさんとニコお爺ちゃんだけになるのは寂しいだろうし。

「人員に関してはディルクが手配するみたいだから大丈夫」

「そっか、なら大丈夫だね」

いつか、ここから去る日が来るのなら、早い内に離れた方がいいのかもしれない。

まだここに来て一ヶ月だという事が信じられないほど、この場所は私にとってかけがえのないものになってしまった。これ以上いると離れがたくなってしまう。それにとうとうハルのいる帝国へ行けるんだ！　すぐに逢えるなんて甘く考えてないけれど、少しでもハルに近づける事が嬉しい。

――そうだ！　私も一緒に行くのなら、荷造りしないと！　それからお屋敷の皆んなに王国を離れる事の報告に、化粧水やマッサージオイルを送ってあげたい。それから、デニスさんとダニエラさん、そろそろ結婚の話が出てるかもしれないから、何かお祝いしたいし……。

色々やる事が一杯で、予想以上に時間がない事に気が付いた。

「マリカはもう準備して――」

……と、声を掛けた時、脊筋《せすじ》を刃物か何かで撫でられたような、凄まじい気配に襲われた。

――この気配はマリカの部屋で感じたものと同じだ！　もしかして「穢れを纏う闇」が再び襲ってきたの⁉　でも、何かがおかしい。私の〈聖域〉は確かに発動している筈なのに――‼

「穢れを纏う闇」の狙いはマリカだ‼　マリカは大丈夫なの⁉

先程まで、マリカがいた場所を見ると、マリカが倒れているのが見えてゾッとする。

「――マリカ‼」

慌ててマリカの傍まで行き、マリカの状態を確かめると、意識はないものの、呼吸はしっかりしていたので安心する。ふと、マリカの手首を見ると、ディルクさんに貰ったブレスレットが淡い光を放ち、マリカを包むのを見て、お守りは無事発動したのが分かった。

少なくともマリカは大丈夫だろう。ディルクさんのお守りが守ってくれる筈……‼

「でも、一体どうなっているの……⁉」

訳が分からず窓の外を見ると、ついさっきまで見ていた夕焼けの空が真っ黒なナニカに塗りつぶされていた。部屋中を見渡すと窓という窓全てが同じように真っ黒で、外の様子が全く見えない。

――これは、〈聖域〉を丸ごと穢れたもので覆い尽くしたかのような……。

その穢れの放つ瘴気で、マリカが昏倒したのかもしれない。現に私もさっきから震えが止まらない。奥歯がカチカチと鳴りっぱなしだ。奈落《ならく》の底に落ちていくような、暗くて恐ろしい気持ちが襲ってくる。私は無意識にハルの指輪を握りしめ、これからの事を考える。

最悪、マリカだけでも逃がしてあげないと……‼

息を潜めて警戒していると、ドアベルが闇の底から発せられたもののように、重い音を響かせた。

ごぉん…ごぉんごぉん……ごぉん……

——こんな悪意に満ちた音は聴いた事がない……‼

扉が開くと同時に、部屋の中に闇の気配が充満する。

ナニカが入ってくる気配がするけれど、恐怖で目が開けられず、ただ震える事しか出来ない。

「あれ？　まだ立っている子がいる」

どんな恐ろしいものが来たかと思ったら、青年の不思議そうな声が聞こえて思わず振り返る。

するとそこには、灰色のローブを纏った若い男の人が立っていて、思わずぽかんとしてしまう。

この人とドアベルの音が結びつかず、一瞬戸惑ってしまったのだ。

「……ああ、マリカいるね！　よかった！　探す手間が省けたよ」

そう言ってその男の人は、マリカの傍に近付こうと中に入って来たので、慌ててマリカを庇うように立ち塞《ふさ》がる。

「近付かないで‼」

男の人に向かって叫んだけど全く効果はなく、男の人はどんどん近付いてくる。

「ねぇ君、どうして起きていられるの？　この瘴気の中で自我が保てるなんて……もしかして君が闇のモノを消し去ったのかな？」

男の人が観察するように私を見るけれど、その人が濁った目に不気味な光を湛《たた》えているのに気付き、思わず息を呑む。

「……まあ、いいや。見目の良い女を連れて来いって言われていたし、ちょうどよかった」

この人は何を言っているんだと口を開こうとした瞬間、男の人の後ろから黒いローブを纏った人物が姿を現した。

「……ひっ⁉」

その姿に思わず悲鳴を上げそうになる。

黒いローブの顔にはのっぺりとした仮面が着けられていて、本当に人かどうか分からない。

「この子も連れて行こう。可愛いから伯爵が喜びそうだ」

――伯爵⁉　まさか、アードラー伯爵の事⁉

意外な人物の名前が思い浮かび、驚愕していた私の隙を突いて、黒い影が目前に迫った瞬間、頭の中に黒い霧が溢れ、闇がいっそう深くなり――。


――私はろくに抵抗が出来ないまま、意識を手放したのだった。

閑話② 忍び寄る闇

――ミア達が襲われる一時間前まで時は遡る。

全ての窓が閉じられたうす暗い部屋の中で、女の荒い息遣いと、くぐもった声が聞こえてくる。

「あぁ……っ！　ぐうっ‼　がっ、があぁ……‼」

微かな光に照らされた部屋の片隅では若い女が椅子に座らされ、身体を拘束具で固定されており、口には舌を噛まないように猿轡《さるぐつわ》を噛まされている。

その女の額には赤黒い魔法陣が浮かんでおり、その図形の色も形も一目でマトモじゃないものだと分かる。拘束された女は絶えず苦しげな声を上げているが、身体には目立った傷もなく、拘束具以外に身体を苦しめていそうなものは見当たらない。

「うん、ほぼ完成かな」

その場には不似合いな明るい声で、エフィムは満足そうに頷いた。

そして未だにうめき声を上げている女の額に指で触れると、赤黒い魔法陣がすうっと消えていき、その途端、全身の力が抜けたように女の身体が弛緩《しかん》する。

エフィムは女に嵌《は》めていた猿轡を外し、女の様子を観察していたが、精神がかなり消耗《しょうもう》しているらしく、目にはもう何も映していないようだった。

「……本当は別の人間で試してみたいんだけど……まあ、贅沢は言えないよね」

本来なら禁止されている人体実験を、心置きなく出来る環境のおかげか、エフィムがアードラー伯爵から再現を頼まれていた〈呪術刻印〉は、驚異のスピードで解析され、形になっていった。

これは本来のエフィムが優秀だったというのもあるが、魔導書に精神汚染されたエフィムの理性が崩壊し、ストッパーがなくなってしまったというのも原因だ。

「人体実験の禁止は技術革新の弊害《へいがい》だよね。魔導国でも採用すればいいのに」

エフィムがぼやいているところに、アードラー伯爵がやって来た。

「やあやあ、エフィムさん！　その後進捗《しんちょく》はいかがですか？」

「伯爵、丁度良い所へ。再現の方はほぼ完了しましたよ。後は微調整ぐらいです」

「おお！　おお！　それは素晴らしい！　では、今すぐ例の人形を取りに行きましょう！」

〈呪術刻印〉を試したくて仕方がないのか、伯爵はこれからマリカを拐って来るという。

「え⁉　本当に今からですか？」

「ええ、ええ！　今の私はとても機嫌が悪くてですね、何かで発散させないと気が晴れないのです！」

本人の言う通り、今日のアードラーは酷くイライラしているようだ。

「ユーフェミアとの婚姻届が却下されましてね！　予定が狂ったんですよ！　全く！　ネルリンガーの倅《せがれ》が余計な真似を‼」

ネルリンガーとはこの国の宰相だったか、とエフィムは思い出す。

その息子が何かしたのだろうが、伯爵の邪魔をするとは馬鹿な奴だとエフィムは鼻で笑う。

「おい」

伯爵が空に向かって声を掛けると、いつの間にか黒いローブを纏ったものが立っていた。

「うわっ！」

その不気味な姿と雰囲気に、思わずエフィムは声をあげてしまった。しかし、伯爵とローブ姿のものは気にも留めていないようだった。

「今から例のものを持って来い。今回は失敗はするな。念には念を入れて、三十体ほど連れて行け」

伯爵の言葉にエフィムは驚いた。

（三十体……⁉　もしかして闇のモノを三十体も連れて行くというのか……⁉）

「穢れを纏う闇」は法国が使徒を派遣してまで殲滅させる存在だ。それは「穢れを纏う闇」が一体で三つの村を壊滅させるほど、凶悪な力を持っているからだ。そんなものが三十体もいれば、この王都でも無事で済むかどうか……。

「伯爵！　僕も連れて行って貰えませんか？」

エフィムは思わず伯爵に頼み込む。実際マリカが無事に連れて来られるか心配になったのだ。

「ほうほう……」

伯爵はそんなエフィムを楽しそうに眺めながら、少し考えると、笑顔で許可をだした。

「よいでしょう、是非同行いただき、マリカさんをお連れ下さい。あ、ついでに若い女がいたら一緒に連れて来てくれませんか？」

「分かりました！　ありがとうございます！」

「では、エフィムさんにもこの魔道具をお貸ししましょう」

伯爵はそう言うと、小さい箱からペンダントを取り出した。

「前回は情報もなくて闇のモノを消されてしまったでしょう？　恐らく聖水か、結界が邪魔をしたと思うのですよ。これは『裏切りのメダイユ』と言いましてね。邪念を持つ者でも聖なる結界に入れるという優れものですよ！　それに瘴気に当てられる事もありません！」

伯爵からペンダントを受け取ったエフィムは「裏切りのメダイユ」という魔道具をじっくりと確認する。なにかの術式が刻まれた丸く平べったい金属の板に、鎖が付いているだけのものだ。しかし、魔導国では見た事がない魔道具で、しかも刻まれた術式も初めて見るものだ。

（これはもしかして……法国が秘匿《ひとく》している術式……!?）

下手な詮索はしない方がいいと身を以《も》って知っているエフィムは、その事に何も触れずに伯爵にお礼を言った。

「こんな貴重なものをありがとうございます。しばらくお借りします」

「うんうん、楽しみに待っていますよ」

そしてエフィムは「穢れを纏う闇」を使役するのであろう、仮面の人物とランベルト商会へ向かったのだった。

閑話③　闇に堕《お》ちる者

ウォード侯爵家の一室で、女がイライラした様子で部屋中を歩き回っていた。

その女の目は血走っていて、手入れされていた爪は噛み跡でボロボロになっている。

侯爵家に相応しい煌びやかな部屋の鏡に、その場に不似合いな女の顔が映り込む。

髪はボサボサで顔は浮腫《むく》み、吹き出物があちこちに出来ている姿はまるで幽鬼《ゆうき》のようだった。

その女――ウォード侯爵家の女主人ジュディは、つい最近まで年齢よりも若く見える美貌と抜群のスタイルを持っていて、社交界でも一目置かれている存在だったのだが、その自慢だった美貌もスタイルも今は影も形もない。

「ああっ……どうしよう……っ！　こんな事になるなんて……っ‼」

爪を噛んでいない方の手には一通の手紙が握られているが、強く握り過ぎたのかグシャグシャになってしまっている。

「一体どうすれば……っ！」

ジュディが握りしめている手紙の送り主は、王国内では名前を言ってはいけないあの人――アードラー伯爵だ。その手紙の内容は、ユーフェミアを早く見付けて連れて来る事、見付けるのに時間がかかる場合は、その間の身代わりに屋敷の使用人を連れて来る事、連れて来る使用人は女中頭のダニエラが望ましい事――。そう書かれた手紙を読んだジュディは誰にも相談する事が出来ず、昼食後からずっと部屋に籠もり続けている。

そこへ、ドアをノックする音が聞こえ、ジュディはハッとする。

気が付けば、かなり時間が経過していたようで、窓の外はすっかり日が暮れていた。

「ジュディ様、夕食の準備が出来ておりますが、如何なさいますか」

ドアの外から声を掛けてきたのは問題のダニエラだ。

タイミングが良いのか悪いのか、丁度考えていた人物から声を掛けられ、ジュディは狼狽える。

「今日は部屋で食べるから、ここへ運び込んでちょうだい！」

部屋から出る気になれないジュディは、部屋の中から大声で命令した。

「かしこまりました」

ダニエラの返事と、去って行く足音を聞きながら、ジュディはこれからどうすべきか思い悩む。

ナゼール王国では人身売買を禁止しており、奴隷《どれい》制度もない為、雇用主が使用人に対して非道な行いが出来ないように法整備が為されている。その為、雇用主が使用人に対して度を越した要求や、仕事の範囲外で何かを強要する事は立派な罪となり、貴族でも咎《とが》められてしまう。

いくら主人でも、ジュディにはダニエラをアードラー伯爵のもとへ連れて行く手段がない。

仕事の失敗で損失を埋めさせるなど、何かと引き換えにすればどうだろうと考えてみても、優秀なダニエラが失敗する筈もなく、全く良い案が浮かばない。

（そうだわ！　図書室へ行けば何か参考になる本があるかもしれない）

普段行く事は滅多《めった》にない図書室を思い出す。大量の書籍を所蔵している図書室の本の中に、もしかすると法の抜け道が記載された本があるかもも、とジュディは思い立つ。

それからジュディは部屋に運び込まれた大量の料理を平らげた後、早々に図書室へ行く為に部屋を出る。侯爵家の綺麗に磨き上げられた廊下を肥え太ったジュディがのしのしと歩く。

以前お茶会で侮辱《ぶじょく》されてから、ジュディは一度も社交界に出ていない。だから身体の手入れも疎《おろそ》かになり、不摂生《ふせっせい》を繰り返している内にどんどん身体に脂肪が付いてきてしまった。

食事量を減らせばよいものの、デニスが作る料理の美味しさについつい食べ過ぎてしまう。

それでも以前と同じ量を食べているだけだ。なのにユーフェミアがいなくなった途端、身体がおかしくなってしまった。まるで食べたら食べただけ脂肪が付いていく……。

それは同じ量の料理を食べているグリンダも同様で、今や彼女も丸々と太っている。

——さすがに何かがおかしい、と気付いても時既《すで》に遅く。今までどれだけ好きに食べても寝っ転がってマッサージされていれば素晴らしいスタイルを保てたのだ。今更運動など出来る筈がない。

(もし、ユーフェミアがいたから美貌を保てていたのなら……それを知っていたら、あの子をアードラーなどに渡すような事しなかったのに……！)

今更ながらにユーフェミアの重要性に気付いたジュディは歯軋りをするが、とにかく今はこの状況をどうにかしないといけない。

図書室へ行く手前にある部屋の前を通りかかると、楽しそうな使用人達の会話が聞こえてきた。

「ダニエラさんいつ結婚するのかな？」

「折角だから皆んなで盛大にお祝いしたいけどねー」

「なら、グリンダ様の婚儀が終わってからかしら」

聞こえて来た会話に思わず足を止める。

（ダニエラが結婚⁉　一体誰と……⁉）

「でも、デニスさん、それまで結婚を我慢できるかなぁ」

「確かに！　本当は今すぐ式を挙げたいんだろうけど、ダニエラさんがうんって言わないだろうし」

（デニスですって……！　一体いつの間に⁉）

デニスは料理の腕が良いのは勿論の事、面倒見も良いので使用人達からの人望が厚い。

しかも見た目が良いので、他の貴族のご婦人からはよく羨ましがられたものだ。

「ダニエラさん、前から綺麗だったけど、最近益々綺麗になったよね」

「それ思うー。デニスさんの功績かなぁ」

「私もお嬢様の化粧水で手入れ頑張るぞ！　そして綺麗になって恋人ゲットする！」

「お嬢様の化粧水は凄いもんね！　もう手放せないよね！」

使用人達の話題はデニスとダニエラの話から化粧水の話になっていった。

（お嬢様の化粧水って何……⁉　もしかしてユーフェミアの……？）

ジュディは使用人達の話を聞いて、もしかして、と思う。

（ユーフェミアの化粧水を使えば、私の肌荒れが治る？）

もしジュディに教養や学があり、普段から頭を使っていれば、ランベルト商会の化粧水とユーフェミアの化粧水が結びつき、ユーフェミアがランベルト商会にいる可能性に気付くのだが、残念ながらジュディは頭が悪かった。それは彼女によく似た娘のグリンダも同様で、二人共今が良ければそれでいいという考え方だった。

ジュディは使用人達の話を聞いて、ある事を思いつく。ならば、もう図書室へ行く必要はないと部屋に戻る事にした。

そうして再び身体を揺すりながら部屋に帰る途中で、デニスとダニエラが屋敷の庭園にいる所を目撃してしまう。綺麗なバラが咲き誇る庭園で、月明かりに照らされた二人はまるで、物語に出てくる恋人同士のようにお似合いであった。

そして使用人達が噂していたように、ダニエラが随分と美しくなっている事に気付く。デニスに微笑む彼女は普段の冷たい印象は全くなく、初めての恋に溺《おぼ》れる可憐な少女のようだった。

（まさかダニエラがあんなに美しくなっているだなんて……！　しかもあのデニスがなんて優しい顔をしているの……!?）

ジュディは今まで、あんなに優しく微笑むデニスの顔を見た事がなかった。いつもジュディに向ける視線は冷たくて、愛想笑いすらされた事がなかったのに。

そう思うと、言いようのない憤懣《ふんまん》と憎悪《ぞうお》が胸の中に渦巻いて、どす黒い嫉妬の心が湧き上がる。

——私より美しくて幸せだなんて許さない……！　何もかも奪ってやる……!!

第八章　闇に捕らえられた二人 1

マリカが意識を取り戻すと、見知らぬ場所をエフィムに運ばれているところだった。研究棟でミアと一緒に帝国行きの話をしていた筈なのに、何故か記憶が途切れてしまっている。

マリカは何かが原因で気を失ってしまったのだろうかと、ぼんやりとした頭で考える。

（あれ⁉　もしかしてお姫様抱っこされてる……⁉　初お姫様抱っこはディルクにお願いしたかったのに……‼）

今の状況を把握したマリカは、エフィムに向かって「離して！」と叫ぶ。しかしエフィムはマリカの目覚めに喜びの笑顔を浮かべ、嬉しそうに言った。

「あ、マリカ気が付いたんだね！　よかった！　瘴気が予想以上に強かったから、目覚めなかったらどうしようかと思ったよ」

腕を突っぱってエフィムから離れようとしたマリカだったが、エフィムは思いの外力が強く、更に強く抱き込まれてしまう。

（ぐぬぬ……！　コレジャナイ感が半端《はんぱ》ない。私が抱きしめられたいのはディルクだけなのに！）

エフィムの腕の中から逃れようとしたマリカだったが、気になる単語を聞いてハッとする。

（今、瘴気って……⁉　まさか寮部屋や研究棟の穢れに、エフィムが絡んでいる……？）

そして穢れという言葉に、マリカはミアの事を思い出す。

(――ミアは⁉　ミアは無事なの……⁉)

一緒にいたミアは何処だろうと周りを見渡すと、真っ黒いローブに身を包んだ、いかにも怪《あや》しそうな仮面の人物の肩に担がれているミアを見付け、マリカは驚愕する。

「……っ‼　ミア‼」

意識を失ってぐったりとしたミアに、黒い穢れのようなモノが全身に纏わり付いていた。薄い結界がミアの身体を守ってはいるが、かなり不味《まず》い状態だろう。

(どうしよう……！　このままではミアが穢れに汚染されてしまう……‼)

マリカにはお守りのブレスレットがあるが、ミアはブレスレットを持っていないのだ。

まさかミアが昏倒するほどの闇のモノを使役するとは、誰も予想していなかった。アレだけ強力な結界を破るとは一体どうやったのか……もしかして物量作戦だろうか、とマリカは考える。

もしその考えが正解だったとしても、エフィムが闇のモノを使役出来るとは到底思えない。他に術者、もしくは黒幕の存在を疑うべきだろう。

(――どちらにせよ、魔導国は私の敵認定だ。許すまじ……‼)

結局マリカはエフィムの腕の中から逃げる事が出来ず、奥の部屋に連れて来られてしまう。部屋の内装や調度品を見る限りここは貴族の屋敷のようだった。

そしてマリカは部屋の奥に天蓋付きのベッドが鎮座しているのに気が付いた。

(……って、でかっ‼)

一体ここに何人寝る事が出来るのか、こんな事態でなければゴロゴロ転がってみたいと思うぐらいに大きいベッドだった。

そのベッドにマリカとミアが運ばれ、仮面の人物がミアから離れた瞬間、ミアから聖属性の光が放たれる。そしてミアに纏わりついていた穢れとエフィム達をまとめて弾き飛ばした。

――パキィィイン‼

「うわあぁあ‼」

「…………‼」

エフィム達はいきなり弾き飛ばされた勢いで尻餅《しりもち》を付き、驚いた表情でベッド周りを見上げている。その視線の先では、ミアから放たれた光が透明の膜となってベッドを丸ごと包んでいた。

（――意識を失っているのに結界を発動させるなんて……！）

相変わらずのミアのチートっぷりに安心したマリカは、ミアの様子を視て驚いた。

「……なっ⁉」

安心なんて一瞬で吹き飛ぶぐらい、ミアの状態は酷かったのだ。魔眼で視たミアは、全身の魔力神経が断線――骨で例えると全身複雑骨折しているかのようにボロボロになっていた。

これでは魔法どころか、体を動かすだけでも相当痛みを伴うだろう。ミアが作ったポーションがあれば……いや、それでも魔力神経は治らないだろう。それほど魔力神経は複雑なのだ。

マリカが魔眼でミアの魔力神経を視ると、わずかだが回復しようと魔力が動いているのが分かった。かなり時間が掛かるが、ミアの魔力神経は治る可能性がある事が判明する。

普通の人間ならここまで損傷が酷ければ、二度と魔法は使えないか最悪死に至っていただろう。しかし、その僅《わず》かな魔力も治癒に全てのリソースを割いているらしく、これ以上魔法を使うほどの余裕はなさそうだった。ミアが張ったこの結界が最後の砦かもしれない。この結界がいつまで保《も》つか分からないけれど、何とかミアだけでも助けなければ……！　とマリカは強く思う。

流石のミアも瘴気まみれになったのは不味かったようで、なかなか目を覚まさない。このまま目覚めなかったらと思うと、怖くて怖くてマリカの胸がぎゅっと締め付けられる。

(――お願い、ミアを助けて……！)

目に見えない何かに縋《すが》るように、マリカはミアの目覚めを願った。


マリカがミアの無事を願っているその時、闇のモノに襲われて意識を失い、暗闇の中で微睡《まどろ》んでいたミアの意識に何かが流れ込んだ。

「――ミー、今――逢いに――から――……‼」

(――誰……？)

誰かの強い想いが込められた声を聞いたミアは、その声の主を探そうと夢の中を漂っていた。

「ミア！」

(……あれ？　マリカの声？　でもさっき聞こえたのは男の人の声で……？)

どんよりと曇っていたミアの意識がだんだん鮮明になっていく。

(何だか懐かしい、でも新しい声は誰の――？)

「ミア、起きて！」

「――――はっ！」

ふわふわとした意識の中、ミアはマリカの切羽《せっぱ》詰まったような声で目が覚めた。だが、頭はまだぼんやりとしていて、上手く思考が回っていない。

「……あれ？　どうなって……？」

ミアが目を開けるとぼやけた視界に白い人影が映る。それはミアがよく知る友達のものだった。

「あ、マリカ……」

だんだん目の焦点が合ってきたミアの目の前に、凄く心配そうな表情をしたマリカがいた。

「ミア……！　よかった……！」

「へぇ、あれだけ瘴気を浴びても精神が汚染されていないなんて……凄いなぁ」

ミアの目覚めに安堵したマリカの声とは違う別の人間の声に、ミアの心臓がどくんと跳ねる。

（——この声は研究棟を襲った男の人の声だ……！）

ミアが身体を起こそうと慌てて身体を動かした途端、刺すような激痛が身体中を駆け巡る。

「……っ！　ぐうっ……！　……はあ、はあ、はあ……っ！」

（身体中が熱い……！　痛みが全身で暴れ回っているみたい……！）

その強い痛みに、ミアは再びベッドに倒れ込んでしまう。

「ミア！　無理して動いちゃダメ！　魔力神経が傷ついてる！」

ミアが痛みにじっと耐えていると、少しずつ痛みが収まり、何とか声を絞り出す事が出来た。

「……マリカは……大丈夫……？」

彼の狙いはマリカだと知り、何か酷い事をされていないかと心配したミアに、マリカは安心させるよう、落ち着いた声で答えた。

「私は大丈夫。ミアのおかげ」

恐ろしいほどの激痛に苛まれていてもなお、真っ先に自分の身を案じてくれる——そんなミアの優しさに、マリカの心は温かくなる。

「…………よかった……」

マリカが無事と分かって安堵したミアに、少しだけ周りを見る余裕が出てきた。そうして視線だけを動かして部屋の様子を窺ったミアは、高そうな調度品を見てここが貴族の屋敷なのではないかと予想する。そして自分とマリカが大きな天蓋付きベッドの上に置かれている事を理解した。

「ええっと、君、ミアって言うの？　君がこの結界を張っているのかな？」

「え……？」

自分が置かれている状況を整理していたところに、突然結界がどうとか言われたミアは、何の事か分からず戸惑ってしまう。男に言われて改めて部屋の様子を見てみると、自分達の周りを透明な何かが覆っている事に気付く。

「……これは……？」

「ここに連れて来られた瞬間、結界が発動した」

マリカが簡単に説明するが、当然ミアには心当たりがなかった。しかし、今までの事を考えるとあり得るのではないかと思い直す。

そんなミアに、男は更に「あれ？　無自覚みたいだな。自動発動型の魔道具でも持ってるの？」と更に質問を投げてくる。

（……どうしよう。私の力の事は知られないようにした方がいいよね……）

ミアが黙っていると、男は「うーん、困ったなあ」と何かを考えている。

「仕方がない、伯爵に相談しよう。しばらく待っててね。ちなみに逃げようとしても無駄だから」

そう言って男は部屋から出て行ったのだが、「伯爵」という言葉にミアの不安が募っていく。

（もしかしてアードラー伯爵がここに来るの……？）

今すぐ逃げたいと思いつつ、まだ身体が痛くて動けないミアがどうしようかと思っていると、いつもと変わらない声色《こわいろ》でマリカが声を掛けてきた。

「ミア、無理しないで。魔力神経は急速に回復しているから、もう少し待てば魔法が使える筈」

こんな時でも冷静なマリカに、少しだけミアの緊張が溶けてくる。

「マリカはいつ気が付いたの……？　痛くない……？」

マリカが瘴気に当てられた場面を見たミアは、マリカも身体が痛いのではないかと心配する。

「私はミアほど瘴気を浴びていないから大丈夫。それと気が付いたのはこの屋敷に着いた時」

その言葉通り、マリカの身体に痛みはなさそうだった。そして更にマリカが教えてくれた事によると、この部屋は屋敷の最奥にあるらしく、防御結界が張り巡らされているので、普通なら逃げ出すのは難しいとの事だった。

「ミアの魔力神経が完治したら他愛もなく壊す事が出来そうだけど、今はまだ駄目」

魔力神経とは、血管や神経と同じように身体中を隈《くま》なく巡っている、目には見えない魔力の通り道の事で、魔力回路とも言う。

この魔力神経が傷つくと上手く魔力を練り上げる事が出来ず、魔法の発動に支障をきたすのだ。

「目が覚めた時、ミアの状態が酷くて驚いた」

以前、マリカがドアノブを握った時のように皮膚が焼けるような事はなかったが、身体中が瘴気まみれで真っ黒だったと聞かされたミアはゾッとする。

「薄皮一枚ほどの結界が身体を瘴気から守ってくれていたから、身体に傷はない」

どうやらミアは膨大な量の瘴気を防ぐのにかなり無茶をしたらしい。

（うーん。無意識だからよく分からないけれど）

「更に無理矢理結界を発動させたせいで、魔力神経が傷ついたのだと思う」

マリカ曰く、二人がベッドに置かれた瞬間、ミアが瘴気を弾き飛ばして結界を展開したものの、瘴気で弱っているところに限界以上の魔力を使った為、魔力神経が傷付いたという話だった。

「普通なら完治するのに半年は掛かるぐらいの重症。今、無理をすると魔力神経が切れて、魔法が二度と使えなくなる」

（……えっ⁉　それは凄く困る‼）

二度と魔法が使えないと言うマリカの言葉に、ミアはひどく動揺する。

「だから、何があっても魔法を使っちゃ駄目」

「……うん」

マリカの凄く真剣な表情に、ミアは自分の状態がかなり悪いのだと思い知らされる。

「マリカ、この結界の強度は大丈夫かな……？　さっきの男の人は入れなかったの……？」

「あの男はエフィム。魔導国の国立魔導研究院から勧誘に来た人間」

マリカが珍しく忌々しそうに放った言葉に、ミアは先日の事を思い出す。

（あ！　あの人が研究院の人だったんだ……！　そうか、あの人がハニートラップの人か〜）

そのエフィムから、マリカに対する尋常《じんじょう》でない雰囲気を感じ取ったミアは妙に納得する。

「彼はここに入れなかった。ミアの結界が弾いたから」

「そうなんだ。よかった……」

結界が無事に自分達を守ってくれた事に安堵したミアであったが、部屋のドアがガチャッと開き、エフィムともう一人、見覚えのある人物が部屋に入って来たのを見て戦慄《せんりつ》する。

伯爵違いだったらと願っていたけれど、残念ながら願いは届かなかったらしい。

「いやいやいや！　コレは随分と可愛いお嬢さん方だ！」

もう二度と見たくなかったアードラー伯爵の姿に、ウォード邸での出来事を思い出したミアの身体が、ガクガクと震えて止まらなくなる。

「こちらの白い髪のお嬢さんがマリカさんですな！　いやあ、噂に違《たが》わず美しい！　こう見るとアルビノもよいですなあ！」

マリカは無表情ながらも、心の中は嫌悪感でいっぱいであった。褒められても全く嬉しくないし、この伯爵という人物が纏っている雰囲気に、一目見てヤバい奴だと理解したのだ。

「伯爵……！」

アードラー伯爵の言葉にエフィムが困惑した声を上げる。

「いやいや、大丈夫大丈夫！　約束は守ります！　マリカさんは綺麗な状態でお渡ししますとも！　どうぞご心配なく！」

相変わらずのアードラー伯爵の物言いにミアは吐き気を覚え、マリカは絶句する。伯爵はミア達をモノとしか見ていないのだ。きっと彼女達をおもちゃか何かだと思っているのだろう。

そしてマリカは伯爵の「約束」という言葉から、この貴族とエフィムが自分達の身柄に関して何かの契約を交わしているのだろうと当たりを付ける。それはもしかすると王国で噂の人身売買組織と関係があるのではないか――マリカはそう推理した。

（私達のこの状況はエフィムが原因……？　いや、もしかして研究院が絡んでいる……？　その可能性の方が高いかも……ホント、余計な事を‼）

マリカが心の中で伯爵達に怨言《うらみごと》を発していると、その伯爵の視線が今度はミアに向けられた。

その情欲に塗れきった眼を目の当たりにしたミアの顔から、サッと血の気が引いていく。

「こちらのお嬢さんもまた可愛らしい！　実に私好みだ！」

自分好みと言われてこれほど嬉しくない人間が存在するとは、ミアは思いもしなかっただろう。

伯爵のその言葉はミアにとって死刑宣告と何ら変わらないものだった。そうして顔を真っ白にしたミアの顔をねっとりと見回していた伯爵が「おや？」と不思議そうな声を出す。

「お嬢さん、私と何処かでお会いしていませんかねぇ……？」

その言葉に、ミアの全身が凍りつき、ミアの顔をジロジロ見ていた伯爵はウンウンと唸《うな》っている。

「うーむ。何処かで会ったと思うんですけどねぇ」

（どうしよう……！　今は私がユーフェミアだとバレる訳にはいかない……！　何としても気付かれないようにしなきゃ……！）

伯爵達は結界の中には入れない筈だ。であれば、顔が見えないように俯いていたら大丈夫かもしれないと考えたミアは、伯爵から必死に顔を隠す。

ミアのそんな様子に、二人が顔見知りなのではないかと気付いたマリカは、研究棟で無理やり結婚させられそうになったというミアの告白を思い出す。

（——もしかして、ミアが逃げてきた原因の貴族ってコイツなの……⁉）

「うーむ。何処かで会ったと思うんですけどねぇ」

ミアが必死に顔を隠しているのもあってか、伯爵はミアがユーフェミアだと気付かなかった。その事にマリカは改めてアメリアのメイク技術は凄いのだと感心する。しかし安心したのも束の間、伯爵はミアの結界を破るべく調べ始めてしまう。

「エフィムさんはこの結界に入れますか？」

「いいえ。残念ながら僕では弾き出されてしまうんです」

伯爵が「ふんふん」と言いながら結界に触れた瞬間、バチッと音がして伯爵の手を弾いた。結構な痛みがあった筈だったが、伯爵は全く気にした様子がなく、ケロッとしている。

「……うーむ。これは風属性の結界か……？　闇のモノを浄化した結界とはまた違うのか……。

『裏切りのメダイユ』の効果が無効化されている……？　となると……」

ブツブツと言いながら伯爵は結界を解析している。意外な事に魔法に精通しているらしく、ミアの結界の性質を見極めようとしているようだった。

（——もし、アードラー伯爵が結界を解く術を持っていたらどうしよう……！）

ミアの心が不安で満たされる。今のミアは魔法を使えない。この結界が最後の頼みの綱なのだ。

「うーむ。これは強固な結界ですねぇ。ですが闇のモノが一体あれば十分壊せるでしょうなぁ」

伯爵のその言葉に、マリカはコイツがこの一件の黒幕か、と理解する。

「では、今から壊せますか⁉」

エフィムが期待を込めて伯爵に問いかけるが、伯爵の答えは彼にとってよくないものだった。

「それがですなぁ、さすがに今日はもう無理でしてねぇ。明日すぐにでも準備させましょう」

（よかった！　少なくとも明日までは時間が稼げる！　その間にこの状況を何とか出来れば……！）

再び闇のモノが出たら今度こそ終わりだと思っていたミアは、猶予が出来た事に安堵する。

「……そうですよね。折角、マリカが手に入ったのに残念です」

「本当に本当に！　私も早く〈呪術刻印〉を試したいのですがねぇ。初めてはこの子が良かったのに残念残念。今日のところは代わりの女で我慢するしかありませんなぁ！」

二人が交わす会話の内容に、ミアとマリカは震え上がる。特にマリカは初めて伯爵と対面したので、より一層恐怖を感じているのかもしれない。小刻みに震えたマリカの手がきゅっとシーツを握ったのがミアの視界に入る。

「……まあ、お楽しみは取っておくという事で！　お嬢さん、結界が解けたら今日の分もたぁ～っぷり楽しませて貰いますからねぇ……！」

（……ひぃっ！　いやだいやだいやだ……っ‼）

伯爵がニヤニヤと下卑《げび》た笑いを浮かべ、ミアに言い聞かすように声を掛ける。その耐え難い陰鬱な圧迫感に、ミアの心が押し潰されそうになる。そんな恐怖で震えているミアを守るように、マリカがミアと伯爵の間に割って入ってくれた。

「研究棟の結界をどうやって解いたの？」

少しでも情報を得る為か、話を逸らす為か、マリカが伯爵に問い掛けた。

「おやおや、気丈《きじょう》なお嬢さんだ！　よいねぇよいねぇ！　私は君みたいな子が大好きなんだよ！」

伯爵の嬉しそうな声に、ミアはマリカが伯爵に気に入られてしまったのではと不安になる。

「……あぁ、注文品じゃなければ一緒に遊んであげられたのにねぇ……！」

伯爵は研究院と何かの契約をしているのか、マリカには手を出せないらしくとても悔しそうだ。

「あぁ、そうそう、結界ですけどね、綺麗なものは穢し尽くせばよいんですよ。簡単な事でしょ？」

闇のモノを乱発して聖なる結界を穢しまくったのだと楽しそうに話す伯爵に、ミアとマリカは底知れない恐怖を感じた。この人間の感性は尋常じゃないと頭の中で警鐘が鳴り響く。

「聖なる力で穢れが祓えるなら、穢れた力で聖なるものを汚せばその力は失われるっていうだけの話です。私からしたら聖属性なんて特別でも何でもないんですよ」

……確かに、聖なるものが穢れを祓えるように、その逆もまた然り、だ。一部の人間の中には美しいものを穢したいという欲求を持っている人間もいるだろうが、伯爵の場合は次元が違った。

身体の全て――いや、存在自体がまるで「穢れを纏う闇」のようだと、二人は感じたのだ。

そしてミアは自分の力が伯爵に通じないのだと知り恐怖する。ずっと聖属性は無敵なのだと思い込んでいた自分の考えが、正面から否定されてしまったのだ。

「まあ、それでも聖属性は希少とされていますしねぇ。それに今、法国が血眼《ちまなこ》になって探しているらしいんですよ、聖属性の人間。ええっと、お嬢さんはミアさんと仰るんでしたっけ？　ミアさんは聖属性でしょ？　ミアさんを法国に連れて行けば良い条件で取引出来るんですけどねぇ」

マリカは法国が聖属性の人間を集めていると聞き、ディルクの言葉を思い出す。

（そう言えばディルクが最近法国が騒がしいとか言っていたけれど……何か関係が……？）

ただでさえ聖属性の人間を独占している法国が、碌《ろく》でもない事を企んでいるのだろうか。

「魔導国でも人材を集めていらっしゃるでしょ？　何かきな臭いですよねぇ」

「……それは、院長をサポート出来る優秀な人材が必要だからで……」

伯爵にエフィムがオロオロしながら弁解をするが、何だか雲行きが怪しい話になってきた。

魔導国も人を集めていると知ったミアは、だからマリカをしつこく勧誘したのかと納得する。

「おっと、お嬢さん方に聞かせる話ではありませんねぇ。失礼失礼」

そう言って伯爵が部屋から出ていこうとした気配に、やっと緊張が解けると安堵しかけたミアだったが、振り返った伯爵が舐《な》め回すような視線をミアに向けて言った。

「ミアさん、明日を楽しみにしていますよ」

あまりの気持ち悪さに、胸の奥から悪心《おしん》が込み上げてきて、ミアの視界が滲《にじ》んでしまう。

ミアは初恋の少年の名前を何度も呼んで、助けを求める。

（——ハル……‼　ハル！　助けて……‼）

遠い帝国にいるであろう少年に、きっとその声は届かない。それでもミアはずっと少年の名前を呼び続ける。そうする事で、彼女は今まで何度も心を守り続けてきたのだ。


そうして伯爵達が出ていった部屋には、その華奢《きゃしゃ》な身体を未だにカタカタと震えさせたミアと、そんなミアを心配しながら話しかけるマリカの二人が残されていた。

「ミア……大丈夫？」

涙目で震えているミアの背中を、マリカが優しくさすって落ち着かせようとしている。マリカだって怖かっただろうに、そんな彼女の気遣いがミアはとても嬉しかった。

「今のが無理やり結婚させられそうだと言ってた貴族？」

「……うん」

初めてマリカと会った日に、色々と自分の事情を話したっけ、とミアは思い出す。そんなに時間は経っていない筈なのに、何だかあの頃が凄く懐かしいとミアは感じていた。

一方マリカは、あの時研究棟でディルクが「あちゃー」って顔をしていた理由を理解した。

「……確かに。アレはアカンやつや」

マリカが激しく納得していると、ミアが恐る恐る質問する。

「マリカ……私の魔力神経、明日中に治るかな……？」

先程マリカが急速に治っていると言ってくれた事もあり、一晩経てば魔力神経が治っているのでは、とミアは期待した。しかし、ミアのその期待はマリカの表情を見て霧散してしまう。

「ミアの治癒能力は本当に桁違いに凄いけど……それでも三日はかかる」

本当はミアに大丈夫だと言ってあげたかったマリカだったが、変に期待させるのは悪手だと判断し、正直に告げる事にした。

（……そうだよね。通常なら半年も掛かる魔力神経の損傷が、たった一日で治る訳ないか……）

ミアはもしかしたらと、少し期待してしまったのだ。伯爵も聖属性は特別じゃないと言っていたのに、いつの間にか自分の力を過信し過ぎていたのかもしれない……そんなミアに、マリカが力強く声を掛けた。

「……ミア、伯爵の言葉に惑わされないで」

「マリカ……」

「伯爵は言葉に〈言霊〉を乗せている」

「え⁉」

「だから、伯爵の言葉に過剰反応を起こしてる」

マリカの言葉にミアはハッとする。アードラー伯爵の声や言葉を聞くと、全身で拒否反応が出るのはそのせいだったのだと気が付いたのだ。伯爵が喋ると震えが止まらなかったのもそれが原因だろう。彼の言う内容が気持ち悪いというのも大きい理由であるが。


マリカは伯爵が去り際に放った言葉で違和感の正体に気が付いた。奴は言葉の端々《はしばし》に呪詛のような言霊を乗せている——と。そして伯爵が闇属性でも精神に悪影響を及ぼす類の魔法を使う、邪法魔術師なのだと思い至る。

(これはかなり危険な相手だ。最悪の事態も考慮に入れないといけないかも……)

小さく芽生えた恐怖心がミアの心に根を張って、大樹が成長するかのように枝を伸ばし、恐怖心を増大させているのだろう。魔力神経が傷ついた今のミアに抵抗する術《すべ》がないのが悔やまれる。

(……姑息《こそく》な奴め、そんな奴のせいでミアが心を病《や》むなんて……!)

マリカは伯爵に対し、今まで抱いた事がない程の怒りを燃やす。

「私にとって、ミアの存在は奇跡そのもの。私はミアの力で救われたの」

「……ありがとう、マリカ」

ミアはマリカの励ましがとても嬉しかった。自分が弱気にならないように、心を強く持つようにと気遣ってくれているのが凄く伝わってきたのだ。

そして微笑むミアを見て、マリカもまた心がほっこりと温かくなるのを感じていた。それはマリカだけでなく、ディルクや商会の皆んなが感じている事だった。

そんなマリカの励ましによって心が軽くなったミアはいつもの調子を取り戻す。

(——そうだ、私はハルとの約束を守らなきゃいけないんだ!)

「凄く怖くて不安だったけど、マリカのおかげで大分マシになったよ」

そうして密《ひそ》かに、マリカだけでも無事に帰してあげたいと心から思う。

(……私はどうなってもよい。生きてさえいれば、いつかハルに逢える筈だもの)

しかし魔導国へ連れて行かれれば拘束監禁されてしまうとマリカは言っていた。そうなると彼女はもう二度とディルクに逢えないかもしれない。せっかく心と身体を蝕んでいた澱みがなくなり、これから幸せになれる筈だったのに……ミアはそう考えると、マリカを守ろうと強く決意する。

(——そんなのは絶対ダメ! 私がマリカを守るんだ‼)

必ずマリカを守るという目標が出来たからか、ミアの身体の震えはいつの間にか収まっていた。

「マリカ、アードラー伯爵について分かった事ある?」

ミアは大人しく言いなりになるのは絶対に嫌だと、そして抵抗する術があるなら何でもしたいと思うようになっていた。ミアの精神が大分落ち着いたので、何か対抗策はないかと二人で相談する内に、お互いの心に余裕が生まれてくる。やはり、人間何かの目標を持つとよいのかもしれない。そうする事で、あちこちに散らばっているヒントを見付け、答えに辿り着く事が出来るのだろう。

「伯爵は闇属性を持っていると思う。さっきの〈言霊〉のように、闇属性でも人の精神に干渉する魔法が得意かも」

闇属性が精神に干渉出来ると聞くと、普通の人間は悪いイメージを抱くだろう。しかしそれは闇属性を使う者の心次第なのだ、とミアは考える。闇魔法で苦痛ではなく安らぎを与え、悪い感情を消し去れば、人々を苦しみから救う事だって出来るのに……と、思うと凄く悔しかった。

伯爵は自身の悍《おぞ》ましい欲望の為に、今までどれだけの人を不幸にして来たのか——話を聞く限りかなりの人間が犠牲になっている筈だ。

「今までどうして伯爵は捕まらないんだろうって思っていたけど、闇魔法で有耶無耶《うやむや》にしていたのかな……？」

「多分そう。証言だけでは証拠にならないし」

「証拠とか、上手く消してそうだよね」

裁判をしたとしても人的証拠は意味がなさそうだ。何とか物的証拠を残せれば伯爵の悪事を明らかに出来るのにと、ミアは歯痒《はがゆ》く思う。

「証拠を残すにはどうすればいいんだろう？」

闇魔法を無効化出来て、精神干渉されなかったとしても物的証拠が問題だ。

ミアが「うーん」と悩んでいると、マリカがちょいちょいとミアをつつく。

「ミア、これ」

マリカが指をさしたものを見たミアは「あ！」と思い出す。

「そうか、これがあったんだ！」

何という僥倖！　これで証拠の件はバッチリ取れる！　と、ミアは喜んだ。

後は使うタイミングだが、伯爵には絶対バレないようにしなければならない。

「これで少し希望が見えてきたね。最後まで諦めずに頑張ろうね」

「うん」

（――マリカ一人が拐われなくて本当に良かった）

二人一緒だった事が不幸中の幸いだった。こうして伯爵達に抵抗する為の相談をする事で、ミアの心を覆っていた不安はかなり薄くなっていた。それにマリカが「きっと大丈夫」と言ってくれたので、ミアは心強く思う。

（次に伯爵と会っても怯まないように心をしっかり持たなきゃ！）

この状況から脱却出来る可能性を見出したミアは、安心してしまったのか、かなり眠そうにうつらうつらしている。そんなミアに気付いたマリカは休息を取るように声を掛ける。

「ミア、身体にかなり負担が掛かっている状態だからちゃんと休んで。じゃないと魔力神経の回復が遅れる」

「マリカは……？」

「私も少し休む。疲れていたら何事も上手くいかないから」

マリカの休むという言葉と優しい声を聞いている内に、ミアの意識は深い眠りの淵に滑り込んでいった。

――そうして眠りについたミアは、マリカが自分の為に揺るがない決意を固めていた事など、知る由《よし》もなかったのだ。

眠りに落ちたミアのあどけない寝顔を見ながら、マリカは考える。

ミアと初めて会った時に思った、天使や女神かな、という印象は別の意味で確信になった。

ミアはその心も、持っている力も、まるで本物の聖女のように、女神のように美しく輝いている。

（そんなミアを、こんなところで……こんな事で失う訳にはいかない）

今、この世界はミアを必要としている――そんな大きな、人間では計り知れないほどの、何かの意思をマリカは感じていた。

（――ならば、私に出来る事は一つだけ……全身全霊をかけて、ミアを守る事だ）


――ディルク……。


マリカはいつも優しく微笑んで、自分を守ってくれる愛しい人へと思いを馳せる。

ディルクがマリカを守ってくれたように、マリカもミアを守りたいと思う。きっとそれが、巡り巡ってディルクの幸せに繋がるのだと、そう信じられるから。

それで、もう二度とディルクに会えなくなったとしても……それでも、マリカは固く決意する。


「ミアは、必ず私が守る」

光を目指す者 1（ハル視点）

ミアの存在を確認した俺は、直ぐさま王国へ向かう準備を始める。

まずはナゼール王国に訪問を通達する必要があるので、マリウスに通信の魔道具で「至急の用件で今から貴国を訪問する」とエリーアスへ伝えるように言い、準備を進めていった。

今回は急を要する為、飛竜を使って王国に向かう事にする。この世界で一番速い移動手段は、飛竜に騎乗して移動する事だからだ。

陸路で行くと早くて十日はかかる王国へたった一日で到着出来るのだが、その分かかる維持コストは半端ない。それは飛竜が希少だという事、調教できる人間が少ない事、管理をするのが大変な事など、理由を挙げれば切りがない。ちなみに飛竜便が高いのも同じ理由である。

自慢ではないが、我が帝国が保持する飛竜の数は世界一だ。しかも繁殖にも成功しているので、その数は年々増えていっている。

最近は他の国も帝国に追随する為に、飛竜を手に入れようと躍起《やっき》になっていると聞く。飛竜の所有数が軍事力に繋がるというのに今更ながら気付いたらしい。

――とにかく、我が帝国の優秀な飛竜師団なら最速でミアのもとに行けるだろう。

ついでに王国関係のアレコレも一気に片を付けさせて貰おうか。

俺達は途中休憩の間も惜しんで王国へ向かう。

飛竜達には頑張って貰っているので、王国へ着いたら思いっきり労ってやらなければ。

「無理させて悪いな。王国に着いたらご馳走《ちそう》食べさせてやっからな。もうちょい頑張ってくれ」

「キュイ！」

飛竜の首を撫でながら言うと、言葉を理解しているのか飛竜が鳴き声で答えてくれる。うーん、可愛い奴め。

俺とマリウスの他、イルマリ達側近三名の合計五人はそれぞれ五頭の飛竜に騎乗し、先行して王国へ向かっているが、他にも物資や食料を積んだ運搬用の飛竜もおり、そこには荷物と一緒にランベルト商会会頭ハンスも同乗している。

しばらくして俺達は王国の領域に入り、そのまま王宮裏手にある騎士団の演習場へ向かう。そこでエリーアスが飛竜を受け入れる為に手筈を整えてくれているらしい。

演習場に飛竜が着地すると、王国騎士団の精鋭達が整列して出迎える。王国に飛竜はいないので、騎士達が物珍しそうに飛竜を眺めているのが見て取れた。

『うわ〜、俺、本物見るの初めてだ……カッコイイ！』

『調教がしっかりしているのか、ずいぶん大人しいな』

ふっふっふ。そうだろう、そうだろう。我が帝国自慢の飛竜達だからな！

「レオンハルト殿下、お初にお目にかかります。私はナゼール王国王太子マティアス・ノディエ・ナゼールです。ようこそおいでいただきました」

わざわざ王太子が挨拶にやって来たので、俺も深く被っていたフードを脱いで挨拶する。

「レオンハルト・ティセリウス・エルネスト・バルドゥルだ。突然の来訪にもかかわらず、多大なる配慮に感謝する」

俺がフードを脱いだ途端、周りがザワッとしたけど、やっぱり黒髪って珍しいんだろうな。王国に黒髪の人間はいないらしいし。

エリーアスも王太子達と出迎えに来てくれていたが、とにかく今はミアの事が最優先だったので軽く挨拶をする程度にし、失礼を承知でランベルト商会へ向かわせて貰う。

王太子の後ろに丸々と太った女がいたので、誰だと思い去り際にチラッと見ると、なんとびっくりのビッチだった。一体何があったんだというぐらい様変わりしていて、思わず笑いが漏れてしまったのは仕方がない。人間って短期間であんなに変わるの？　っていうぐらい凄かった。

そして王国から手配された馬を借り、マリウスとハンス、部下達数名と共にランベルト商会へ向かう。王国からも護衛を出すと申し出があったが辞退した。恐らく俺は魔法を使うだろう。王国に協力して貰っているとは言え、こちらの手の内を見せる訳にはいかないのだ。

馬を急がせ、商会へ向かう途中もずっとミアの事を考える。

——ミアっ……‼　どうか無事でいてくれ……‼

本当は何もかも置いてミアを探しに来たかった。居場所だって手当たり次第に探したかったけど、こういう時ほど落ち着いて行動しなければ余計に時間がかかるという事を理解しているので、今は無理やり感情を抑え込んでいるのだ。

もうすぐランベルト商会に着くというところで遠目から店を窺うと、何だか様子がいつもと違う事に気付く。以前見た時は賑やかで人に溢れていた店が今はしんと静まり返っていて、まるで休業しているように見える。まさかの休業日か⁉　間が悪いにもほどがあんだろっ‼

「ハンス‼　今日は休業日か⁉」

「いや、そんな筈はありませんが……」

ハンスも店が閉まっている理由が分からないとの事だった。嫌な予感がしたものの、取り敢えずそのまま馬を走らせる。

様子を見ようと店に近づくと「臨時休業」の張り紙が貼ってあった。臨時って……。

「裏口から入りましょう。こちらへどうぞ」

「……ああ、分かった」

ハンスの言葉に同意した俺は、馬を部下に任せると、ハンスと一緒に店の裏口に回る。そしてハンスが裏口の鍵を開けて店内に入って行ったので、その後ろをついて行く。

店内を見渡すと随分と防犯が行き届いているのに気が付いた。しかも情報漏洩《ろうえい》対策までガッチガチに固めている。俺の執務室レベルの警戒態勢だ。興味津々《しんしん》で店内を眺めていた俺とハンスの気配に気付いた従業員が、かなり驚いた様子で声を掛けてきた。

「誰だ⁉」

「お前ディルクだよな？　眼鏡はどうした？」

こちらに気付いた従業員は俺より少し年上ぐらいの若い男だった。

「親父⁉　どうしてここに⁉　随分早い到着で……って‼　え⁉　レオンハルト殿下⁉」

ディルクと呼ばれた若い男は俺に気付くと慌てた様子で礼を執《と》る。

「親父？　え？　ハンスの息子⁉」

俺は俺で驚いた。ハンスの息子ディルクは予想以上に若くてキレイな顔をしていたからだ。

……お母さん似かな？

「取り敢えず顔を上げてくれ。お前がミアの事を知らせてくれた者か。おかげでミアの居場所が分かったし、ブレスレットも届けてくれて助かった。礼を言う」

俺が声を掛けると、ディルクの雰囲気が暗くなっていくのを見て、俺は最悪の事態が起こっていると察した。

「まさか……⁉」

「……大変申し訳ありません、殿下。ミア嬢と我が商会の魔道具師が何者かに拐われました」

どうやら一足違いで、既にミアは拐われてしまった後だった。


――俺、そろそろキレてもいいよな？

第九章　闇に捕らえられた二人２

ドアが開いた音に、ミアは眠りから目が覚めた。

（――あれ、ここはどこだっけ……？）

「へえ、こんな状況でも眠れるなんて、随分肝が据わっているね」

「――――っ！」

聞こえてきた声に嫌でも現実に引き戻される。マリカもその声に気付いて慌てて起きたようだ。

ミアが顔だけ動かしてドアの方を見ると、エフィムが食事をのせたトレーを持って立っていた。

「昨日から食べていないだろう？　食事を持ってきたんだけど、結界を解いてくれないかな？」

確かに、昨日から飲まず食わずだったので、ミアのお腹はかなり空いているし喉も渇いていた。

しかし何が入っているか分からないものを食べたりするほど能天気《のうてんき》ではないので「結構です！」と断ると、マリカも「いらない」と一緒に拒否したので、エフィムは残念そうにため息をつく。

「まあ、無理にとは言わないけど、これからの事を考えて体力はつけておいた方がよいと思うよ」

エフィムの「これからの事」という言葉に、ミアの心がズキッと痛む。

「あの伯爵の欲望は底なしだよ？　昨日だって五人気絶させているからね。今日は多分君一人で相手させられると思うけど。大丈夫かな？」

「――――っ‼」

ミアはその言葉に酷く動揺する。そしてそんなミアを見たマリカはエフィムに殺意を抱く。

（本当にコイツは……‼　ミアになんて事を！　ここから無事に出られたら百倍返しだ‼）

エフィムはそんなマリカの心の内を察する事なく話し続ける。

「そうそう、マリカは余り伯爵の気を惹かないで大人しくしておくんだよ？　じゃないと、僕でも守ってあげられないからね」

「………」

何も答えないマリカに肩を竦《すく》めながらエフィムは持ってきた食事を机の上に置いた。

「ここに置いておくから気が向いたら食べなよ。今は大丈夫だけど、その内伯爵が来ると思うよ」

（……伯爵が来てしまう……！　もう「穢れを纏う闇」を使う準備が出来たという事……？）

伯爵が来ると聞いて狼狽えるミアの耳に、マリカから気になる単語が聞こえてきた。

「〈呪術刻印〉で何をするの？」

（――〈呪術刻印〉……？　そう言えばアードラー伯爵が言ってたっけ）

昨日は怖くて深く考えられなかったが、名称からして碌なものじゃなさそうだ。

「マリカも興味あるの⁉　だとしたら嬉しいな！」

マリカに話しかけられたエフィムは随分嬉しそうで、ぱあっと笑顔でマリカに答えている。

「興味ある。だから教えて」

マリカは昔見た法国関係の文献を思い出していた。その当時は詳しい事が分からないままだったが、エフィムが知っているのなら聞いておいて損はない筈だと算段する。

「うん、いいよ！　〈呪術刻印〉と言ってもいくつか種類があるんだけど、今回の〈呪術刻印〉はね、用途に応じた術式を書いて魔道具を使うように、生き物の身体に直接術式を刻み込んで使用するんだ。術式の種類や、術式を刻み込む場所によって色々使い分けが出来てね、今回は刻印から脳に直接魔力を送る事が出来て、痛覚や触覚などを思うように操れるんだ」

エフィムはまるで熱病に浮かされたように、焦点が合わない目でうっとりと語り出した。その異様な様に、ミアは気味の悪さを感じてしまう。

そしてマリカはエフィムの予想外の喰い付きに驚いていた。てっきり教えるのを渋られると思っていたからだ。エフィムはマリカに良いところを見せたかったのか、スラスラと講釈を垂れ流している。そんなエフィムの語る内容から、マリカはミアを治すヒントを見付け出す。

〈脳に作用する術式……であれば、神経との関わり等も細かく記載されている筈。なら、ミアの魔力神経について何か分かるかもしれない〉

「この〈呪術刻印〉の凄いところはね、ありとあらゆる痛みを与えられるところだよ。しかも身体に一切の負担がなくね！　実際に腕を切り落としたら、一回しか苦痛を与えられないだろう？　でもこの〈呪術刻印〉だったら、何度でも腕を切り落とした痛みを与える事が出来るんだ！　ね？　凄いでしょう？　人類が考えた中でも最悪の拷問だと思わない？」

エフィムが同意を求めてくるが、それはとても同意できる内容ではない。そんな恐ろしいものを伯爵達は使おうとしているのか、と二人は慄然《りつぜん》とする。

「ああ、でも安心して？　君に掛ける〈呪術刻印〉は苦痛を与えるものじゃないよ。快楽を与えるものだから、未経験でもすぐ絶頂出来るよ。昨日の夜、伯爵が試したら、あまりの快楽に女達は皆んな堕《お》ちちゃってね。もうすっかり伯爵の言いなりになっちゃったよ」

エフィムは自分の研究が成功した喜びに酔いしれているのか、恍惚《こうこつ》とした表情を浮かべていた。

そんなエフィムの話を聞いたミアは、底のない穴に落ちていくような恐ろしい気持ちになる。

（……ああ、どうしよう……そんなの嫌だ……‼　怖い……怖いよ……ハル、ハル……‼）

さっきまで心を強く持とうと頑張っていたミアだったが、怖くて怖くて、おかしくなりそうだった。そして恐怖で血の気が引くと、身体が震えて歯がカチカチ噛み合って止まらず、ぎゅっと自身を抱きしめた。そんなミアの身体を、ふわっと温かいものが包み込む。

「ミア、しっかりして」

マリカがミアを抱きしめると、その温かさに今まで堪《こら》えていたミアの涙が溢れ出る。

「……マリカ……怖いよ……！」

恐怖で震えるミアの背中を優しくさすりながら、マリカがエフィムに問いかける。

「〈呪術刻印〉は法国で禁呪指定された筈。どうして貴方はそんなに詳しいの？」

「それはね、伯爵が僕に〈呪術刻印〉の事が書かれた魔導書を与えてくれたからだよ。それを参考に僕が〈呪術刻印〉を復活させたんだ。僕は君と同じ術式再現の天才だからね！　どうだい？　僕の方があのディルクより君に相応しいと思わない？　だから僕と一緒に魔導国へ行こうよ！」

「……アードラー伯爵が、貴方に禁呪が書かれた魔導書を？」

「そうだよ。伯爵が知り合いから譲り受けたんだって。ねぇ、マリカ。僕を選んでよ！　絶対大切にするよ！」

マリカは不本意ながらも、ミアの為になるのなら、と思い、エフィムに禁呪が書かれた魔導書を見せてくれるように頼む事にした。

「その魔導書を見せてくれたら」

「――マリカ⁉」

まさかのマリカの言葉に驚愕して、ミアの身体の震えが思わず止まってしまう。

エフィムは「本当⁉　分かった！　すぐ取ってくるね！」と言い、部屋から飛び出して行った。

「マリカ‼　どうしてそんな約束しちゃうの⁉　ディルクさんが悲しむよ！」

ミアはマリカを問い質《ただ》すが、マリカの返事は拍子抜けするようなものだった。

「約束はしていない」

「……え？」

「選ぶとは言っていない」

（……ああ、うん。まあ、そう言えばそうだけど……って、ええ〜……）

「そんな理屈通るかなあ」

何だか子供の言いそうな屁理屈《へりくつ》というか何と言うか、それが果たしてエフィムに通じるのだろうかとミアは心配になった。傍から見てもエフィムのマリカへの執着は凄まじいのだ。

しかし、マリカの事だから何か考えがあるのだろうと、ミアは無理やり納得する事にする。

それからしばらくして、エフィムが黒い革張りの古そうな本を持って戻って来た。所々傷んでいるその本は装丁も何もなくて魔導書には見えないが、何か不気味な雰囲気を漂わせている。

「これがその魔導書だよ！　さあ、こっちにおいで！　一緒に見ようよ！　僕が教えてあげるよ！」

エフィムがマリカを結界から出そうとするのを、ミアが慌てて止める。

「マリカ、結界から出ちゃ駄目だよ！」

ミアの言葉にマリカは「うん。分かってる」と返事をすると、結界の端まで移動してちょこんと座る。そしてエフィムに向かって「私はここで見ているから、ページを捲《めく》ってほしい」と言った。

（……え？　それってアリなの？）

そんなマリカに驚いたミアだったが、肝心のエフィムは嬉々《きき》としてマリカに従っている。

「うんうん、いいよ！　じゃあ、僕が読ませてあげるね！」

（あ、いいんだ。……まあ、本人がそれでいいなら、ねぇ）

ミアはエフィムの扱いが上手いマリカに感心する。そしてエフィムが尽くす系だった事に驚いた。てっきり彼は俺様系だと思っていたので意外だったのだ。

ミアはマリカに何かあったらと思い、マリカの傍にいたかったが、まだ魔力神経が傷付いているので起き上がれない。その為、ベッドの上で二人の様子を眺める事しか出来ない自分を歯痒く思う。せめて身体だけでも自由に動くようになればいいのにと思わずにいられない。

初めは心配していたミアであったが、意外な事にマリカとエフィムは真面目に魔導書を読みながら、あれこれと話し込んでいて、気が付けば結構な時間が経過していた。医術的な難しい単語がたくさん出る会話の応酬に、やっぱり二人は頭が良いんだな、とミアは再認識させられる。

マリカは研究者の気質があるので、知識欲が旺盛《おうせい》なのだろう。しかし禁呪と言われている〈呪術刻印〉を覚えても大丈夫なのかと心配になる。

「刻印のこの部分が感覚神経に干渉している箇所？」

「そうだよ。ここが視床《ししょう》で、ここからここまでが視床下部に干渉する刻印だね。この刻印で本能を司《つかさど》る視床下部に、魔力を通して偽の情報を送るんだ」

エフィムがはじめた魔導書の解説を聞いていたマリカは、その内容が凄く分かりやすい事に驚いていた。しかも、本だけの知識では理解出来なかった事が、お互いの意見を出し合って検証していくにつれ、たくさん新しい発見をする事が出来たのだ。

――なるほど、流石に魔導研究院に在籍し、副院長が優秀だと称するだけはあるな、とマリカはエフィムを評価する。きっと、その才能が彼を驕《おご》り高ぶらせているのだろう。普段の彼は偉そうで苦手だったが、こうして術式の話をしている時のエフィムは生き生きとしていて嫌いではない。それに今まで真剣に研究に取り組んできたのだという事が伝わってくる。

そう言えば、術式の事でこうして語り合ったのはエフィムが初めてだったな、とマリカは思う。今までは自分ひとりでやって来たけれど、こうして人と話す事で新たな発見があるのだと、改めて気付かされたのだ。

（……ああ、そうか。ディルクが研究院に行く事を勧めてくれたのは、全て私の為だったんだ――）

マリカの心に改めて、ディルクへの思いが募ってくる。

（――会いたい、会いたい……ディルクに会いたいよ……）

マリカはギュッと目を瞑《つぶ》ると、決心するように立ち上がり、エフィムの講義を打ち切った。

――それはまるで、ディルクへの想いを振り切るかのようでもあった。

そうしてミアがしばらく二人の様子を見ていると、ある程度〈呪術刻印〉の構造を理解出来たらしいマリカが立ち上がり「疲れたからここまででいい」と言って戻って来た。

「……あ、ああ、そうだよね！　つい夢中になっちゃったよ！　ごめんね！」

エフィムは名残惜しそうにしていたが、マリカが疲れているのなら、と気遣う素振りを見せ、潔《いさぎよ》く身を引いて部屋から出ていった。その様子に、ミアはエフィムがかなり本気でマリカの事を好きなのではと思う。

「マリカ、大丈夫？　疲れたんでしょう？　仮眠取る？」

本当はいつ伯爵が来るか分からないので、そんな余裕はないのだが、ミアにはマリカがかなり無理しているように見えたのだ。

「私は大丈夫。それより、ミアに試したい事がある」

「試したい事……？」

マリカの予想通り、魔導書には神経についての記載が多数あった。昔の本にしては事細かく書かれていたので、恐らく生きた人間を使って調べたのだろう。実に魔導書らしい下衆さであった。

正直気分が悪いが、使えるものは何だって使ってやろう——ミアを助ける為ならば、地獄に堕ちたって構わない、とマリカは思う。

「え！　じゃあ、マリカが魔導書を見たいと言ったのはそれが理由？」

「うん。脳に作用する術式という事は、神経についての記述も必ずあると思ったから」

マリカの説明は、ミアの傷付いた魔力神経にパスを通し、魔力の巡りを良くする事でかなり早く回復出来るかもしれない、というものだった。そんな難しい事をこの短時間で思い付いて、直ぐさま行動に移すマリカを、ミアは心から尊敬する。

エフィムも頭が良いとは思っていたが、マリカと比べるのが烏滸《おこ》がましい程レベルが違う。しかし、その術式を使ってもなお、魔力神経の完治には時間が掛かる。それでもかなり早く治るのであれば、試さない訳にはいかないだろう。

「〈呪術刻印〉と違って、身体に術式を刻み込む訳じゃないから心配しなくても大丈夫」

マリカはそう言うと、ミアの首の後ろ――うなじの部分に触れる。

首の骨の中には脊髄《せきずい》という神経があり、脊髄から脊髄神経が身体中に張り巡らされている。魔力神経も脊髄神経と重なるように通っているので、そこから術式を使って魔力を流し込むのだ。

マリカが呪文の詠唱をしながら、うなじに術式を魔力で描いていく。すると、身体の中心に何かが通るような感じがして、背中がぞくぞくとした。その何かが背中を通り過ぎると、今度は身体がポカポカして、ミアの身体中の痛みが消えていく。

どうやら魔力同士が上手く馴染んだようで、魔力神経の動きが活発になったのが視てとれた。

「何だかとても温かくて気持ちいいね。痛みが引いていって、だいぶ楽になってきたよ」

「今がとても大事な時だから、絶対動かないで」

マリカ曰く、魔力神経・脊髄神経共にデリケートで、魔力を通している時に不用意に動くと全身の神経が切れて想像を絶する痛みに襲われ、下手をするとショック死するかも、との事だった。

「う、うん！　ちゃんと気を付けるけど、どれぐらい待てばよいのかな？」

ミアの問いにマリカが「それは……」と何かを言いかけた時、ドアが開く音がしたと思うと、今一番会いたくない人物が部屋に入ってきた。

「ややあ、お待たせしてすまなかったね！　さあ、私と一緒に楽しもう！」

——本当に最悪なタイミングで、最悪な人物が現れた。

部屋の入口には、好色そうな厭《いや》らしい笑顔を浮かべたアードラー伯爵と、どこか期待に満ちていそうな雰囲気のエフィムが立っている。

そして部屋に入って来た伯爵は、ミアに向かってとても嬉しそうな顔をして言った。

「昨日は一緒に遊べなくて悪かったね！　お詫《わ》びに今日は一晩中可愛がってあげるからね！」

（——ひっ⁉　いやだいやだいやだ‼　誰もそんなの望んでいない‼）

ミアが恐怖で震えていると、マリカがミアを隠すようにして伯爵に話し掛ける。

「今ミアを動かす訳にはいかない。彼女は身体中負傷している」

マリカの言葉に伯爵は片眉を上げると「おや⁉」という表情をする。

「まあまあ、闇のモノの瘴気を真正面から浴びればそうなりますわな」

伯爵はウンウン頷いて納得していたが、突然顔を歪め、凄い剣幕《まく》で捲したて始めた。

「でもね！　私は我慢するのが大っ嫌いなんですよ‼　もうこれ以上は待てませんねぇ‼　ああ、穢れのない美しい少女が快楽に善《よ》がり狂う様はさぞや圧巻でしょうなあ‼」

「——‼」

伯爵の言葉がどんどんミアの心を蝕んでいく。伯爵は負の感情を言霊にしてミア達を恐怖で支配しようとしているのかもしれない。

「だからね、ミアさんの負傷した痛みもすぐ快感に変換してあげますから‼　大丈夫大丈夫‼　昨日の女達も最後には私を欲しがって大変でしたよ！　いやあ、参った参った！」

マリカは伯爵に「その女性達はどうしたの？　貴方を待っているんじゃないの？」と質問する。

「ああ、さすがに一日中相手は出来ませんからねぇ。今は私の『友人達』に貸しているんですよ。お互い持ちつ持たれつでしてねぇ！」

「――なっ⁉」

その「友人達」という言葉に二人は驚いた。どうやらこの屋敷には大勢の人間がいるらしい。

「ミアさんにもその内紹介してあげますからね！　なあに、そう怖がらなくても皆さん紳士ですから！　家筋も良い人間ばかりですよ！」

伯爵が今まで散々悪どい事をしてきたのは明白であったが、未だ貴族でいられるのが不思議だった。それはやはり貴族の協力者達がいたからだったのだ。

その貴族達も一緒にまとめて捕まえる事が出来たらいいのに！　と、ミアは悔しく思う。

「……いや、待てよ？　そうだ！　友人達にもミアさんが堕ちていく様を見せてあげよう！　うん、そうしよう！　皆んな喜ぶぞ‼」

一人で納得した伯爵が、胸から黒い玉のようなものを取り出した。何かが蠢いているように見えるその玉を見たマリカが、ハッと息を飲む。

「――『穢れを纏う闇』……！」

ミアは伯爵が持っている黒い玉を見て、底しれぬ恐怖を覚える。アレがこの世に放たれてしまったら、自分に為す術はないだろう。

伯爵が今まさにその玉を投げつけようとしたその時、マリカが「待って‼」と大声で叫ぶ。

初めて聞くマリカの声にびっくりしたミアだったが、それは伯爵も同じだったようで、振り上げた腕をピタッと止めてこちらを見ていた。

「おやおや、どうしました？　マリカさん」

マリカは伯爵の質問に答えず、未だ動けないミアへと向き合う。

これから自分がする事を、ミアはきっと許さないだろうとマリカは理解していた。

――許されなくてもいい。だけど、嫌われるのだけは耐えられない――でも、それでも、ミアを守りたいのだと、マリカは、マリカは心から思う。

意を決したマリカは、ミアの耳元でそっと囁いた。

「……ミア、私を嫌いにならないで。それとディルクに『ごめんなさい』と伝えてくれる？」

「――‼」

マリカから告げられた言葉に、ミアの頭の中は真っ白になる。

マリカはすっと立ち上がると、伯爵へと歩み寄る。その後ろ姿にミアは酷く嫌な予感を覚えた。

「待って‼　マリカ行かないで‼」

ミアの声に、マリカはふるっと肩を震わせる。

――私はたくさんミアに救われたのだ。私を過去の澱みから解放してくれた、生まれ変わらせてくれた……初めての、大好きな親友――マリカの胸の中に、ミアへの感謝の気持ちが溢れてくる。

マリカはもう一度ミアへ振り向くと、ふわっと優しく微笑んだ。

――その綺麗な笑顔に、ミアの胸が締め付けられる。

そうしていつものように、凛とした声で、マリカが伯爵に答えた。

「私がミアの代わりになる」

「……ほう！」

「なっ⁉　マリカ本気なの⁉」

マリカの言葉に、伯爵は珍しそうに、エフィムは戸惑いの声をあげる。

「ダメ‼　マリカやめて‼　お願い‼」

ミアが必死になって訴えるが、マリカはやめるつもりはないらしく、ミアの声に答えない。

悲痛なミアの声に、マリカはこれからもっとミアを悲しませてしまうであろう自分に嫌悪する。

それでも、ミアのような奇跡を起こす力がないマリカには、この方法しかミアを助ける事が出来なかったのだ。せめて今日一日だけ耐える事が出来れば——生きてさえいられれば、きっとミアの魔力も回復するだろう。そうすれば、きっと——マリカはそんな微かな希望に全てを賭《か》ける。

「今ミアを動かすともう二度と動けないかもしれない。だからミアには絶対触らないで」

伯爵とエフィムはマリカの言葉に驚いた。そこまで酷い状態とは思わなかったらしい。

「なるほどなるほど。それは私としても本意じゃありませんねぇ。反応がない身体を弄《いじ》っても面白味がありませんからなぁ！　分かりました！　マリカさんの優しさに免じて、ミアさんの身体が治るまでは彼女に触れないようにしましょう……まあ、治った後はお約束出来ませんがねぇ」

マリカが「構わない」と同意する。その事にエフィムは酷く驚き、伯爵に抗議の声をあげる。

「……！　ちょっ、ちょっと待ってください伯爵‼　マリカを綺麗な状態で渡して貰う条件で僕は〈呪術刻印〉を再現したんです‼　それでは約束が違います‼」

「まあまあ、エフィムさん落ち着いて。もちろん彼女の初めてはお譲りしますよ。エフィムさんが満足した後にちょっとだけ私にも貸してくれるなら、ですけどねぇ」

アードラー伯爵の提案にエフィムは「まあ、それなら……」と渋々同意する。結局、伯爵の提案に同意する辺り、彼もすっかり毒されているようだった。

「でも、マリカを壊されたら意味がありませんから！　くれぐれも気を付けてくださいよ！」

「ええ、ええ。分かっておりますとも！」

自分達を人間とすら思っていなさそうな二人の会話に、ミアの心の中で強い怒りが湧き上がる。

——今まで生きて来て、こんなに怒りを覚えたのは初めてだった。

光を目指す者 2（ハル視点）

俺がランベルト商会に着いた頃には既にミアは何者かに拐われた後だった……っていうか、それ絶対偽アードラーだろ‼　クソがっ‼

「アードラー伯爵の屋敷は何処だ⁉　場所を教えてくれ‼」

俺が出した名前が意外だったのか、「アードラー伯爵ですと⁉」「――⁉　何故それを⁉」と、驚いた表情をする二人を見て、同じ血の繋がりを感じる。やっぱ親子だわ。うん。

「こっちの調査でアードラー伯爵がかなりヤバい奴っていうのは分かってる。そいつが異常に執念深いという事もな。だからミアを拐ったのはそいつだと予想しているのだが」

「僕は魔導国の研究院の仕業《しわざ》ではないかと予想していました。しつこく我が商会の魔道具師――マリカを狙っているようでしたから」

……ああ、そっちの線もあり得るのか。これは厄介だな。

「でも、気になる事もありまして……。宜しければ、殿下にご覧いただきたいものがあるのです。ご足労おかけしますが、どうかこちらにお越しいただけませんでしょうか……」

「ああ、身分の事は気にしないでくれ。畏《かしこ》まられると余計に時間が掛かりそうだ」

「分かりました。では遠慮なく。こちらに研究棟がありますのでお越しいただけますか」

ディルクはそう言うと、足早に店を出て庭の方に案内する。

見事なバラが咲き誇る庭園の向こうに、似つかわしくない建物がある事に気付き、思わず眉を顰める。古いレンガ造りの建物は黒い灰のようなものに塗れており、建物を覆っていた蔓バラも花が腐り落ちて酷い有様だった。

「――これは……⁉」

そして一番驚いたのが瘴気の濃さだ。まるでこの建物は「呪われた地」のように穢れが酷かった。普通の人間が下手に近付くと気分が悪くなるか昏倒してしまうだろう。

「まさか、『穢れを纏う闇』の仕業か……？」

俺の言葉にハンスが「げっ⁉」と言って驚いた。まあ、その悪名は世界中に轟《とどろ》いているからな。

「その通りです。しかも今回の襲撃で二回目なんですよ。前回はミアさんが張ってくれた結界で難を逃れましたけど。この研究棟の様子からして、今回は更に多数の闇のモノを使役したようです。ミアさんにはかなり強固な結界を張って貰っていたのですが、流石に数が多かったみたいで」

まさかの二回目！　前回はよく無事だったたな……それ程ミアの結界は凄かったんだろう。

「もし魔導国の仕業であれば、一体どうやって『穢れを纏う闇』を使役しているのか不明なのです。もし法国が絡んでいる可能性まで考慮に入れる必要があるなら、とても太刀打ち出来ません」

……なるほど。偽アードラーの事を知らなければ犯人の目星《めぼし》をつけるのは難しいだろうな。

俺はディルクに偽アードラーの事で判明した事をざっくりと説明する。

「まさか……！　元法国の諜報員⁉　あの伯爵が⁉」

まあ、流石に驚くよなー。普通ならあり得ない事だし。

「でも、この商会でミアさんに関する情報には緘口令を敷いていましたし、彼女の存在が漏れたという事は考えにくいかと。だから僕はマリカを拐う時に、彼女が一緒にいたので巻き込まれたのだと思っていたのですが……」

先程の店内の様子を見ればディルクが言う通り、情報規制はしっかりと為されていたのだろう。

「それに今のミアさんは容姿を少しいじっています。マリカが髪色を変える魔道具を作ったので」

「はあ⁉　それは本当か⁉」

「……え⁉　は、はい、本当です。今の彼女の髪の色は茶色です」

――マジか……‼

髪の色を変える魔法は難易度が高く、光属性を持つ者じゃないと使えないと思っていたが、それを術式に用いて魔道具にするとは……流石天才魔道具師。マリウスが欲しがる筈だわ。

「じゃあ、ミアが連れ去られたのは本当に偶然か……」

うーん。てっきりアードラー伯爵が絡んでいると思っていたのだが……。

俺の勘が外れたのは初めてだから、ちょっとショック。

「じゃあ、魔導研究院の方から調べるしかないのか」

そっちの方は全くノーマークだった。今から調べて間に合うか……⁉

「ちょっとお待ち下さい。魔導国の単独行動とは限らないのではないでしょうか？」

今まで黙って俺達の会話を聞いていたハンスが意見してきた。情報通のハンスだから、何か気になる事があるのかもしれない。

「そのアードラー伯爵という人物は王国の闇に深く関わっていると噂されていて、人身売買にも手を出していると耳にした事があります。それとは別に王国の人身売買組織では買い主が希望するならどんな人物でも用意できる、とも聞いた事があります。あくまで仮説ですが、もし魔導国が王国の人身売買組織に『天才魔道具師が欲しい』と注文したらどうなると思います？」

「偽アードラーの人身売買組織が魔導国の依頼でマリカという魔道具師を拐いに来て、その時一緒にいたミアも連れて行った、かな？」

「法国諜報部出身の伯爵なら『穢れを纏う闇』で簡単に人を拐えますからね。辻褄《つじつま》は合いますね」

俺達が結論付けたと同時にマリウスが慌てて俺の所へやって来た。

「殿下！　例の伯爵を探らせていた者から伯爵の屋敷に複数の貴族が集まっていると報告がありました。それと、灰色のローブを着た人物が一週間ほど滞在しているらしいと。もしかして今回の事と何か関係あるのでしょうか？」

「灰色のローブ⁉　研究院の人間はいつも灰色のローブを着用していますよ！」

マリウスの報告を聞いてディルクが慌てて俺に告げる。

「決まりだな！　今からアードラー伯爵邸に向かう‼　ディルク、案内してくれ‼」

「はい！」


——今度こそミアに逢える‼　ミア、待っててくれ……‼

第十章　闇に捕らえられた二人３

——どうしてマリカがこんな奴らに好き勝手されないといけないの？

伯爵とエフィムに対する怒りが、激しい波のようにミアの全身に広がっていく。怒りが一気に込み上げて、目の前が真っ赤になる。魔力神経が暴走しているのか、燃えるように身体が熱い。

（治りかけていた身体が悲鳴をあげるけど、そんなの構うものか——‼）

「ミア！　駄目‼　闇に囚《とら》われないで‼」

ミアの感情の変化に気付いたのか、マリカが慌てて静止の声を掛ける。

（ハルとの約束を思い出して……！　ミアは必ずハルと再会しなければならないのだから！）

その必死なマリカの声に、嵐のように荒ぶったミアの心に一瞬だけ隙が生まれる。

「『約束』はどうなるの⁉　指輪に誓ったんでしょう⁉」

その一瞬の隙を突いたマリカの言葉で、ミアはハルとの約束を思い出す。ハルと過ごした大切な時間の記憶が、走馬灯《そうまとう》のように頭の中を駆け巡った。

そしてミアが思い出すのは、澄み切った空のような、ハルの蒼い瞳。

——ハル……‼

ハルの事を思い出した途端、怒り狂っていた感情が急激に冷えていく。怒りが沈静化したミアを確認したマリカは、安心したような表情を浮かべた。もう少し沈静化が遅ければ、取り返しがつかなかったかもしれない。そしてマリカがベッド周りを覆っていた結界に触れると、その触れた部分から、水の波紋のようなものが広がっていく。

マリカはその様子にも怯む事なく、結界の境界を越えて行ってしまう。

「────マリカ‼　やだ‼　行っちゃやだっ‼」

悲しくて悲しくて、ミアは生まれて初めて声をあげて泣き叫ぶ。そんなミアをマリカは慰めてあげたかったが、唇を噛んでぐっと我慢する。

涙で視界が潤んだミアに、マリカの顔はよく見えない。

「やあやあ！　ようこそマリカさん！　まさか貴女の方から提案下さるとは思いませんでしたよ！」

──こうなるようにわざと仕向けたくせに、飄々《ひょうひょう》と言ってのける伯爵にマリカは殺意を抱く。

「マリカ、結界から出て来てくれたって事は、僕を選んでくれたんだよね？　嬉しいよ‼」

──誰が選んだと言った⁉　私はディルク一筋だ‼　と、マリカは心の中で叫ぶ。

ミアは自分に都合良く話をすり替え、マリカを侮辱した二人をきつく睨む。そして何も言わないマリカに、優しそうに語りかけるエフィムの偽善者振りに、再び怒りが湧いてくる。

「マリカ、怖がらなくても大丈夫だからね？　痛みなんて一切与えないから安心して？」

エフィムが呪文を唱え空中に指で魔法陣を描く。マリカの術式とは全く違う、禍々《まがまが》しい術式だ。

──それは人が触れてはいけない禁忌の秘術。

エフィムが赤黒い穢れのような靄を発しながら点滅している魔法陣を指先に乗せてマリカに近付く。そして優しく、怖がらせないように「じゃあ、マリカ。行くよ？」と言葉を掛ける。

マリカは一瞬ぴくっと震えるが、ぐっと顔を上げ、せめてもの抵抗だと、キッとエフィムを睨みつける。それは身体は差し出しても心までは渡さないというマリカの意思表示に思えた。

目の前まで迫ってきた〈呪術刻印〉に、これから襲い来るであろう衝撃に耐えるべく、マリカはぎゅっと目を閉じる。そして徐々に縮んでいく二人の距離に、ミアの胸が張り裂けそうになる。

「やめてやめて‼　マリカに近付かないで‼　――――マリカに触るなっ‼」

魔法陣を携えたエフィムの指先が、ミアの叫ぶ声と同時にマリカの額に触れた瞬間――……。

――パキィイィィン‼

「ぐあぁああっ‼」

マリカのブレスレットからマリカを包み込むように光が迸《ほとばし》り、空間が真っ二つに引き裂かれるような音がした後、耳をつんざくような悲鳴が部屋中に響き渡る。

エフィムの指が額に触れたのと、ミアの叫び声が重なった瞬間、腕のブレスレットから魔力が迸り、〈呪術刻印〉を空間ごと引き裂いたのだ。

一体何が起こったのか、状況が分からず戸惑うミアの耳に、エフィムの悲痛な叫びが聞こえてきた。

「ぎゃあああああ‼　痛い痛いーっ！　僕の腕がっ‼　があああぁあぁっ‼」

ミアが泣き叫ぶエフィムを見ると、魔法陣を持っていた右腕の肘《ひじ》から先が失くなり、傷口から白い骨が突き出て、その間を赤黒い血が大量に零れ落ちていた。部屋中に充満する血の匂いとエフィムの悲鳴に気分が悪くなるが、今はそんな事は些細《ささい》な事だと、ミアはマリカの無事を確認する。

「マリカ‼」

何とか身体を這うように動かしてマリカを探すと、あまりの事に驚いたのか、腰を抜かして座り込んでいるマリカの姿を見付けた。怪我などはしていない様子に、思わず安堵の息が漏れる。

「………今……ディルクが……」

その圧倒的な魔力の奔流《ほんりゅう》に体のバランスを崩し、尻餅をついたマリカであったが、感じた魔力の気配に呆然とする。そしてエフィムから守ってくれた光に、ディルクの魔力を感じたマリカは、愛おしそうにブレスレットに触れる。

ミアはその様子を見てちゃんと「聖眼石」が効いている事に安心した。これで少なくともマリカが襲われる事はないだろう。しかしほっとしたのも束の間、今度は伯爵の嘆く声が聞こえてきた。

「こ、こんな……っ!?　ああ、何て事だ……‼　折角の〈呪術刻印〉がっ……‼」

マリカの事に気を取られ、伯爵の事を失念していたミアがハッと我に返り伯爵の方を見ると、先程まで高みの見物を気取り、苦しむ自分達を楽しそうに眺めていた伯爵が驚愕の表情を浮かべている姿があった。しかし彼はエフィムの腕の心配をするより〈呪術刻印〉の方を気にしているようだ。

（今のうちにマリカをもう一度結界の中に入れなくちゃ……‼）

「マリカ‼　来て‼」

ミアの声に、ハッとしたマリカが結界の中に入ろうと手を伸ばす。そのマリカの手を取ろうと、ミアも手を伸ばすが、まだ完治していない魔力神経に激痛が走り、上手く腕が上がらない。

マリカがもう少しで結界に触れようとする直前、後ろから伸びてきた伯爵の手が、結界に入らせまいとマリカの腕を掴む。すると今度はブレスレットから青白い炎が出現し、伯爵の腕に蛇のように巻きつきながら肉を焦がしていく。

青い炎に焼かれた伯爵が「ぐぎゃああああああ‼」と悲痛な悲鳴を上げるのを、マリカは不思議に感じていた。青い炎は一見すると超高温のように見えるのに、マリカは全く熱を感じなかったのだ。その様はまるで、邪《よこしま》なものだけを焼き払う聖なる劫火のようだった。

超高温の青白い炎に焼かれた伯爵の腕が炭化していく。もうこの状態では右腕は使いものにならないだろう。伯爵は「ひぃっ！　ひぃっ！　熱い‼　熱いー‼」と叫びながら、炎から逃れようとするが、青白い炎の蛇は、更に伯爵の身体を焼き尽くそうとしているのか、まるで意思を持っているかのように、焼け焦げた腕に巻き付きながら、更に上半身へ移動しようとする。

そしてこのまま伯爵を焼くのかと思ったその時、伯爵が「糞《くそ》があっ‼」と叫んだかと思うと、なんと自分の腕を手刀で切り落とすという暴挙に出た。

自分で腕を切り落とすその光景に、ミアとマリカは戦慄する。切り取られた腕ごと床に落ちた炎の蛇は、伯爵の腕を燃やし尽くすとそのまま空気に溶けるように消えていった。そして伯爵が傷口から黒い靄のようなものを出すと、勢いよく流れ出ていた血がピタリと止まる。

「……っ！　ちぃっ！　くそぉ‼　くそぉ‼　忌々しい『聖眼石』がぁっ‼」

常に余裕の態度を崩さなかった伯爵が、初めてその本性《ほんしょう》を現した。そしてマリカは伯爵が「聖眼石」を知っている事に驚く。「聖眼石」は法国以外の国では手に入らない希少な石なのに――。

「その石を何処で手に入れたぁ⁉　火輪の結界といい、ミア‼　お前の仕業かあっ‼」

肩口から流れていた血を撒き散らかしながら、伯爵がミア達に怒鳴る。

伯爵はミアの結界の事まで知っている――マリカは伯爵が法国と何らかの繋がりがある事に気が

付いた。そして伯爵も何かに気付いたのか、「……っ！　まさか、アルムストレイムが探していたのはお前かっ⁉」と驚いた表情でミアを見る。

そんな伯爵の様子を見てマリカは理解する。恐らく伯爵は、法国のかなり深い部分――闇の部分に関わっているのだと。だから「穢れを纏う闇」にも精通し、使役しているのだろう。

伯爵がぎょろりと眼球を動かし、血走った目でミアを睨みつける。いつものねっとりとした視線と違う鋭い視線にたじろいだミアだったが、この機会を逃す訳にはいかない‼　と、自身を奮い立たせ、激痛を堪えながら起き上がると、マリカの腕を掴んで結界の中に引きずり込む。その勢いでミアはマリカと一緒にベッドに倒れ込んでしまうが、そんなミアの身体は痛くない場所を探すのが難しいぐらい、痛みに悲鳴をあげていた。もうそろそろ身体が限界かもしれないとミアは悟《さと》る。

「初めから分かっていれば法国に売り飛ばしたものをっ‼　糞があっ‼」

マリカが結界内に入った為、手出し出来なくなった伯爵は、歯噛みして悔しがる。

そして近くにあった椅子を無事な方の手で掴むと、思いっきり力を込めてミア達に投げつけた。

――ドゴオォン‼

「「きゃあああああ‼」」

凄まじい速さで結界に激突した椅子が、結界の反射と相まって木《こ》っ端《ぱ》微塵《みじん》に砕け散る。その衝撃に部屋全体が振動に震えているようだ。立派な作りだった椅子が原形を留めないほど破壊されたその威力に、結界が守ってくれると頭では分かっていてもあまりの恐怖に叫び声をあげてしまう。

普段の伯爵からは予想も付かない程の身のこなしを考えると、恐らく伯爵はどこかで戦闘訓練、もしくは武術を修めていたのかもしれない。そしてその伯爵はかなり興奮しているのか、「……

ふぅーっ！　ふぅーっ！　ふぅーっ！」と肩で息をしながらミア達ににじり寄る。

「……つい私とした事が、我を忘れてしまいましたよ……怖がらせてすみませんねぇ」

先程よりは少し落ち着いてきたのか、いつもの人を見下すような目に戻った伯爵が猫なで声で話し掛けてきたが、ただ不気味なだけでミア達には逆効果だ。

「……さあ、もういいでしょう？　早くそこから出て来ましょうねぇ？　たぁっぷりと可愛がってあげますからっ！　もし自分から出て来ないとお仕置きですよおぉぉぉぉ‼」

そう叫びながら伯爵は残された腕でガンガンと結界を叩く。伯爵が結界を叩く度に「バチバチバチィッ‼」と光が迸る。腕を振り上げながら絶叫している様は悪鬼《あっき》の如き存在に思えた。

その様子に、ミアとマリカは結界の中で小さくなり、ただ震える事しか出来ないでいた。

「……全く、強情なお嬢さんだ。……仕方ない、アレを使いましょうかねぇっ‼」

何度殴っても壊れない結界に痺《しび》れを切らした伯爵が胸元をゴソゴソしたかと思うと、黒い水晶玉のようなものに閉じ込められた「穢れを纏う闇」を取り出し、床に思いっきり叩きつける。

——パリイィーーン‼

水晶玉が割れた瞬間、空気が変わり、空間が歪んだような錯覚に囚われる。

この世に顕現できた悦《よろこ》びを体現するかのように、勢いよく闇が広がって行くと、赤黒い光が結界の上を縦横無尽に走り回り、徐々に結界を侵食していく。

ディルクが言った「お化けの方がまだ可愛い」という言葉の意味を、ミアは今初めて理解した。

——ソレはこの世の生きとし生けるもの全てを憎んでいる存在だ。生命の輝きに憧れながらも憎悪する、輪廻の理《ことわり》から外されたモノの末路——！

ミアはふと、こんな時なのに父親であるテレンスの言葉を思い出す。

『赤ちゃんが生まれた時に泣くのはね、お母さんのお腹の中が天国だからだよ。天国から出たくないから泣いてしまうんだ。でも逆に、笑い声をあげながら生まれてきたものは――……』

絵本を読んでくれた後にそんな事を言うものだから、小さかったミアは怖くて怖くて、怒りながら泣いてしまったのだった。その後、テレンスは母親であるツェツィーリアにこっぴどく叱られ、何度も何度もミアに謝ったものの、結局ミアのお化け嫌いが直る事はなかったのだった。


部屋の中を赤黒い光と白い光が鬩《せめ》ぎ合う。闇が生き物のようにうねりながら白い光を飲み込もうと襲いかかると、白い光が明滅しながら次第に弱くなっていく。それは人類の叡智《えいち》など遠く及ばない、光と闇の闘いを垣間見《かいまみ》ているかのような、不思議な光景だった。

（ああ、もう結界が保たない――‼）

――そして鬩ぎ合っていた二つの属性に決着がついた。

明滅していた光が完全に消えると、空間にガラスが割れた時のような亀裂《きれつ》が入り、あっという間に広がっていく。そして、「パリンッ」と音をたてると、光の粒子になって消えていった。

その様子に呆然としていたミアとマリカに、耳障《みみざわ》りな笑い声をあげながら伯爵が近づいて来る。

「ふはははっ！　遂にっ！　忌々しい結界が消えましたねぇっ‼　もう貴女を守るものはありませんよおぉ‼」

伯爵がミアの腕をつかもうと腕を伸ばす。全身の痛みを耐えるのに精一杯なミアにはその腕を払いのける力もない。怖くてぎゅっと目を瞑ったミアの直ぐ近くで、「ドンッ‼」という音の後に、

「うがぁっ‼」と叫ぶ伯爵の声がした。

　ミアが恐る恐る目を開けると、床に転がった伯爵と、ミアを守るように立ち塞がるマリカの姿があった。きっとマリカがミアを守る為に、伯爵を突き飛ばしてくれたのだろう。

「こぉんの小娘があぁ‼」

　伯爵はすかさず立ち上がり「邪魔するなあぁあ‼」と叫びながらマリカに向かって突進する。しかし「聖眼石」を恐れたのか、マリカを捕まえずにお腹を殴り飛ばす。

「――っ！」

　マリカは咄嗟に後ろへ飛んで威力を減らしたが、それでもかなり強い力で殴られてしまい、部屋の壁に身体ごと激突する。

「――がはっ‼」

「マリカッ‼」

　壁にぶつかった衝撃によってマリカは気絶してしまったらしく、マリカの身体がズルズルと崩れ落ちる。そしてミアのもとに、マリカに触れた為か手に酷い火傷を負った伯爵が近づいて来た。

「これで邪魔者はいなくなりましたねぇ。さあ、どうお仕置きしてあげましょうねぇ？」

第十一章　ぬりかべ令嬢、闇と対峙《たいじ》する。

いかにも貴族然とした高級な調度品が溢れていたこの部屋は今、無残に破壊され尽くしており、とても人が住める状態ではなくなっていた。

部屋の隅ではエフィムが身体を丸めて倒れている。きっと血が足りなくて失神してしまったのだろう。このまま放置しておくとそのうち失血死するかもしれない。

そしてドア近くの壁下には、マリカが気を失って倒れている。見たところ血は出ていないし、ディルクさんの魔力が籠もった聖眼石がきっと彼女を守ってくれているだろうから、命に別状はない筈。でもお腹を殴られたのが心配だ。早くお医者さんに診《み》せてあげたいのに……。


そんな廃墟のような部屋の中で、アードラー伯爵は悠然《ゆうぜん》と立っている。自ら右腕を切り落とし、左手には酷い火傷を負っていて満身創痍《そうい》の筈なのに……。

「貴方はどうして未だに動けるの……？」

何か秘密でもあるのだろうか？　油断して教えてくれたらいいけれど……。

「ふふっ！　さあ、どうしてでしょうねぇ？　強いて言うなら、今から貴女にお仕置き出来るのが嬉しいからでしょうかねぇ‼」

そうして伯爵が私に襲いかかろうとする直前、突然部屋のドアが開かれた。

「――！　……これは一体、どういう状況でしょうか？」

血や木片が散乱したこの場に似つかわしくない、落ち着いたよく通る声がしたけれど……その声に、私は聞き覚えがあった。

（この声は……！　確か、アーヴァインさん……⁉）

何故こんな所にアーヴァインさんが？　もしかして伯爵が言っていた貴族の仲間⁉　と、思ったけれど、困惑しているのは伯爵も同じのようだった。

「……おやおや？　失礼ですがどちら様ですかな？　私の屋敷に無断で入って来られては困りますなあ！　不法侵入ですよ⁉　見ての通り今は取り込み中ですから！　罰せられたくないなら今すぐ部屋から出ていってくれませんかねぇ？」

声の主に顔を見られないように視線を向けると、目に飛び込んできたのはやっぱりアーヴァインさんだった。その彼は伯爵の言葉に怯む事なく、悠然と部屋を見渡すと、何かを視界に捉えたのか、その綺麗な顔を険しくする。

「――ああ、それは申し訳ありません。私はそこで負傷しているエフィム君が所属している国立魔導研究院の院長を務めている、アーヴァイン・ワイエスと申します」

「な、なんと……⁉　研究院の院長ですと！　な、何故院長が自ら……⁉」

伯爵が酷く驚いているように、アーヴァインさんの言葉に私も驚いた。

（確かに魔道具に造詣《ぞうけい》が深かったけれど、まさか魔導国の人で、研究院の院長だったなんて！）

じゃあ、アーヴァインさんがマリカや私を誘拐するように企てた？　もしそうなら伯爵が驚いているのは……？　色々考察してみるけれど、痛みで思考が上手く出来ず、考えが纏まらない。

「私も何故、我が研究院の優秀な研究員であるエフィム君がここにいるのか分からず、驚いているところなのですよ」

「そ、それはそちらのイリネイ殿が……その、私に……！」

アーヴァインさんの身分を知ったからか、先程の威勢はすっかり鳴りを潜め、言葉もしどろもどろになっている。どうやらアーヴァインさんと伯爵は無関係のようだ。

「イリネイが？　貴殿《きでん》に？　だとしてもこの状況はどういう事です？」

「……あ、ああ……それは……」

アーヴァインさんが言葉を濁す伯爵の横を抜けてエフィムの側に行き容体を確認すると、眉間《みけん》にシワを寄せて厳しい顔をする。その表情に、余程エフィムの状態が悪いのかもしれないと思っていると、アーヴァインさんは上着の胸ポケットに手を入れ、ポーションらしきものを二本取り出した。

（……えっ⁉　あんな小さいポケットからポーションを⁉　しかも二本⁉）

明らかにポケットより容量が大きいものを取り出したのを見て驚いた。空間魔法が付与された服だなんて……！　流石は魔導国が誇る研究機関の長という事なのだろう。

そしてエフィムにポーションを振りかけたアーヴァインさんは、表情を少しだけ緩ませる。どうやらエフィムの傷は止血され、傷口も塞がったのだろう。

「──まあ、取り敢えずその事は後で説明していただくとして、この少女は？　それにあそこで倒れている少女は一体？　彼女達は貴殿の知り合いですか？」

アーヴァインさんの問いかけに、開き直った伯爵が逆にアーヴァインさんを糾弾《きゅうだん》する。

「そ、それは貴方には関係のない事でしょう！　私の依頼主はイリネイ殿ですからねぇ！　事情を知りたいのなら彼に聞いて下さい！　私は今立て込んでいますのでどうかお引き取りを！」

伯爵の逆ギレを気にする事なく、アーヴァインさんが何かを考えている。

「……まあ、確かにそうですね。この件に関しては副院長に確認しましょう。ちなみに私がここへ来たのは、貴殿とユーフェミア嬢との婚姻が真実かどうか確認する為だったのですが……」

私は突然、自分の名前が聞こえて驚いた。

（——!?　ど、どうしてアーヴァインさんがその事を……？）

「うん？　ユーフェミア？　確かに彼女とは近日中に婚姻予定ですがねぇ。どうしてそれを貴方がお気になさるのですか？　わざわざ屋敷にお越しになられてまで、ねぇ？」

私と同じ疑問を、伯爵がアーヴァインさんに問い掛ける。

「彼女には色々と確認したい事がありましてね。出来ればもう一度会いたいのですが、ウォード侯爵家に問い合わせてもなしのつぶてでして。ですから、婚姻相手である貴殿だったら何かしらの連絡方法があるのではないかと思い、こうしてやって来た次第です」

アーヴァインさんが私に確認したい事って何だろう？　そう言えばあの舞踏会の時、気配がどうとか魔道具がどうって言ってたっけ……？

「……なるほど。『確認したい事』ねぇ。まあ、彼女との婚姻はウォード侯爵家と申し合わせたものなのですが……ここだけの話、何度も催促しているにもかかわらず、いつまで経ってもユーフェミアを寄越さなくてねぇ。私も困っているんですよ」

自分の話をされているのが何だか不思議な感じだけど……伯爵は何度も私の身柄を要求していたんだ。もし、あのまま侯爵家に居続けていたらすぐに引き渡されて、今頃私は生きていなかったかもしれない。そう考えると、出奔して本当によかった。

「そうですか……分かりました。では、ここは一旦引きましょう。副院長にも確認を取らないといけませんからね。後日改めてお話を伺わせていただきます」

(——あっ！　アーヴァインさんが行ってしまう！　どうしよう……)

どうにかしてアーヴァインさんに助けて貰えないかと考える。でも、貴族内の問題に他の貴族は干渉しないというのが暗黙の了解となっているから、彼が私達を助ける義務はないけれど。

(……でも、それでもこれがきっかけになるのなら……！)

「……ま、待って……！」

私は顔を上げ、アーヴァインさんを引き留めようと声をあげる。私の声にアーヴァインさんが振り向き、私の顔を見ると、驚きの表情を浮かべる。

「——!!　君は……!?　あの時の……」

アーヴァインさんは以前接客した私を憶えてくれていたらしく、部屋から出て行こうとしていた足を止める。私は今がチャンスと思い、最後の力を振り絞って身体を動かすけれど、あまりの激痛にバランスを崩してしまい、ベッドの上を転がり落ちる。

「————っ!!　く……っ!!」

無理やり身体を動かしベッドから落ちた事で言葉にならないほどの激痛が身体中を走り回る。痛みに悲鳴をあげる事が出来ずにいると、私がまだ諦めていないと察した伯爵が話し掛けてきた。

「おやおや、無駄な努力を……どうせ私にお仕置きされるのは決定事項なんですから、無駄に動くより大人しくしていた方がお利口ですよ……ん？」

倒れた私を覗《のぞ》き込んで来た伯爵の動きが止まり、驚愕の表情を浮かべている。

「……な、なんと……‼　その銀髪に紫の瞳……まさか、ユーフェミア……⁉」

伯爵の言葉に、私の顔から血の気が引いていく。

――どうして私の事が分かったの⁉

マリカの魔道具のおかげで、髪の色は変わったままなのに……と思ったところで気が付いた。

――まさか、さっき落ちた衝撃で髪飾りが取れてしまったの……⁉

「え……⁉　君がユーフェミア嬢……⁉　一体何がどうなって……」

アーヴァインさんが困惑の声をあげる。それはそうだろう、まさか貴族令嬢が商会で働いていたなんて、普通であれば思い付かないだろうし。

「なるほど、どうりで見た事があるような気がしていたんですよ！　まさかランベルト商会に逃げ込んでいたとはね……‼　流石に探しても見つからない筈です！　あの商会の情報統制は完璧ですからね！　あの商会の情報を調べる事は私でも難しくてねぇ！」

伯爵が膝《ひざ》を折り、私の顎を掴んで顔を上げさせて覗き込んで来る。

「ほうほう……。顔の印象を変えていたんですねぇ。いや、お見事‼　この私が一度見た女に気付かないとは……流石ですなあ‼　ランベルト商会の懐《ふところがたな》刀は‼」

「懐、刀……？」

「んん？　あの商会にいたのにご存じない？　王都にあるランベルト商会には、商会を裏から支えている知恵者――懐刀がいると、商人の間では噂になっていたんですよ」

――そんな人がランベルト商会に……？　まさか、ディルクさんの事……？

「あの商会の店長らしき人物は常に不在ですし、大変でしたよぉ。マリカさんの事を調べるの！

従業員の皆さん全員口が固くてね。商会を退職した人間を探して聞き出しましたが……どいつもこ
いつも、碌な情報を持っていませんでしたよ」

――まさか、退職したランベルト商会の人達を……？

「その、人達は、どう……したの……⁉」

「んん～？　私の為に色々と役立ってくれましたよ。こう見えて私、無駄な事が嫌いでしてねぇ」

そう言って伯爵はケタケタと楽しそうに嗤《わら》う。この人は本当に人間なのだろうか……？

「……さて、そろそろお喋りはお終《しま》いにしましょうかねぇ。これから楽しいお仕置きタイムです
よぉ……！　法国も生きてさえいれば、多少足りなくても文句は言わないでしょうしねぇ！」

――‼　多少足りないって……‼

私が伯爵の言葉に今まで感じた事がない程の恐怖を覚えていると、私達の話を聞いていたアー
ヴァインさんが伯爵に待ったをかけた。

「ちょっと待って下さい！　彼女がユーフェミア嬢だと分かれば私も引く訳にはいきません！」

アーヴァインさんが、私に襲いかかろうとした伯爵を引き止める。

伯爵は止められて苛立ったのか、「チッ‼」と舌打ちすると、アーヴァインさんへと振り向いた。

「我が力の源よ　黒き鎖となり　彼の者を捕らえる縛《いまし》めとなれ　リガートゥル‼」

「――なっ⁉」

伯爵が突然早口で呪文を唱え、魔法でアーヴァインさんを拘束する。まさか伯爵が魔法を使うと
思っていなかったのだろう、アーヴァインさんは足元に顕れた闇から伸びてきた触手のようなもの

に絡め取られ、動けなくされてしまう。

「はっはっは！　すみませんが、貴方にはそこで見学していて貰いましょうかねぇ！」

「――貴様っ‼　この卑怯者《ひきょうもの》がっ‼」

戦場以外で貴族同士が攻撃魔法を行使する事は決闘でない限り禁止されている。なのに規律を無視して不意打ちをするなんて‼　この人はどれだけ人の尊厳を踏みにじれば気が済むの……⁉　コイツはこの世に放っておいては駄目な人間だ。何とかここで終わりにしないと……‼

――私は自分の持てる全ての力を使って、伯爵を葬《ほうむ》り去る決意をした。

人をおもちゃにするこの人を、マリカを傷つけたこの人を……私は絶対に許せない――‼

私は痛みを堪えながら、服の中からハルの指輪を取り出して握りしめる。

そして魔力神経を無理やり働かせ、残った魔力を練り上げる。身体はもう、痛み以外のものを感じなくなってしまったけれど、伯爵を葬り去る事が出来るなら構わない……！

――ハル……ハル……！　約束を破ってごめんなさい……。

本当に私は今でもハルの事が大好きだよ……‼

痛みに震える手に、身体中から魔力を掻き集め、聖なる劫火を繰り出そうとした時――空から小さい光の粒がくるくる回転しながら降ってきて、場違いなその光に思わず見惚れてしまう。

「……‼　まさかこれは……⁉」

アーヴァインさんが驚きの声を上げる。この光が何か知っているのだろう。

「そんな馬鹿なっ‼　あ、あり得ん……‼」

その光を見た伯爵が酷く怯えたような表情をして空中を睨むと、ただでさえ悪い顔色が蒼白《そうはく》になり、わなわなと唇を震えさせている。

まるで天井の向こう側が透けて見えているようだ。

「――そんな、どうして……‼　どうしてここへ来るんだ⁉　奴がどうして――‼」

伯爵が何かに気付いたと思ったら、まるで天敵に出会ったみたいにすっ飛んで逃げて行く。身体の怪我の事など忘れているかのような、素早い動きだ。

「嘘だっ‼　どうしてどうしてっ‼　くそおおぉぉお‼」

伯爵が叫び声をあげながら部屋を飛び出そうとする。

――どうしよう‼　伯爵が逃げてしまう……！

私がもう一度魔力を使おうとすると、それを遮るように小さな光が現れるから魔力が使えない。でもこのままでは伯爵を逃してしまう！　もうこれ以上被害者を出す訳にはいかないのに‼

私がどうしようと思っていると、空から巨大な魔力のうねりを感じ、一瞬思考が停止する。

魔力神経がボロボロで、ほとんど魔力を感じる事が出来なくなってしまった私でも分かる程の、重厚な魔力の気配。

この巨大な魔力は一体……⁉　私がそう思った瞬間――……。

「――ユーフェミア嬢――……‼」

切羽詰まったような、酷く焦《あせ》ったアーヴァインさんの声が聞こえたけれど、その声は最後まで私に届かなくて――……

――世界が真っ白に染まったのかと思う程の、光の渦が屋敷を包み込んだ。

光を目指す者 3(ハル視点)

ミアを取り戻しにアードラー伯爵邸に向かおうとする俺をマリウスが制止する。

「殿下！　お急ぎなのは分かりますが、少しお待ちください！」

「は⁉　待てるわけねーだろ‼」

「ミアさんに関係ある事でも？」

「何⁉」

実際、マリウスはどれだけ俺がミアの事を心配しているかよく分かってくれている奴だ。そのマリウスが待てと言うのなら仕方がない。

「何だ？　ミアがどうしたって？」

「殿下はいつも魔眼を切っているんでしたっけ。この庭を魔眼で視て下さいよ」

よく分からないまま、言われた通り魔眼を発動させると、驚くべき光景が目の前に広がった。

「こ、これは……⁉　どうしてこんなに精霊が⁉」

バラやハーブが植えられた庭の一面が凄い数の精霊の光に満たされて、まるで光る海のようだ。

「何かに怯えて今まで隠れていたようですが、殿下が来たから安心して出てきたみたいですね」

え、そうなの？　それは気付いてやれなくて申し訳なかったな。しかし精霊の森以外でこんなにたくさんの精霊を見るのは初めてだ。

「このバラやハーブって……」

何となく答えは分かっているけれど、念の為ディルクに聞いてみた。

「はい、ミアさんがお世話していましたね」

どことなく遠い目をしているディルクが予想通りの答えを返してくれた。その様子で今までのミアの行いが分かったような気がする。

……ミア、無自覚で散々やらかしたんだろうな。良い意味で。

ミアの事を考えていると、精霊が俺の所へやって来て、くるくる輪を描くように飛ぶと頭の中に何かの映像が浮かんできた。

――これは、ミアが連れ去られるところか……⁉

その映像では、灰色と黒いローブの二人が闇のモノを使ってこの建物を襲っている場面が映し出されていた。そして次の場面では、灰色と黒の奴がそれぞれ白い髪の少女と茶色の髪の少女を運んでいる姿が。その場面を見た俺は、その瞬間頭に血がのぼり、心が怒りで満たされていく。

――ミアを連れ去ったコイツら、絶対に許さねぇ‼

オレの心に呼応したのか、ミアのブレスレットが淡く光りだすと、周りを飛んでいた精霊達が一斉に寄ってきて、視界一面光に埋め尽くされる。

「え⁉　な、何⁉　どうした‼」

「……っ、ちょ！　ハル‼」

突然の事に俺の怒りは何処かへ行ってしまい、光がチカチカして段々目が回って来た。

マリウスも見た事がない事態に驚きの声をあげているし、精霊が見えないディルクやハンス達からすると、俺って挙動不審に見えているんだろうな。

精霊にまみれた俺の頭に、今度は何かの感情が流れ込んでくる。

――ああ、そうか……お前達もミアを助けたいんだな……。

精霊達もミアが連れ去られた事に憤慨《ふんがい》しているのが伝わってくる……いや、確かに怒ってはいるけれど、それよりも強く伝わってくるこの感情は――悔しさだ。

きっと精霊達は、闇のモノに立ち向かえず、ミアを護《まも》れなかった事を後悔しているのだろう。

――だから、ミアを助ける為に俺に協力してくれるって？

「よし！　頼む！　一緒にミアを助けに行こう‼」

突然叫んだ俺に、マリウスとディルクが「は？」「えぇ⁉」と困惑の声をあげる。「お前大丈夫か？」と言いたそうな目で俺を見るな‼　痛いのは俺も分かってんだよ‼

とにかく俺は精霊達の力を受け入れる為に、目を瞑って意識を集中させる。すると、ミアが移動して行ったであろう経路が頭に浮かんで驚いた。どうやら連れ去られたミアを追った精霊達がいるようで、その精霊達とリアルタイムで情報を共有しているらしい。

精霊同士で意識を連結させる事が出来るとは……！　精霊達半端ない。

でもこれでミアの居場所は判明した。やはりアードラー伯爵邸にいる‼

「マリウス！　ミアはアードラー邸で確定だ‼　俺は先に行くから後からついて来い‼　精霊が案内してくれる‼」

マリウスが「え⁉　先に行くって……⁇」と言って戸惑っているけれど、今は説明している余裕がない。まあ、マリウスなら精霊達から教えて貰うだろう。

そして俺が魔力を練り上げ精霊達の力と同期させると、身体がふわっと浮かび上がる。

「はあぁあ⁉」

「ええっ⁉」

「これは……⁉」

飛行魔法はまだ実現されていないから、マリウス達が驚くのも当然の事だろう。実際使っている俺もびっくりだし。

俺は更に魔力を放出して夜空に飛び出した。王都中が見渡せる高さまで飛び、精霊が伝えてきた道筋をたどり、ミアがいる場所を導き出すと、その場所目掛けて一気に加速する。

そう言えば今の探索魔法、昔ミアが使っていた魔法に似ているな……。

ミアの事を考えると、心が逸《はや》って仕方がない。早く逢いたい。早く早く――‼

最速で偽アードラーの屋敷へ向かっているとは言え、結構距離があるのがもどかしい。

しかしミアとの距離が縮まって来たからか、近くにいる精霊の目を通してミアの姿がふいに視えて、思わず胸が高鳴ってしまう。

――ミア‼　ああ、ミアだ……‼

だが、俺が視たミアはかなり疲労しているのか顔色がメチャクチャ悪い。しかも何処か怪我でも負っているのか、苦しそうな表情を浮かべているではないか！

更に髪の色が銀色に戻っていて、その綺麗なミアの顔を小汚いおっさんが覗き込んでいやがる！

てめぇ！　俺のミアに近づくな‼

俺が怒りに震えていると、ふと、精霊を通してミアの感情が伝わってくる。

——それはまるで、祈りにも似た、溢れんばかりの俺への想い——。

ミアの感情に、凄く嬉しい筈なのに何故か嫌な予感がして、俺は精霊のパスを通してミアの近くにいる精霊に、彼女を守ってくれるようにお願いする。

この偽アードラーめっ‼　ミアに何しやがった‼　テメェは絶対楽に殺さねぇ‼

その小汚いおっさん——偽アードラーへの殺意で魔力が暴走してしまいそうなのを何とか抑えるが、何かに気付いた偽アードラーが、天井を見て驚いている様子が視える。

——コイツ、俺の存在に気付いたな……⁉

視点が違うから分かりにくいが、偽アードラーは遠視か何かで俺を見付けると、慌てた様子で逃げようとしていた。

「バカがっ‼　俺が逃がすわけねーだろうがっ‼　〈天光〉‼」

そして俺は座標指定、範囲限定の上級攻撃光魔法を偽アードラーの屋敷目掛けてぶっ放した。

第十二章　ぬりかべ令嬢、再会する。

世界を真っ白に染めた光が収まった後、目を開けてみると、辺り一面瓦礫《がれき》の山になっていた。

……えっ……⁉　何これ……何が起こってるの……？

天井は崩れ落ちたのか吹き飛ばされたのか失くなっていて、夜空が視界いっぱいに広がっているけれど、今の私には綺麗に見えていた星々がかすれて見えた。そんな夜空にくるくると回っている光があって、そう言えばこの光はずっと私の周りを回っていたな……と思い出す。

そんなぼやける思考の中で、誰かが私に覆い被さっている事に気付いた。

（え……？　まさか、アーヴァインさん……？）

私の周りには全く瓦礫がなかったから、アーヴァインさんが身を挺《てい》して守ってくれたのかも。

（アーヴァインさん、怪我は大丈夫かな？　それにお礼を言わなきゃ……）

ぼんやりする頭をなんとか動かそうと、これまでに起こった事を思い返す。

——あっ‼　マリカは⁉

こんな状況になってしまったけど、マリカの無事を知りたくて必死に顔を動かすと、先程見た小さい光の粒がくるくる輪を描いているそのすぐ下にマリカが倒れているのが見えた。もしかして光の粒がさっきの光の渦から私やマリカを守ってくれたのだろうか……？

マリカは倒れてはいるものの、さっき見た時と同じく怪我はしていないようなので、ほっと安心すると、「……うっ……」と声を漏らしながらアーヴァインさんが意識を取り戻した。

「っ……ああ、ユーフェミア嬢、無事で……」

アーヴァインさんが体を起こし、私の無事を確認すると、少し離れた所から瓦礫が崩れる音が聞こえた。驚いてそちらを見ると、頭から血を流し、瓦礫から這い出している伯爵の姿があった。

「くそっ!! くそっ!! 遠隔の誘導放射かっ!! 帝国の狂犬めぇ!!」

――帝国……? これは帝国の仕業なの……?

驚いている私の気配を察したのか、伯爵が私の方に視線を向けるとニヤリと嫌な笑みを浮かべ、こちらに向かって歩いて来たけれど、アーヴァインさんが私を庇うかのように前へ出た。

「……っち! 邪魔な奴め……おい!! いるか!?」

アーヴァインさんを忌々しそうに睨んだ伯爵が空中に向かって叫ぶと、今まで何処にいたのか黒いローブに仮面を付けた人物がゆらりと現れる。

――コイツは私達をここへ連れてきた奴……!

「あれは……! 使い魔か……!?」

仮面の人物を見たアーヴァインさんが驚いたその隙を突いて、伯爵が再び拘束呪文を唱える。

「我が力の源よ　黒き鎖となり　彼《か》の者を――……」

「させるかっ!! 〈レスティンギトゥル〉!!」

アーヴァインさんが素早く上着から魔石を取り出し、呪文を唱えながら魔石を割ると、発動しかけた伯爵の魔法が「バキィィィンッ」と音を立てて掻き消された。

「――なっ!! 封魔石かっ!!」

魔法を無効化された伯爵は魔法を使えないと判断したのか、後退して私達から距離を取る。

「あいつを捕らえろ‼　ユーフェミアから引き離せ！」

そうして仮面の人物に命令をしたけれど、突然「うわっ‼　こいつらっ‼」と伯爵が叫び、慌てたように手を振り回している。

目を凝《こ》らすと、幾つかの小さい光が伯爵の行動を邪魔するかの如く飛び交っているのが見えた。

「目障りな精霊共めがっ‼」

……精霊？　まさか、あの小さな光は精霊だったの⁉　でも、どうしてこんな所に精霊が……？

――と、その時、空間が軋むような威圧を肌で感じ、身体が竦む。

「ヒィ⁉　く、来る‼　奴が来る！　お前はコイツを連れて来いっ‼」

伯爵がそう言うと、いつの間にか私の後ろに移動していた仮面の人物が、私の腕を掴んで無理やり身体を持ち上げる。

「――っあっ‼　っあああぁぁっ‼」

「ユーフェミア嬢‼」

無理やり動かされた事で身体にかつてない程の激痛が走る。あまりの痛みに意識が朦朧《もうろう》とする。

痛みで私が気絶しそうになったその時――――。

「――――――――ミアっ‼」

いつかの夢で聞いた覚えがある、懐かしい、けれど成長した声が私を呼んだ。

――私の名を呼ぶのは……まさか……っ!?
失くしそうだった意識が急激に引き戻される。それと同時に涙が溢れて来てボロボロ零れていく。
痛みと涙でぼやけた目を凝らして声の主を探すと、夜空に幾つもの光を纏った黒髪の男の子の姿があった。

――――ハルっ……!!

会いたくて会いたくて、何度も何度も夢に見たハルが、成長した姿で私の目の前にいる――!!

――ハルっ！　ハルっ……!!　ああ、本当にハルだ……!!

しっかりとその姿を見たいのに、涙が次から次へと溢れ出てきて、ハルの姿をよく見る事が出来ない。本当は夢なんじゃないかと思いそうになるけれど、皮肉にもこの身体の痛みが、本物のハルがここにいると、今この瞬間が現実だと教えてくれる。

「まさか、あの黒髪――帝国皇太子……!!」
ハルの姿を見たアーヴァインさんが何かに驚いたように呟くけれど、ハルと逢えた事に喜んでいた私の耳に、その言葉は届かない。
「ミアを離せっ!!　〈光断〉!!」

ハルが叫び、手から白い光芒《こうぼう》を放つと、私の腕を掴んでいた仮面の人物の腕を貫通し両断する。

「――‼」

仮面の人物が叫び声をあげている気配がするのに、声は全く聞こえない。しかも私を掴んでいた腕は切断されても血を流す事なく、溶けるように消えていく。私の腕には確かに掴まれていた感触があったのに……もしかして人間の身体じゃなかったの……⁉

「くそっ！　詠唱破棄の滅殺呪文かっ……⁉」

仮面の人物の腕を切り落としたハルの魔法を見て伯爵が狼狽えている。

私は拘束が解けたものの自力で立つ事が出来ず、支えを失った身体が地面に倒れていく。襲い来るであろう痛みに、ぎゅっと目を瞑って耐えようとして――何かふわっとしたものに全身が包まれる感覚がした。そのおかげで私の身体は無様《ぶざま》に倒れる事なく、そっと丁寧に寝かされる。

倒れずに済んで助かったと思っていた私に、アーヴァインさんが心配そうに声を掛けてくれる。

「大丈夫ですか⁉」

「あり、がとう……」

アーヴァインさんにちゃんとお礼を言いたかったけれど、呼吸をするのすら辛くて、声が途切れ途切れになってしまう。これじゃあハルと話す事なんて出来ないかも。

「おい‼　お前が偽アードラーだな⁉　お前、簡単に死ねると思うなよっ‼　〈光縛〉‼」

ハルが叫ぶと手から光を発したけれど、今度は身体を切断する光ではなく、アードラー伯爵の身体を包み込む光だった。

「うおっ‼　く、くそっ‼　動けん‼　たかが〈光縛〉の筈なのに‼　何故だっ⁉」

「同じ魔法でも俺の魔法はカスタムされてんだよっ‼　念の為足一本いっとくか！〈光断〉」

再び光が走り、伯爵の左足を貫《つらぬ》いた。

「ぎゃあああっ‼」

光によって足首を切断されたアードラー伯爵が悲鳴をあげて倒れ込む。

前のめりに倒れたアードラー伯爵は顔面を強打し、鼻血をドクドクと流している。しかし拘束されたままなので、顔を押さえる事も出来ずのたうち回っている。

「ぐおぉおおお‼　痛い‼　痛いーっ‼」

このままだとエフィムみたいに失血死するのでは、と思ったけれど、アードラー伯爵の切断された足からは血が出ておらず、代わりに煙が上がっていた。

どうやら切断と同時に傷口を焼き、血が流れないようにしたみたいだ。これはたしかに痛いだろうな……同情の余地は全くないけど。

「んん？　お前痛いのが好きなんだろ？　今まで散々人間をおもちゃにして痛めつけて来たんだもんな！　だからお前には、お前が今まで人に与えてきた苦痛全てを経験させてやるよ！　嬉しいだろ？　楽しみに待っとけ‼」

「………っ‼　そ、そんな………！」

ハルの言葉にアードラー伯爵の表情が絶望に染まる。「嘘だ……嘘だ……」と呟きながらガタガタ震えている。今まで自分がやって来た事を思い出しているのかもしれない。

そしてハルが空からふわっと降りて来た。

ハルが纏っていた光は精霊さんの光だったようで「助かったよ。ありがとな」と、ハルがお礼を言うと、精霊さん達が凄く喜んでいる雰囲気が伝わって来た。どうやらハルはとても精霊さんに好かれているらしい。

「ミア！　もう少し待っててくれ！　先にコイツに止《とど》めを刺すからな‼　そこの男もだ！」

そう言ってハルが向かった先には仮面の人物がいた。どうやら隙を見て逃げようとしていたらしく、私から少し離れたところにいたようだ。

地面に光の剣のようなもので刺され、逃げないように縫い付けられている。

「……で、お前は何者だ？　もちろん人間じゃないよな？　偽伯爵の使い魔……もしくは式鬼《しき》か？まあ、どっちにしろ消滅させるのは変わらねーけどな」

ハルが仮面の人物に問い掛けるけど、もちろん答える筈がなく、ハルが仮面を取ろうと近づいた時、仮面の人物の手に黒い水晶玉が現れる。

——‼　ハル……‼　逃げてーっ‼

私の言葉は声にならず、ハルには届かない。

そして仮面の人物が水晶玉を割ろうと、手に力を入れて——。

——ダメっ‼

私は無我夢中で魔力を練り上げ、残った魔力全てを仮面の人物に向かって叩きつける。そして水晶玉ごと白い炎に灼《や》かれている光景を最後に、私の意識は闇に飲み込まれていった——。

光を目指す者 4（ハル視点）

俺が遠隔で放った魔法が少し離れた距離にある偽アードラーの屋敷で炸裂《さくれつ》し、光がその場所を知らしめる。想定通り、屋敷は瓦礫の山になったみたいだが、それでも出力は調整したので人は死んでいない筈……多分。それにミアとマリカは精霊に守って貰うよう頼んでいたから大丈夫だろう。

偽アードラーの屋敷は王都の貴族街の外れにあり、周りに屋敷などの建物がなくて助かった。範囲指定しているから問題ないとは分かっていたけど、これなら思いっきり暴れても大丈夫だろう。

肉眼で見える距離まで近づくと、偽アードラーと黒い奴がミアを連れて逃げようとしている所を目撃する。黒い奴に身体を起こされると、何処か痛いのか、ミアの悲鳴が聞こえてきた。

「————ミアっ‼」

俺がミアの名前を叫ぶと、ミアがハッとして俺を探す素振りを見せた後、涙で濡れた紫水晶の瞳を大きく見開く。俺の姿を見付けたミアの綺麗な瞳から、更に涙が溢れているのが見て取れる。

成長したミアを初めてはっきりと見て、七年前より更に美しくなったその姿に胸が熱くなる。

「ミアを離せっ‼　〈光断〉‼」

そのミアの腕を掴んでいる黒い奴が邪魔で邪魔で、我慢出来なかった俺は、黒い奴の腕ごと切断する。切り落とした腕は血を流さず残る事もなく消えていき、黒い奴が人間じゃないと判明した。

「くそっ！　詠唱破棄の滅殺呪文かっ……⁉」

偽アードラーが俺の魔法を見て驚いている。なるほど、元法国諜報員だけの事はあって物知りだ。遠くにいる俺にも気付いたし、コイツなかなかの術者だな。

支えをなくしたミアは自力で立てないのかそのまま崩れるように倒れていく。俺は咄嗟にミアを支えるよう精霊に指示を飛ばそうとしたけれど、ミアの近くにいた男がそっとミアを抱きとめた。

（くっそー‼　お前さっきから誰だよ⁉　俺のミアに触るんじゃねぇ‼）

偽アードラーの仲間じゃなさそうだけど、後でこの男が誰か問い詰めてやろう。

しかし精霊との同期に複合多重魔法の行使で、脳の処理が追いついていないのか、さっきから頭痛が酷い。流石の俺も魔法の並列処理は初めてだったから、加減が分からず無茶振りしたらしい。

――だが、もう少しで終わりだ！　ここで一気にカタを付けてやる‼

「おい‼　お前が偽アードラーだな⁉　お前、簡単に死ねると思うなよっ‼〈光縛〉‼」

コイツには聞かないといけない事が山程あるから取り敢えず逃げないように拘束しておこう。

「うおっ‼　く、くそっ‼　動けん‼　たかが〈光縛〉の筈なのに‼　何故だっ⁉」

やっぱりコイツかなり魔法に精通しているな。〈光縛〉を無効化する術を知っているようだ。

「同じ魔法でも俺の魔法はカスタムされてんだよっ‼」

俺の魔法は特別製だからな‼　簡単に解析されてたまるか！　しかしコイツ油断ならねーな。

「念の為足一本いっとくか！〈光断〉‼」

「ぎゃあああっ‼」

足首を切断された偽アードラーが悲鳴をあげながらバランスを崩し、顔面から地面に激突した。どうやら思いっきり顔面をぶつけて鼻の骨を折ったらしく、鼻血が大量に流れている。

「ぐぉぉおおお‼　痛い‼　痛いーっ‼」

足の切り口も焼いといたし、かなりの痛みがコイツを襲っているのだろう。

――だがな、お前に襲われたミアの痛みはこんなもんじゃねーんだよっ‼

「んん？　お前痛いのが好きなんだろ？　今まで散々人間をおもちゃにして痛めつけて来たんだもんな！　だからお前には、お前が今まで人に与えてきた苦痛全てを経験させてやるよ！　嬉しいだろ？　楽しみに待っとけ‼」

今までコイツの犠牲になった人間は数え切れない程いるだろう。その苦痛を全て与えるとなると、身体を五寸刻みにしてもきっと足らないだろうから、上級ポーションを大量に用意して癒やしながら拷問してやろう。金かかるしポーション勿体ないけど。

「…………っ‼　そ、そんな…………！」

偽アードラーが顔を青くして恐怖に震えているけど、因果応報《いんがおうほう》って言葉知らないのかな？　何でこういう奴って自分は無事だと思い込んでんだろ？　やるなら自分もやられる覚悟で挑まないと。

今まで余程酷い事をしてきたのを思い出したのか、偽アードラーはガタガタと震えながら「嘘だ……嘘だ……」と怯えている。

偽アードラーの心は折ったし、もう大丈夫かと思い、飛行魔法を解除して、長い時間力を貸してくれた精霊達に「助かったよ。ありがとな」とお礼を言う。

「ミア！　もう少し待っててくれ！　先にコイツに止めを刺すからな‼　そこの男もだ！」

本当は今すぐミアのもとへ行って抱きしめたいけど、最後に残った黒い奴の処理が未《ま》だ残っているからと、ぐっと我慢した。後もうひと踏ん張りだ！　頑張れ俺！

さっき偽アードラーの足を切断したついでに、コイツも逃げないように捕まえておいたのだ。

「……で、お前は何者だ？　もちろん人間じゃないよな？　偽伯爵の使い魔……もしくは式鬼か？

まあ、どっちにしろ消滅させるのは変わらねーけどな」

コイツからは偽アードラーと同じ魔力と……何か──別な、異質なものを感じる。

この仮面を取ってみるかと思い手を伸ばすと、仮面の手に黒い水晶玉みたいなのが出現した。

──これはっ!?

俺が驚いた一瞬の隙を突いて、仮面の奴がその水晶玉を割ろうと手に力を込めたのが分かった。

──ヤバイっ‼　防御が間に合わな──‼

その瞬間、横から凄まじい威力の劫火が放たれ、仮面の奴ごと水晶玉を灼き尽くす。

魔法が放たれたであろう方角へ振り向くと、今まさにミアが意識を失うところだった。

「ミア────っ‼」

俺は急いで駆けつけたが、謎の男に抱きかかえられたミアの顔色は真っ白を通り越して土気色《つちけいろ》になっていて全く生気がない。それでも呼吸はしているので、俺はミアが生きている事に安心する。

魔力の枯渇かと思い、慌てて魔眼を発動させ、ミアの魔力を視た俺は絶句した。

何故なら、あれだけ強かったミアの魔力は全く感じられず、魔力神経はズタズタで、今生きている事が不思議なぐらいの重傷だったからだ。

俺は万が一の為にと思い、持って来ていた上級ポーションをミアに振りかける。ミアが作ったポーション程の効果はなく外傷を治す程度で魔力回復には至らないけれどないよりはマシだろう。

「一体どうやったらこんな酷い状態になるんだ……！」

特に魔力神経の損傷が酷い。俺が来る前から負傷していたのだろう。だとしたらずっと辛そうだったミアの表情にも納得がいく。

――こんな状態で俺を守ってくれたのか……。

きっと想像を絶する激痛に苛まれていただろうに、俺の為に全魔力を使ってくれたミアに、愛しい気持ちが溢れてきて止まらない。

再会すればミアの笑顔が見れると思ったのに、俺は泣き顔しか見ていない！　確かに泣き顔が見てみたいと思ったけど、それは嬉し泣きの顔なのだ‼　くそっ！　偽アードラーめ……‼

とにかくミアをこのままにはしておけない。帝国へ連れて行けば何とかなるか……？　しかし今から急いで戻っても一日はかかる。それまでミアの容体が悪化しなければいいが……。

俺がミアを助ける為の方法を模索していると、ミアを抱いたままの男が俺に声を掛けてきた。

「――失礼、バルドゥル帝国皇太子レオンハルト殿下とお見受け致しますが、ユーフェミア嬢とは一体どのような関係でしょうか？」

（はあ⁉　ミアとの関係だぁ⁉　そんなもん……何だっけ？　……あれ？）

そう言えば俺はミアと再会の約束をしたものの、他に何も約束していない事に気が付いた。

ミアと再会する事に一生懸命で、再会したらミアと何を話そうか、何をしようかと、そんな事ばかり考えていたのだ。もちろん、俺はミアとずっと一緒にいたいから結婚する気満々でいたけれど、それは俺の希望であって、ミアの気持ちを全く考慮していなかったのだ。

「……その質問に答える前に、俺から質問させて貰う。お前は何者だ？　どうしてミアと一緒にいた？　もしかしてアードラーと懇意の者か？」

精霊の目から見たコイツの行動は敵ではなさそうだが、念の為確認しておかなければならない。

「ああ、それは大変失礼いたしました。私はアーヴァイン・ワイエスと申します」

俺はその男が名乗った名前に聞き覚えがあった。ワイエス……だと？　確かその家名は、魔導国の公爵位で王族の分家筋だった筈。そして国立魔導研究院の院長に就任した者の名前も同じワイエスだった。……という事は、コイツが魔導研究院院長で、且《か》つ魔導国王弟――!!

ワイエスの身元は分かったけれど、でもコイツ、どこかで見た事があるような……？

「これは失礼した。貴殿が魔導研究院院長のワイエス殿か。ならば偽りなく答えよう。ミア――ユーフェミア嬢は俺の大事な人だ。だから彼女の身柄をこちらに引き取らせて貰いたい」

こうしている間にもミアはコイツに抱きかかえられたままなので、早くミアを引き離したい俺は彼女の身柄を要求した――ワイエスへの牽制《けんせい》も兼ねて。

「……そうですか、彼女は殿下の……」

ワイエスが納得したように呟いたので、てっきりミアを渡してくれると思っていたのだが――。

「ですがユーフェミア嬢をお渡しする事は出来ません。彼女は私にとっても必要な存在なので」

「――っ⁉」

思いも寄らない拒絶の言葉に驚いた。――いや、コイツの態度から薄々ミアへの気持ちは分かっていたけれど……！　ミアが必要な存在……だと⁉

「……では、質問を返させていただこう。貴殿とミアの関係は？　どこで知り合った？」

（まさかとは思うけど、ミアの恋人とかじゃないよな？）

「彼女との関係……ですか。それはまだ何とも言えませんね。出逢った場所は先日王宮で行われた舞踏会の会場ですが」

ワイエスが「舞踏会の会場」と言った事で当時の俺の記憶が蘇《よみがえ》る。コイツ、俺がミアを探している時に声を掛けた奴か！　ん？　まさかあの時は既にミアと知り合っていた……？

そうなると色々文句を言ってやりたいが、俺も変装していた事を思い出し、ぐっと我慢する。

「ミアの容体は一刻を争う程酷い状態だ。早く治療に掛からないと手遅れになる」

「確かにその通りですが、王国では彼女を治療出来ないと思います。その点、我が魔導国では最先端の医療設備を兼ね備えていますので、どうぞご安心下さい」

（この野郎……っ！）

しかし王国で治療出来ないってマジかー！　……まあ、薄々分かっていたけどさ……。

「それは帝国でも同じ事。それにミアは魔力神経を酷く傷つけている。ならば魔力を視れる者がいる方が確実だ。それに俺は飛竜を所持している。飛竜を使えば帝国の方が近い筈だ」

王都から帝国までなら、飛竜を使えば魔導国よりも余程早く到着出来るだろう。だから流石にワイエスもミアを渡すだろうと思っていたのに――！

「しかし彼女は王国の侯爵家令嬢。他国の貴族を本人の承認なしに連れ去るのは条約違反では？」

（――コイツ、今度は国家間の条約まで持ち出して来やがった‼）

もしかして、単にミアが好きなだけじゃなく、その特異性にも気付いたか――⁉

「それを言うならワイエス殿も同じだろう？　肉親でもない限り――……」

「私と彼女はまるっきりの他人ではないのですよ」

「……はあぁ⁉　それは一体どういう意味だ……⁉」

思わず素で驚いてしまったのは仕方がない。しかしミアと他人じゃないだと⁉

「それについては申し訳ありませんが黙秘させていただきます。ただ、私が彼女を連れ帰っても咎められる事はないとだけお伝えしておきましょう」

全くミアを手放す気がないワイエスに条約まで持ち出されてしまえば手詰まりだ。腕力でならミアを奪えるだろうが、コイツは魔導国の王弟だ。俺個人の問題だけでは済まされない。

（くそ……っ！　ワイエスの執着がここまでとは……！）

どうにかしてコイツからミアを取り戻せないかと考えていると、ミアが握りしめていた手から、見覚えのある煌めくものが零れ落ちた。

（――あれは……っ‼）

俺はそれを見て、ミアが大事にしていてくれた事に――ミアの想いを知って胸が熱くなる。

ミアがそれを失くさずにいてくれたおかげで、ワイエスから――いや、魔導国からミアを取り戻す糸口を掴んだ俺は、ワイエスに反撃する。

「そこまで言われれば仕方がない。では、ミアが身に着けているネックレスをご覧いただこうか」

俺の言葉に、ワイエスが怪訝《けげん》な表情でミアのネックレスに通された指輪を確認すると、その表情を驚愕に染める。

「――こ、これは……っ‼　まさか、皇環‼　何故、彼女がこれを……⁉」

「皇環を持つ者は帝国の庇護下にあり、その身分は俺と同等――つまり、皇族と同じという事だ。それでも貴殿はミアを渡さない、と？」

「……っ‼　くっ……‼」

まさかここで反撃を喰らうと思っていなかっただろうワイエスが、悔しそうに顔を歪める。そして思考を張り巡らせて、何とか切り抜けようとしたのだろうが、打つ手はなかったらしく、ため息をつくと、俺にミアを渋々差し出した。

俺はミアを受け取ると、大切な宝物のように、その身体をそっと抱きしめる。

――ああ、やっと、やっとミアをこの手で抱く事が出来た……！

俺は腕の中にミアの体温を感じ、夢にまで見たミアとの再会が叶ったのだと、今になってようやく実感する。愛しさが溢れ出して止まらない。

ワイエスはそんな俺の様子を見て、苦虫を噛み潰したような表情をすると、悔しそうに言った。

「皇環を出されてしまえば仕方がありませんね……しかし、私は彼女を諦めるつもりはありませんので。くれぐれもお忘れなきよう」

（ここまで来てもミアを諦めるつもりはない、か……）

「肝に銘じておこう」

俺の返事を聞き届けたワイエスは踵《きびす》を返すと、何かの魔道具を取り出して操作した後、瓦礫の中で倒れていた灰色のローブを纏った男を肩に担いで去って行った。しばらくして馬の嘶《いなな》きが聞こえて来たので、先程の魔道具は馬車を呼ぶ為の物だろう。

（あの灰色のローブが例の魔導研究院の者か。どうやらかなりの重傷のようだが……）

とにかくミアを王宮に運ぼうとして――俺の背後から、突然人の気配がしたので慌てて振り返る。

――まさか、偽アードラーが!?

しかし、振り向いた先にいたのは小汚いおっさんではなく、白い髪の少女だった。

（え？　もしかしてこの少女がマリカ？　随分小さ……幼いな）

マリカが腹を押さえながらこちらに向かって歩いて来るが、かなり辛そうだ。

「お、おい。辛そうだが大丈夫か……？」

「私は大丈夫。それよりミアの状態が酷い」

マリカがミアを見て、あまりの状態の酷さに顔を顰《しか》めている。

……もしかしてこのマリカも俺と同じ魔眼持ちか……？　まあ、その件は追々話を聞くとして、とにかく今はミアだ。

「王国で腕の良い医者を知っているか？」

俺の質問にマリカは首を振って「王国ではミアを治療出来ない」と呟いた。

「医術や魔力の研究はほとんどされていない。帝国とは雲泥《うんでい》の差」

やはりワイエスが言っていた事は本当だったか……王宮の医師であれば何とかなるかもと思ったが、それすら難しいかもしれないな。

「こうなると、このまま帝国へ行くしかないか……」

そうして俺がミアを抱いて立ち上がった時、マリカが「あっ」と何かを思い出したように言った。

「商会の寮のミアの部屋に〈神の揺り籠〉がある。そこで休ませれば回復出来るかもしれない」

「はあ!?　〈神の揺り籠〉!?　何でそんなもんが……って寮!?」

法国でも上位の者しか入れない本神殿の奥深くに、最上級治癒魔法が施された場所があると聞いた事がある。一国の王が治療の為、国家予算一年分の大金を積んで使用の許可を求めてもあっさり断られたという、〈神の揺り籠〉が商会の寮にある？

「……それは、やっぱり……」

「そう、ミア。ミアが私の為に用意してくれた」

「相変わらず、無自覚なんだろうな……」

ミアはいつも無自覚でとんでもない魔法を使うけど、それは全て人を助ける為の魔法だ。人の為に魔法を使うミアだからこそ、聖属性を持っているのかもしれないな。

俺がミアを抱いて「よし！　もう一回飛ぶぞ！」と言うと、今まで俺達の様子を見守っていた精霊達が一斉に寄ってきて、俺はミアと一緒に再び精霊まみれになる。

「こんなに精霊が……」

マリカも魔眼で精霊達を視て、その数に驚いている。王都ではほとんど見かけないからな。

そして俺が再び飛行魔法を行使すると、向こうの方からマリウス達がやって来るのが見えた。

「マリカ！　俺の部下達がもうすぐここへ来る！　悪いが、事情説明しといてくれ！」

「分かった。ミアをお願い」

マリカが力強く頷くのを確認した俺は、ミアの様子を見ながら全力でランベルト商会へ向かう。

ミアは軽いので抱いていてもスピードが落ちる事なく、無事ランベルト商会まで着く事が出来た。

精霊達の案内でミアの部屋へ行くと、簡素ながらも女の子の部屋らしく綺麗に整頓された室内の様子にミアらしいな、と思う。

そして部屋の奥にあるベッドを視て驚いた。本当に〈神の揺り籠〉がある……！

一見、何の変哲《へんてつ》もない普通のベッドだが、俺の魔眼では花緑青色の清涼な魔力で包まれていて、この世界とは別の位相に存在しているもののように視えた。

「……マジかー……法国の奴らが見たらどんな顔するんだろ……」

アイツらはとにかく秘匿するから質《たち》が悪い。人を救う術がすぐそこにあるのに、教義がどうとか言って出し渋るから救えるものも救えない。結局それで命を落とした者がどれほどいる事か……！

俺からしたら人を救えない宗教なんざクソ喰らえなんだがな。

ミアをそっとベッドに寝かせると、早速効果が現れたのか、ミアの顔色が良くなっていくのが分かる。これでひとまず命の心配はなくなった。後は魔力神経だが……。

聞いたところによると〈神の揺り籠〉は、肉体的損傷や病気などの治癒には効果があるそうだが、魔力系統の治癒に効果があるかどうかは不明となっている。

世界のあらゆる国で魔力神経の研究は行われているものの、成果はほぼ上がっていない。それは魔力を視る事が出来る者でないと魔力神経は見えないからだ。

研究する人間に魔眼持ちがいればいいのだろうが……数が少ないからな。

……そういう意味でも、あのマリカという少女は希少だろう。天才魔道具師と称されるだけでも大したものなのに、更に魔眼持ちとか。そりゃ魔導国も躍起になって欲しがる筈だわ。

花緑青色の光に包まれたミアの顔をじっと見つめる。

閉じられた瞼《まぶた》はピクリとも動かず、本来の美しさも相まって、精巧に出来た芸術品のようだ。

それでも、わずかに上下する胸の動きが、ミアが生きていると教えてくれる。

……ギリギリとは言え、ミアの命を守る事が出来て本当によかった。後少しでも遅れていたら、ミアを永遠に失っていたかもしれない――。

昔はミアと二度と逢えないかもと想像をするだけで駄目だった。でも今は、生きてこの世界にいてくれるなら、それだけでいいと思うようになった。

だから、ミアがこのまま眠り続けたとしても、俺は彼女が目を覚ますまでいつまでも待つし、眠る姿を見守りながら人生を過ごす事になっても構わないと思う。

——どんな形でも、俺の側で生きてさえいてくれたなら、それだけで俺は幸せだ。

たとえミアが、その瞳に俺を映す事がなかったとしても——。

アードラー伯爵邸跡地にて（マリカ視点）

何かに呼ばれたような気がして目が覚める。

すると、目の前には綺麗な星空が広がっていて、一瞬自分が何処にいるのか分からなかった。

ぼんやりとした頭で星を眺めていると、一つの星がふわふわしているのに気が付いた。

（……星……じゃない……？）

よく目を凝らして視ると、それは星ではなく小さな光の粒で。

私の目の前で浮かんでいるこの光は——精霊？

どうしてこんな所に精霊がいるのかと思い、身体を起こそうとしたら、身体中を打撲しているらしく、酷い痛みが襲ってきた。

……そうだ、私はあの伯爵に殴られて気を失っていたんだ……！

痛む身体を我慢して周りを見回すと、大きくて立派な屋敷だったそれは、見るも無残に瓦礫の山となっていた。

——一体何が起こったの……⁉

まさか私が気絶している間にミアの魔力が暴走してしまったのかもしれないと思い、私は何とか立ち上がり、ミアを探す。

ふと、人の気配を感じてそちらへ向かうと、黒いローブが見えたのであの仮面の人物かと思わず身構えた。けれど、黒いローブだと思っていたのは黒い髪だという事に気付き、まさかと思って歩み寄る。すると、私の気配に気付いた黒髪の人物がハッとした顔で振り向いた。

いつかディルクが持ってきた、蒼い魔石と同じ色の瞳――。

蒼い瞳と黒い髪で、この男の子がミアの大切な人――ハルなんだと分かった。

――ああ、よかった……ミアを助けに来てくれたんだ……！

でも、そう思ったのも束の間、そのハルの足元で倒れているミアを見付け、慌てて駆け寄ろうとしたけれど、身体が痛くて真っ直ぐ走れない。

「お、おい。辛そうだが大丈夫か……？」

無意識にお腹を押さえ庇いながら、ふらふらと歩み寄った私の姿を見て心配してくれたのか、ハルが声を掛けてきた。

「私は大丈夫。それよりミアの状態が酷い」

ミアの様子が気になったので魔力神経を視てみると、これ以上ないほどボロボロで、魔力は全く残っておらず、生きているのが不思議なぐらいだった。

「この王都で腕の良い医者を知っているか？」

ハルからの質問に、私は首を振って「王国ではミアを治療出来ない」と答える。

「医術や魔力の研究はほとんどされていない。帝国とは雲泥の差」

ハルが苦虫を噛み潰したような顔をして考え込んでいる。

農業が主産業の王国には、研究施設のようなものが全くない。医療技術だけでなく魔道具に関しても後進国だ。

「やっぱりこのまま帝国へ行くしかないか……」

ハルがミアを抱き上げ、帝国へ連れて行こうとしているところで「あっ」と思い出した。

「ランベルト商会の寮のミアの部屋に〈神の揺り籠〉がある。そこでしばらく休ませれば回復出来るかもしれない」

「はあ⁉ 〈神の揺り籠〉⁉ 何でそんなもんが……って寮⁉」

法国の神殿最奥部にあると言われているものが、商会の寮にあればそりゃあ驚くだろう。

「……それは、やっぱり……」

「そう、ミア。ミアが私の為に用意してくれた」

「相変わらず、無自覚なんだろうな……」

七年も離れていた筈なのに、ミアの事をよく理解しているところに彼の、ミアに対する愛情の深さを感じる。

「よし！ もう一回飛ぶぞ！」

ハルがそう言うと、今まで何処にいたのか精霊達が一斉に寄ってきて、ハルとミアが精霊まみれになっていく。

「こんなに精霊が……」

この王国には精霊はほとんどいない。王国大森林の奥深くの泉付近に精霊の目撃情報があったぐらいだ。でも最近、研究棟のバラ園に精霊の気配を感じる事があったけど……まさかね。

きっとハルが帝国の精霊の森から連れて来たに違いない。うん。

するとハルが精霊達と〈同期〉し、飛行魔法を発動させる。

……‼　ミアも大概《たいがい》だと思っていたけれど……！　うん、似た者同士だわー。

「マリカ！　俺の部下達がもうすぐここへ来る！　悪いが、事情説明しといてくれ！」

空に飛び上がった事で、自分の部下達を見付けたハルが、上空から私にお願いする。

「分かった。ミアをお願い」

私はしっかり頷いて、ミアとハルを見送った。

「……うぅ……クソぉ、クソぉ……‼」

声がした方を見ると、伯爵が光る何かで拘束されている姿があった。

――これは、光魔法の〈光縛〉……？　でも何かが違うような？

きっとハルの仕業なんだろうけど、伯爵も大概ボロボロになっていた。

けれど、身を捩《よじ》ったり何かの呪文を唱えたりと必死になっていて、何とかここから逃げようと躍起になっている。

「何故解呪《かいじゅ》出来ん……！　魔法も使えんとは……！　クソおぉ‼」

どうやらこの伯爵は〈光縛〉から逃れる術を持っているようだけど、私が視たところ、この〈光縛〉は拘束した人間の魔力を使って効果を維持しており、逃げようと魔力を使う度に強固な拘束となるように術式を改変・付与しているようだ。

それを知らない伯爵は自身で拘束を強くしているのに気が付かず、更に堅牢な術に縛られている。

うーん。これはなかなか興味深い。今回の事が落ち着いたら、一度ハルとゆっくり魔法について話し合ってみたい。私がそう思っていると、馬の足音と嘶きが聞こえ、ハルの部下達が到着したのだろうと気が付いた。

直ぐにそちらへ行きたいけれど伯爵を放っておけないし……というところで、私が一番大好きで、会いたかった人の声が、私の名前を呼んだ。

「マリカっ‼」

咄嗟に声の方へ顔を向けると、ディルクが走ってこちらに向かって来るのが見えた。

私は身体の痛みも忘れて、ディルクのもとへ行こうと走り出す。

溢れ出る感情に突き動かされながら、上手く動かない身体を無理やり動かして、ディルクに向かって手を伸ばす。

「ディルク……！」

ディルクは私が伸ばした手を取ると、そのまま私を引き寄せて強い力で抱きしめた。

ディルクの温《ぬく》もりと香りに包まれた私は、張り詰めていた緊張が解けたのか、涙腺《るいせん》が決壊して目から涙が溢れ出す。

ポロポロ涙を流しながら抱きつく私に、服が濡れるのも構わず、ディルクは更に私を抱き込み、安堵のため息を漏らす。

「……マリカ……無事でよかった……っ！」

かすかに震えるディルクの身体が、心の底から私を心配してくれていたのだと教えてくれて、ディルクのそんな想いに心が喜びで打ち震える。

——ディルク、ディルク、ディルク……‼　大好き……‼

今がチャンスとばかりに、ディルクの香りを思いっきり吸い込んで、身体中をディルクで満たしてやっと心が落ち着いてきた。

更にディルクの胸に顔を埋めて頭をグリグリ擦《す》り付ける。あくまでさり気なく！　ココ重要！

……あら？　意外とディルクって筋肉質……？　服の上から腹筋が割れているのが分かっちゃいましたよ……？


あ、アカン！　これ鼻血出してしまう奴や‼

慌ててディルクの胸から顔を離し、心を落ち着かせようとしたけれど、顔を離した瞬間、またもやディルクに抱きしめられて、頭がパニック状態になった。

「……もうちょっと、このままでいさせて？」

混乱している私の耳元で、ディルクが甘い声で囁くものだから、感情が天元《てんげん》突破した私の意識は一瞬ホワイトアウトする。


――あ、私死んだかも。

第十三章　ぬりかべ令嬢、光に導かれる。

真っ暗で何も見えず、暗い沼の底で漂っているように身体の感覚がない。

五感全てが失われたような、完全な闇が無限に広がっている何もない空間で、私の意識だけが存在しているみたいだった。

――私は死んだのかな？

罪人が死んで行き着く先は、灼熱の責め苦を受けるとされる世界だったり、永遠に閉じ込められる氷の地獄だと聞いた事があるけれど、私がいるここはそれよりももっと重い罪を犯した亡者《もうじゃ》が堕ちる虚無の世界だ。

――私はここで永遠に囚われたままなの？

濃くて深い闇の中に一人残されたような、途方もない孤独感に胸が押しつぶされる。

もう誰にも逢えず、たった一人でこの世界に存在し続けなければいけないのかと思うと、恐怖と絶望に心が押し潰されそうになる。

――ハル……！

やっとハルと再会出来たのに、まだ私はハルに何も伝えられていない。

約束だってまだ果たしていない。ハルの指輪だって返せていないのに……！

――ハル、助けて……‼

届く筈がないと分かっていても、ハルに助けを求めてしまう。身体があるのかも分からないのに、声なんて出る筈もなく。

――ハル……

闇の中、ハルを思う事でしか自我が保てなくなって来た。

私の意識はこのまま闇に溶けて、私という存在は消失するのだろうか。

ならば最後までハルを想って消えていきたい。

どうかハルが幸せでありますように――。

ハルの幸せを願うと、身体があった時の感覚でいう胸の辺りに、何かを感じた。

――これは何？

確かに胸の辺りに何かを感じるのに、それが何処にあるのかが分からない。

それは、すぐ近い筈なのに、とてつもなく遠い場所にあるような、そんな不思議な感覚だった。

私はその「何か」を求めて闇の中を彷徨うけれど、まるで天空の太陽を追いかけているかのようで、全く手が届かない。

この闇の中では距離と空間の定義が私のいた世界と違うのかもしれない。もうどれだけ彷徨ったのか、どれだけ時間が経ったのかも分からない。

――ハル……。

闇に閉じ込められたまま、永遠にハルに逢えないんだと思うと、心が絶望に染まりそうになる。

でも心が絶望に染まる寸前で、私はふとお母様の言葉を思い出した。

『――ミア、よく聞いてね。これから先、あなたにとって、とてもつらい事が起こるの……でも絶対絶望しちゃダメよ。さらに未来、あなたはとても素敵な人と出会えるわ……だからそれまで辛いだろうけど、一生懸命生きてちょうだい――お母様最後のお願いよ』

――お母様……！


そうだ、お母様とも約束したんだった！　どうして今まで忘れていたんだろう。

お母様の言葉を聞いた時、「とてもつらい事」というのはてっきりお母様が亡くなった後の事だと思っていたけれど、本当は今のこの状況の事だったんだと気付く。

お母様との約束を思い出したら心に希望が湧いてきた。諦めなければきっと、ここから脱出できる方法が見つかる筈……！

――ハル！　約束は必ず守るから、必ず会いに行くから、待っててね――！

ハルの事を想うと、さっき感じた「何か」が、更に強くなって感じられた。

――この「何か」はハルと関係があるのかな……？

私がそう思うと、今まで闇しかなかった空間にぼうっと光る線のようなものが現れた。

――な、何これ⁉

ぼうっと光っていた線が、段々輪郭をはっきりさせてくると、それはとても見覚えのあるものだという事が分かった。

――これは……‼　お母様の首飾り……⁉

いつも肌身離さず着けていたお母様の首飾りが、見えなくなるずっと先まで伸びていた。

闇の中で白金に煌く様は、まるで優しい月明かりのよう。

私は迷う事なく首飾りの光を辿っていく。

もしかして、この首飾りの先にあるのはハルの指輪なのかな……？

身体や距離とか、時間の感覚はないけれど、この光を辿るつもりで意識していく。自分でも不思議だけれど、そうすればきっとここから脱出出来るんだ、という確信があった。

優しい光の線を見ると、お母様は亡くなっても私を導いてくれている――暗闇から私を救ってくれようとしてくれる――そんな深い愛を感じて、私の心は喜びに満たされる。

しばらくすると、遠い光の線の先に虹色の光が見えた。

よく見るとそれは、虹色の光輪が太陽のような光の周りを回転している光景だった。その様子に以前、ディルクさんに頼まれて作ったお守りを思い出す。

私はあの時のお守りが発生させた現象と、目の前の光景がよく似ているのに気が付いた。

――――ミア……‼

太陽のようだと思った光から、かすかにハルの声が聞こえた。

――ハルっ‼　ハルがこの先にいる‼

まだまだ遠く離れているけれど、あの光を目指せばそこにハルがいる！

――ミア……ミア‼

ハルの声がどんどん大きくなっていく。私の心がどんどん逸ってくる。

そして永遠のような一瞬の後、私は光のもとに辿り着く。

まるでゲートのような虹の光輪をくぐり、迷う事なく一気に光の中へ飛び込んだ。

飛び込んでみたら、今度は光の洪水の中で、何処へ行けばいいのか全く分からない。

すぐにハルと会えると思ったのに、どうすれば……！

「――ハルっ……!!」

思わずハルの名前を呼ぶと、今度はちゃんと声になっているのに気が付いた。すると、私の意識が凄い勢いで引っ張られていく。

私がその感覚に驚いていると、失くなったと思っていた五感が次々と戻ってきて、バラバラだった神経が繋がっていくのが分かった。

まるで途轍もなく巨大な力で、身体を再構築されているかのようだ。治癒の魔法とか、そんなものとは比べ物にならない奇跡の力――。

――そして不思議な力で身体を癒やされた私は、深い眠りから目を覚ましたのだった。

第十四章　ぬりかべ令嬢、目を覚ます。

光の洪水の中で、身体が作り変えられていく。

自分の感覚がどんどん研《と》ぎ澄まされて、五感が一つ一つ戻っていく——そんな不思議な感覚だった。

五感全てが戻ったと思ったら、手に感じる温もりと、風が動く気配を肌に感じ、ゆっくりと目を開く。するとそこには、青空のような綺麗な蒼色があって……。

——ああ、私が大好きな——ハルの瞳の色だ。

目を開けた時に見た色が、ハルの色なのが嬉しくて、私の顔は自然に緩む。

すると、綺麗な蒼い瞳が驚いたように見開かれる。

その驚いている蒼い瞳に、この世界では珍しい黒い髪がサラリと流れ——ああ、なんて綺麗な人なんだろう、夢で見たハルとよく似ているな……と思って気が付いた。

……あれ？　ハルの顔がとても近くにあって、その体温や息遣いを間近に感じるけれど……。

——!?　まさか本物……!?

私がカッと目を見開くと、しばらく固まっていたハルが「うわぁっ!!」と驚いて仰《の》け反《ぞ》った。

私は離れていく体温を逃さないように、ハルのローブをぐっと掴み、引っ張る力で身体を起こして、思いっきりハルの胸の中に飛び込んだ。

「ミ、ミアっ⁉　えっ？　起きた？　えっ？　ホントに⁉」

突然飛び起きた私に、ハルがパニックになっていたけれど、恐る恐る手を伸ばすと、私をしっかりと抱きしめてくれた。

「……ミア！　ミアっ‼　……ああ、よかった……っ‼」

「ハルっ！　会いたかったよ……っ‼」

「俺もっ……‼　ずっと会いたかった……‼」

私はハルのローブを掴んでいた手を離して、ハルの背中へと手を回す。七年前とは違う、しっかりと筋肉がついた背中に、男らしく成長したハルを実感してドキドキする。

……うぅ……思わず勢いで抱きついちゃったけど……っ‼　よく考えたら凄く恥ずかしい事をしているよね……⁉　どうしよう、きっと顔真っ赤だよ……！

今更ながら、自分の行動に恥ずかしくなってしまったけれど、ずっと待ち望んでいたハルの体温を感じているうちに、そんな事どうでもよくなってきた。

――やっと、やっとハルに逢えたんだ……‼　嬉しい‼　嬉しい‼

七年間の空白を埋めるかのように、二人してぎゅうぎゅう抱きしめ合っているとドアをノックする音がして、驚いた私達は同時にパッと離れてしまう。

離れた途端、ハルの体温が空気に溶けて失くなっていくのを感じて寂しくなる。

――少し離れただけなのに、こんなに寂しく思うなんて……。

私が残念そうな顔をしたのに気が付いたのか、ハルがそっと私の手を握ってくれた。そんなハルの気遣いに嬉しくなる。ハルも私と同じ気持ちだったらいいな……なんて。

ふと周りを見渡すと見覚えのある部屋で、今更ながら自分の部屋にいた事に気が付いた。ハルがいるからいつの間にか帝国に来たのかな、と思ったけれど、でもベッドはマリカのだよね……？

私が不思議に思っていると、ハルがドアに向かって「どうぞ」と声を掛けた。

ドアが開くと、白い髪の可愛い女の子がひょこっと顔を出す。

「マリカ……‼」

その可愛い女の子、マリカは私の姿を見て驚いたと思ったら、今度は私に向かって走り出し、がばっと抱きついて「……ミア！　よかった……！」と言葉を零す。

心の底から安心したような声で、マリカが嬉しそうに言ってくれたから、私も同じように嬉しくなる。そして私もマリカをぎゅっと抱きしめ返すと、マリカが小刻みに震えて泣いている事に気が付いた。そんなマリカの様子に、随分心配をかけてしまったのだと申し訳なく思う。

「心配をかけてごめんね。マリカは大丈夫？　お腹痛くない？」

アードラー伯爵にお腹を殴られていたし、気を失ってしまっていたから心配だったのだ。

「……私は大丈夫。あの時の怪我はもう治ったから」

「あの時……？」

マリカの言葉を聞いてアードラー伯爵に捕まったのはそんなに前だったっけ？　と不思議に思う。

「あのな、ミア。ミアがアードラー伯爵の屋敷で意識を失ってからもう十日経っているんだ」

ハルの言葉に驚いた。え？　そんなに経っていたの⁉

「そう、ミアはこの魔法のベッドで十日間ずっと眠っていた」

「魔力神経がズタボロだったからな。もう目覚めない可能性もあったんだが……そう言えばミア、もう身体は痛くないのか？」

ハルに言われて気が付いたけど、そう言えばあれだけ痛かった身体はもう全く痛くない。あの不思議な夢で見た通り、身体が新しくなったような気がする程調子が良い。

「うん。もう痛みは全くないから大丈夫だよ。魔法のベッドのおかげかな？」

私がそう言うと、二人がじっと私の身体を眺めている。……えっと、視線がちょっと怖いです。

「マジか……魔力神経が繋がっている……」

「あれだけの損傷が……たった一日で……？」

ハルとマリカが不思議そうな顔で話をしているけれど、私には全く分からない。そんな私の表情に気が付いた二人は私に分かりやすく説明してくれた。曰く──。

私は魔力神経を損傷している状態で無理やり魔法を使った為、魔力が枯渇していて、いつ死んでもおかしくない状態だった事、取り敢えず魔法のベッドで寝かせる事によって延命していた事、昨日まで魔力神経はほとんど治っておらず、目覚めるのにかなりの時間を要すると思っていた事──。

……私、死にかけていたんだ。

「……じゃあ、やっぱりアレは死後の世界……」

本当にあのまま消えて失くならなくてよかった……！

「え？　死後の世界を見たって？」

「気になる」

私の呟きを聞いた二人が興味津々に聞いてきたので、今度は私が夢で見た内容を二人に話した。

ハル本人に話すのはとても恥ずかしかったけれど……っ‼

何とか話し終えたものの、恥ずかしさに震えながら赤い顔を両手で隠した私を、ハルがぎゅっと抱きしめてくれた。

「ミアっ……‼　そんなに俺の事を想ってくれていたんだなっ……‼　俺も‼　俺もミアが大好きだ‼　初めて会った時からずっとずっとずっと愛してる‼」

(きゃ────────っ‼)

ハルからの思わぬ愛の告白に嬉しいやら恥ずかしいやらで、沸騰しそうなぐらい身体中が熱い。でも、ハルの言葉が凄く嬉しくて、ずっとずっと我慢していた感情と共に涙が溢れ出してくる。

「私も……っ‼　ハルが大好きっ‼　ずっと逢いたくてたまらなかったよ……‼」

ハルの肩口に頭を寄せてそう言うと、ハルが優しく私の頭を撫でてくれる。

──うわぁ。これ、凄く気持ちいいかも……。

ハルが「……迎えに行くのが遅くなって悪かったな。それと俺を助けてくれてありがとう」と言った後、頭に何か柔らかい感触が落ちてきて──私はハルがキスしてくれたのだと理解する。

(はわわわわっ‼　ど、どうしようっ‼　し、心臓がっ‼　も、持たないっ……‼)

待ち望んでいたハルとの再会と思いもよらぬ甘い触れ合いに、耐性が全くない私の心臓はこれ以上無いほどドキドキして、更に茹《ゆ》だった頭の中では、今私が死んだら原因は萌死《もえし》だな、でも死ぬならそれがいいな、とか何とか、訳の分からない事を考えていた。

積年の想いが溢れてきて、つい我を忘れてしまったけれど……。

そしてハルとひとしきり抱きしめ合い、何とか落ち着いて来たところで正気に戻る。

恐る恐る、視線をハルからずらしてみると、私達をじっと見ているマリカと目が合った。

「マ、マリカ……‼　あ、あのっ‼　ご、ごめんっ……‼」

とんでもないところを、ずっとマリカに見られていたと気付いて慌ててハルから離れようとしたけれど、今度は私を離してくれず、逆にもっと抱きしめられた。

（う、うわーっ‼　う、嬉しいけどっ‼　でも、でもマリカがっ‼）

「私は気にしない。平気。むしろ眼福。いいぞもっとやれ」

（マ、マリカあああぁっ‼　な、なんて事を言うのーっ‼）

「……ずっと、ミアが我慢していたのを知っているから……。だから、もう我慢しないで。それにミアが幸せそうで私も嬉しい」

マリカはそう言うと、その言葉通り、嬉しそうに微笑んでくれた。

そんなマリカを見て、いつの間にこんなに大人っぽくなったんだろう……と思ったけれど、今回の事でマリカも色々と考える事があったのかもしれない。

「……ありがとう、マリカ」

マリカにお礼を言ったものの、このままでは埒が明かないので、ハルの背中をぺちぺち叩いて離れるようにお願いした。

「ハル、取り敢えず今は離してくれる？　私が眠っている間のお話を聞かせてほしいの」

私がそう言うと、ハルはとてもとても名残惜しそうに、ゆっくりと身体を離してくれた。

「……まだ、全然足りないけど、今は我慢する」

初めて見る、ちょっと拗《す》ねたようなハルの顔と言葉に、私の身体を衝撃が貫いた。

（……っ‼　くっ……‼　苦しいっ……‼　ハルが可愛くて苦しいなんて……っ‼）

取り敢えず落ち着こうと、深呼吸したり、赤くなった顔を手で扇《あお》いでみたりして、無理やり誤魔化す。何とか落ち着いたところで、二人に何があったのか聞いてみた。

「ミアが眠っている間に、伯爵と仲間の貴族達、それと……ミアの義母の裁判が行われたんだ」

私はハルの話を聞いて驚いた。伯爵と仲間達は最後まで無実を主張していたらしいけれど、マリカが作った集音の魔道具が決め手となり、有罪が確定したのだそうだ。

それにしても、アードラー伯爵達はともかく、まさかお義母様が……！

「ど、どうしてお義母様が裁判を……？」

ハルが「それは――……」と、言いにくそうに話してくれた事によると、お義母様は私への虐待やダニエラさんへの暴行、王家への虚偽の申告に、公文書偽造などをやっていたらしい。

「ダニエラさんは⁉　暴行って大丈夫なの⁉」

まさかダニエラさんにそんな事が起こっていたなんて……！　怪我は大丈夫だろうか……。

「ああ、階段から突き飛ばされて、落ちた時に頭を強く打ったらしくてな。一時は意識不明になったらしいんだけど、ミアが使用人に渡していたポーションで無事に回復したらしい」

階段から落ちた……⁉　あの階段、かなり高さがあるのに！

「でも……そっか、無事だったんだ……回復して本当によかった……！」

意識不明になるなんて余程の怪我だったんだろうな……。

まさかお試しで作った治療薬が役に立つなんて。世の中何が起こるか分からないものだなぁ。

「ちなみに伯爵は俺預かりで帝国行きに、仲間の貴族達は鉱山送りになった」

「お義母様は……？」

お義母様の罪状はどうなったのだろうと聞いてみたけれど、ハルもマリカも口ごもってしまった。

「ミア……ビッ……義母は、他にも大罪を犯しているんだ。でも、その内容は俺達からではなく、ミアの家族から話を聞いてほしい」

「私の、家族から……？」

ハルが言えない私の家族が関係している罪って事……？　一体お義母様は何をしたのだろう？

「……それはつまり、お父様から話を聞けって事？」

「ああ、そうだ。ウォード侯爵は今、王都の屋敷に滞在していてな。ミアが目覚めたら連絡する事になっているんだ」

「お父様が…………」

長い間、会うどころか会話すらした事がないお父様と……？

ずっと俯いて無言のままの私に、ハルが優しく声を掛けてくれる。

「……ミア、目が覚めたばかりなのにこんな話をしてゴメンな。ウォード侯爵に会いたくなければ無理に会う必要はないよ。会う会わないはこれからゆっくり考えて、ミアの気持ちの整理が出来てから決めればいいんだ」

「……お父様…………」

私はお屋敷で過ごした時間を思い出す。

お母様が亡くなってからの八年間は、お義母様やグリンダに使用人のように扱われて、毎日クタクタになるまで働かされていたけれど、それは慣れていなかった頃の事で。

お屋敷の皆んなが効率が良い方法を教えてくれたり、陰から助けてくれていたから、使用人の仕事もそのうち苦にならなくなっていた。むしろ貴族令嬢の生活より余程性に合っていた……と思う。

うん。だから、仕事に夢中でお父様の事を思い出さずに済んだのだ。

……いや、きっと私は思い出したくなかったのだ――自分がお父様に愛されていないという事を。

そう考えた時、お屋敷を出奔する前日の、エルマーさん達の言葉が私の心に蘇る。

『旦那様はいつもユーフェミア様の事を想っていらっしゃいましたよ』

エルマーさん達は嘘を言わない。きっと本当の事なのだと思う。でも、どうしても信じられないのは……お父様本人から聞いた言葉ではないからだ。

私はあの時、一度お父様とお会いしなければ……そしてきちんと話し合おう――そう思ったのを思い出す。きっと今この時が、お父様とお話しする良い機会なのだろう。

「私、お父様と会うよ。お義母様や今までの事、たくさん聞きたい事があるし……！」

ハルに向かってそう言うと、ハルは目を細めて、嬉しそうに「そうか」と言って微笑んだ。

ハルの微笑みを間近で、しかも直視してしまい、そのキラキラオーラに目が……！　目がー‼

……どうしよう……ハルの笑顔に慣れる気がしない……！


それから、ハルに「気分転換に外の空気でも吸うか？」と言われ、ハルに支えられながらバルコニーへと出た私は、暖かい太陽の光を浴びながら、ふと出奔するきっかけとなった一件を思い出す。

お義母様達の嫌がらせに逃げ出してしまった私だったけれど、あの時の決断は決して間違っていなかった。それに世間知らずだった私が勢いだけで帝国に向かっても恐らく上手く行かなかっただろう。ランベルト商会で働いた事と皆んなのおかげで、私はたくさん学ぶ事が出来たのだ。

そして何より、マリカと親友になれた事がとても大きかったな、と思う。

——少しだけ出した勇気がこんなにも未来を変えるだなんて、あの時の私は思いもしなかった。


ようやく再会出来た私達だったけれど、まだまだ問題は山積みで、この先も様々な困難が待ち受けているのだと、そんな予感めいたものが心の深い場所から湧いてくるのもまた事実で……。


——それでも、ハルと一緒だったら絶対に大丈夫！

襲い来る困難なんて、二人で笑い飛ばしてしまえばいい。

そうして笑顔でいれば、どんな道だって進んで行ける。

同じ空の下、手を繋ぎながら、二人で一緒に生きて行こう——この太陽の下で。

エピローグ

ずっと眠り続けていた私は、リハビリも兼ねてハルと一緒に研究棟横の庭園に来ていた。

闇に穢された研究棟は、私が化粧水を作る為に作って貰った魔道具で「聖水もどき」を作り、それを散布する事で事なきを得たらしい。もちろん発案者はマリカだ。ホント頭良いよね。


太陽の光を受け、輝くように咲く花々を眺めながら、ハルとゆっくり庭園を歩く。

ハルとマリカから精霊さん達の話を聞かされた私は、精霊さん達に心からのお礼を伝える。

「精霊さん達、助けてくれて本当にありがとう……！　来るのが遅くなってごめんね」

ハルに協力して私達を助けてくれた事も合わせてお礼を言うと、今まで何処にいたのか、バラやハーブの陰から精霊さん達がぶわっと現れた。

目の前が何百の光に満たされて、視界が光に埋め尽くされる。

私に精霊さんの言葉は分からないけれど、とても喜んでくれているのが伝わって来る。

「心配してくれてありがとう。私はもう大丈夫だから安心してね」

私の言葉を聞いた精霊さん達は、まるで労うように優しい光を放つと、私達の周りをくるくると回り始めた。

その優しくて美しい光景に、私の胸はじんわりと温かくなる。

私と一緒に精霊さん達に「ありがとな」とお礼を言って微笑んでいたハルだったけれど、ふと真面目な表情になると、今度は神妙な顔になって言った。

「俺、ウォード侯爵と会って話をする機会があって、その時侯爵にお願いしたんだ」

（ハルがお父様にお願い？　何だろう……？）

私はハルの真剣な様子に、大事な話なのかな、と思い、背筋を伸ばして姿勢を正す。

「ミアが眠っている間に勝手な事をして悪かったと思っている。でも何時目覚めるか分からなかったし、ミアを手放したくなかったから、眠ったままで構わないのでミアと結婚させてほしいって」

「ええっ!?　け、結婚!?」

そりゃ、私だってハルとずっと一緒にいたかったから、結婚出来るならしたいけれど……！

（……でも、眠り続ける女と結婚なんて……！）

「俺がそう言うと、侯爵に『ミアが目覚めた時に突然結婚させられていたら驚くだろうから、今は許可出来ません。ミアが目覚めたら二人で一緒に私のところへ来て下さい』って言われたんだ」

えっ……それって、まるで私が目覚めるのが前提みたいな話だなあ。

「お父様は、私が目覚めるって分かっていたのかな……」

「どうだろう？　でもこうしてミアは目覚めてくれたし、改めて今後の事について話はしないといけないとは思っているんだ」

「うん、そうだね。私もそう思う。それに私からもハルと一緒にいたいって、お父様に伝えたい」

お父様は私がハルの事を好きだって知らないよね？　ならちゃんと気持ちを伝えなきゃ！

「よかった……！　じゃあ、ウォード侯爵には俺から伝えておくよ」

「うん、よろしくお願いします」

そうして二人で微笑み合っていると、ハルがそっと私の手を取った。どうしたのかな、と思ってその様子を見ていると、指先に柔らかい感触がして——ハルが私の手に口付けたのだと理解した。

「あ、あわ……！　ハ、ハル……⁉」

「俺、まだミアに言っていない……。ミア、色々すっ飛ばしてしまうけど、どうか俺と結婚してほしい。——いや、俺と結婚して下さい」

（——ハル……！）

自分の中ではすっかりハルと結婚するつもりだったけれど、こうしてハルが口にしてくれた事が凄く嬉しい……！

ハルからの心が籠もったプロポーズに、その言葉がじわじわと心に染み込んでどんどん広がっていく。体中が喜びに満たされて、幸福感に包まれる。

ハルにこの嬉しい気持ちを伝えたいけれど——次から次へと溢れ出る喜びに胸がいっぱいで、言葉の代わりに涙が次から次へと零れてくる。

「——はい……！」

上手く言葉に出来なくて、私は一言返事をする事がやっとだったけれど、それでもハルは凄く喜んでくれた。

「よかった……！　やっと言えた……！　俺、ずっとミアに言いたかったんだ！」

——そうして微笑んだハルの瞳は、とてもきれいな空色で——。

私はいつか見た、青く染まっていく朝空の下、輝く朝日の光を浴びながら一人で歩き出した日を思い出す。
あの時は強がっていたけれど、本当は一人になって心細くて、不安でたまらなかった。だけど、もう一人じゃない事を知った私は、あの時よりずっと強くなれたと思う。

本当は心のどこかで、私の声はきっと届かないと思っていた。夢だって叶わないと諦めかけていた。それでも、七年前に交わした約束を守ったから、愛する人の笑顔が——眩《まぶ》しくて愛おしくて、ずっと心の拠《よ》り処《どころ》にしていた大好きな笑顔が、目の前にあるのだと信じられる。

あの時の約束は成就されたけれど、私とハルはもう一度約束を交わし合った。
その約束は決して一人では守れないものだから、私達はその約束と笑顔を守る為に、二人で一生懸命生きて行こう——と、お互いの魂に誓い合う。

そして私達はこれからもずっと、約束を守り続けるのだ——死が二人を別《わか》つ、その時まで。

（了）

ぬりかべ令嬢、嫁いだ先で幸せになる

Lady Called "Plastered Wall" Got Married and Be Happy.

fin.

あとがき

この度は拙作、「ぬりかべ令嬢」を
お読みいただき有難うございました。

この作品は「小説家になろう」様を始めとした
小説投稿サイト様で投稿をさせていただきましたが、
投稿当初はまさかこの作品が書籍になるとは夢にも思っていませんでした。
気がつけば予想以上の方にお読みいただき、
書籍化のお声をかけていただけた事はとても幸運でした。
拙作の書籍化にご尽力いただいたアリアンローズ編集部の皆さまを始め、
未熟な自分に根気よくご指導くださった編集様、
素晴らしいイラストで花を添えて下さった封宝様、
細かいところまで装丁下さったデザイナー様には感謝の念が尽きません。
沢山の方々にご協力いただいたおかげで素敵な本ができ、
自分にとっても素晴らしく、
とても貴重な体験をさせていただくことが出来ました。
本当に有難うございます。

書籍版としての「ぬりかべ令嬢」はこの巻で完結ですが、
WEB版の方はまだ続いています。
書籍版と異なった内容ではありますが大筋は変わりませんので、
興味がありましたら是非「小説家になろう」様
もしくは他の小説投稿サイト様でお読みいただけると嬉しいです。

拙作をお読み下さった皆様に、
何か一つでも心に残るものがあれば幸いです。

デコスケ

素敵な物語の
イラスト描くことができて幸せでした!! ありがとうございました!!　封宝

ぬりかべ令嬢、
嫁いだ先で幸せになる2

＊本作は「小説家になろう」（https://syosetu.com/）に掲載されていた作品を、大幅に加筆修正したものとなります。
＊この作品はフィクションです。実在の人物・団体・事件・地名・名称等とは一切関係ありません。

2021年11月20日　第一刷発行

著者 ………………………………………… デコスケ

イラスト ………………………………………… 封宝
発行者 ………………………………………… 辻 政英
発行所 ……………… 株式会社フロンティアワークス
〒170-0013　東京都豊島区東池袋 3-22-17
東池袋セントラルプレイス 5F
営業　TEL 03-5957-1030　FAX 03-5957-1533
アリアンローズ公式サイト　https://arianrose.jp/
フォーマットデザイン ……………… ウエダデザイン室
装丁デザイン ……………… 鈴木 勉（BELL'S GRAPHICS）
印刷所 ……………………… シナノ書籍印刷株式会社